마음을 열어주는 지혜

영혼에 빛을

1

남인 과 정흥 엮음

동산문학사

인간은 누구나 나름대로 자유로운 행복한 삶을 살아가고 자 합니다. 하지만 현세는 국제사회의 다양한 문제, 다원화된 사회, 신자유주의 자본주의 제문제, 이념적 대립, 지구상의 급격한 기후 변화, 온인류를 괴롭힌 전염병 코로나19 팬데믹(pandemic) 현상은 인류를 고통과 고민 속에 빠져들게하고 있습니다. 그래도 작금의 시대는 최첨단 기술의 발달, 융복합시대로 전환, 5차산업시대로의 진입이 진행되고 있어 미래에 대한 희망을 내다 볼 수 있습니다.

그런데도 인간의 정신세계는 초조와 불안, 깊은 병으로 점철되어 가고 있습니다. 이런 상황에서 벗어나려면 수천년전 성현들의 행적과 말씀, 현석학자들의 깨우침의 글, 여러 매스미디어(mass media)에 오르내린 좋은 글을 섭렵하면서 마음을 다스려 한층 더 나은 삶을 이끌어갈 수 있지 않을까 생각해봅니다.

이에 필자는 지금껏 육십 여 년 모아온 지혜의 글을 나를 둘러싸고 있는 모든 분들에게 열어 드림으로써 고달픈 우리들의 영혼에 조금이나마 안위와 마음의 평온을 가져오리라 느끼면서 『마음을 열어주는 지혜, 영혼에 빛을!』이란 책을 펴

내게 되었습니다.

　미문(微文)이지만 참으로 독자님들께서 읽고 음미하시면서 한살이 삶을 살아가신다면 독자 여러분의 마음에 평화를 가져오는 길잡이가 되리라 믿어 의심치 않습니다.
　그동안 저를 위해 항상 도움주신 분들과 한평생 아낌없는 사랑을 준 부인 그리고 가족 모두에게 진솔하게 감사드립니다.

2021년 1월 1일
남인 **리 정 훈**

차 례

일체유심조(一切唯心造) —————————— 18

약인욕료지삼세일체불 / 응관법계성일체유심조 ——— 19

응무소주 이생기심 본래무일물 - 혜능(慧能)스님 ——— 20

하느님의 제자가 되기 위한 비결 - 송봉모 신부 ——— 21

사랑을 사려면 - 성 아우구스띠노 ——————— 21

불수고중고 난위인상인 - 적호(翟灝) ————— 22

인간 순례의 길 - 최인철 ————————— 23

와리노(蛙利鷺) - 이규보(李奎報) —————— 24

자극과 반응 사이 공간 - 프랭클 ——————— 25

모든 책(册)은 빛이다 - 애들러 ——————— 26

석가여래(釋迦如來)가 제자 아난에게 한 말 - 석존(釋尊) ——— 27

사형수에게 주어진 5분 - 도스토예프스키(Dostoyevsky) ——— 28

구시화문(口是禍門) ————————————— 29

수우족의 기도문 ———————————— 30~31

삶의 창(窓) - 법인스님 ———————————— 32

나옹선사(懶翁禪師) ———————————— 33

길 - 서해성 —————————————— 34

금석지교(金石之交) ———————————— 35

청심(靑心) - 남인 리정훈 시인 ——————— 36

논어(論語) - 양화편(陽貨篇) ——————— 37

추구집(推句集) - 두보의 시 1,2구 3,4구 ——— 38

군자유구사(君子有九思) —————————— 39

회담과 협상 - 김종구 ——————————— 40

별 - 케플러(Kepler) ———————————— 41

참 삶을 위하여 - 남인 리정훈 시인 ————— 42

행복을 느끼는 활동 - 최인철 ─────── 43

불가(佛家)와 사기(史記) - 평산의 조행수상(釣行隨想)에서 ── 44

삼불(三佛) 삼심(三心) 삼인(三忍) 삼사(三思) ─────── 45

종교(宗敎)가 준 삶의 가치(價値) ─────── 46

금강경(金剛經) ─────── 47

깨달음 - '사막의 교부들' 책 중에서 ─────── 48

권력 - 정찬 ─────── 49

국가의 본질 - 니체(Nietzsche) ─────── 50

명심보감(明心寶鑑) - 성심편(省心篇) ─────── 51

법성계(法性界) - 의상대사(義湘大師) ─────── 52

애절양(哀絶陽) - 다산 정약용 ─────── 53

생각줍기 - 김영훈 ─────── 54

나(自己) - 옮겨온 글 ─────── 55

불평등 심리학 - 로저굴드(미국) 주상윤(한국) ─────── 56

실패 원인 십대 조건 ─────── 57

자유와 저항 - 옮겨온 글 ─────── 58

천수경(千手經) ─────── 59

영혼없는 관료지식인 - 옮겨온 글 ─────── 60~61

인연 - 피천득(皮千得) ─────── 62

사랑의 길 - 남인 리정훈 시인 ─────── 63

지도자의 자질 - 막스 베버(Max Weber) ─────── 64

십자가의 삶으로 - 어느 수인(囚人)의 기도문 ─────── 65~67

'자리론' 중에서 - 신영복 ─────── 68~69

세네카(Seneca) ─────── 70

옥봉(玉峰) 의 시 ─────── 71

선(禪)의 근본적 입장 - 방가경(榜伽經) 4행, 달마대사 —— 72

사랑은 모든 사람의 과일 - 마더 테레사 수녀 ————— 72

지식인의 세가지 의미 - 안토니오 그람시 ————— 73

존엄성(尊嚴性) - 어느 신문에서 옮겨온 글 ————— 74~75

장자(莊子) ———————————— 76

평화(平和)를 위하여 - 마더 테레사 수녀 ————— 77

제월대 표지석 - 이항로(李恒老) ————— 78

한국민주주의 주적 - 김누리 ————— 79

금강경(金剛經) ———————————— 80

길 위에서 - 탁기형 ————— 81

생각줍기 - 김영훈 ————— 82

살아있는 우리들의 할 일 - 아베 피에르 신부 ————— 83

천개의 바람이 되어 —————————— 84~86

성호사서(城狐社鼠) ————— 87

인간관계 - 아들러 ————— 88

사막의 교부(敎父)들 ————— 89

중립금지법(中立禁止法) - 솔론(Solon), 플라톤(Platon) ——— 90

사회계약설(社會契約說) - 루소(Rousseau) ————— 91

정의구현(正義具現) - 전종훈 신부 ————— 92

친구여 - 잘랄 앗 딘 알 루미 ————— 93

침묵(沈默) - 옮겨온 글 ————— 94

안중근(安重根) ————— 95

다산 정약용(茶山 丁若鏞) ————— 96

지그지글러 ———————————— 97

신칠죄종(新七罪宗) ————— 98

함석헌 님의 시 ————— 99

논어(論語) - 사역후이 불역원호 ————— 100

칠죄종(七罪宗) ————— 101

심장(心臟)의 귀환(歸還) ——————— 102

장강만리도(長江萬里圖) - 오위(吳偉) ——————— 103

세계(世界)란 - 김병익 칼럼에서 ——————— 104

논어(論語)·사기(史記) ——————— 105

진리가 하느님 - 마하트마 간디 ——————— 106

방관자(傍觀者) 효과 - 김영태 논설 중에서 ——————— 107

정의(正義) - 마이클 샌델 ——————— 108

반민주적 핏줄 - 김진영 ——————— 109

노년(老年)의 지혜(知慧) - 옮겨온 글 ——————— 110

애국자(愛國者) - 어느 신문기사 중에서 옮겨온 글 ——————— 111

김수영 시 '우선 그놈의 사진을 떼어서 밑씻개로 하자' ——————— 112

사상(思想)의 자유(自由) - 홈스(Holmes) ——————— 113

생각줍기 - 김영훈 ——————— 114

신동엽 시 '껍데기는 가라' ——————— 115

논어(論語) - 자로(子路) ——————— 116

역사(歷史)의 교훈(敎訓) - 노영필 ——————— 117

자유(自由)와 저항(抵抗) ——————— 118

미래지향적(未來指向的) 인간(人間) - 카이사르 ——————— 119

업보(業報) - 옮겨온 글 ——————— 120

헬렌켈러(Helen Keller) ——————— 121

눈물의 시 - 초의선사(草衣禪師) 의순(意旬) ——————— 122

촛불의 진리(眞理) - 고명섭 ——————— 123

순자(荀子) ——————— 124

유신(分信) - 음수사원 굴정지인 ——————— 125

계몽(啓蒙) - 칸트(Kant) ——————— 126

미술의 궁극적 존재 이유 - 옮겨온 글 ——————— 127

생활(生活)의 발견(發見) - 옮겨온 글 ——————— 128

잠언(箴言) 16장 9절 ——————— 129

수심결(修心訣) - 보조국사(普照國師) —————— 130

틀린 것이 아니라 다른 것(함께 살아내는 것) - 신한열 —— 131

멈춘 시계, 흐르는 세월 - 옮겨온 글 —————— 132

지도자의 역사 인식 - 김삼웅 ——————— 133

생각 - 제임스 알렌 —————————— 134

십자가(十字架)에 매달림 - 지은스님 ————— 135

인간은 아는 만큼 느낄 뿐 - 유홍준 ————— 136

노마지도(老馬之道) - 한비자(韓非子) ————— 137

이 세상 가장 어려운 일 - 송봉모 신부 ———— 138

행복(幸福)의 비결(秘決) - 법정(法頂)스님 ———— 139

댈러이 부인의 꽃 - 옮겨온 글 —————— 140

신(神)이여 - 니버의 기도 ———————— 141

오시법(五視法) - 중국십팔사략(춘추전국시대 인재선발 방법) —— 142

알고 있는 지식 - 도널드 럼스펠드 ————— 143

절망(絶望) - 김수환 추기경 ——————— 144

고사성어(故事成語) - 장자(莊子) 잡편(雜篇) ——— 145

내 삶을 되찾기 위하여 - 옮겨온 글 ————— 146

깨달음을 얻는 자 - 제임스 알렌 ————— 147

사막의 교부들 - 잘랄 앗 딘 알 루미 ———— 148

부모가 자식에게 해줄 세 가지 - 박노해 ——— 149

자신의 삶 - 나왈 엘사다위 ——————— 150

신명기(申命記) 30장 19절 ——————— 151

알베르 까뮈 ———————————— 152

발심수행장(發心修行章) - 원효(元曉)대사 ———— 153

어느 소방관의 기도문 - 김철웅 ———— 154~155

사의(思宜) - 다산 정약용 ——————— 156

인생팔미(人生八味) - 중용(中庸) ————— 157

기도문(祈禱文) - 용수스님 —————— 158

아들러 - '미움 받을 용기' 책 중에서 ——————— 159

알렉산더 포프 시 ——————————————— 160

정현종의 시 '시간의 그늘' ———————————— 161

광해군(光海君) ——————————————— 162

법(法)과 도덕(道德) - 옮겨온 글 ——————— 163

과거에 눈 감는 자 - 이제훈 ————————— 164

투명한 빛체험 - 배리커슨 스님 ——————— 165

이종인간(二種人間) - 옮겨온 글 ——————— 166

말과 글 - 김태영 —————————————— 167

지식(知識) ————————————————— 168

다르마를 얻자 - 석존(釋尊) ————————— 169

명상(瞑想) - 각산스님 ———————————— 170

인생은 등산 - 빌게이츠 ——————————— 171

수타니파타 - 불교경전 ——————————— 172

인류애 유럽찬가 - 베토벤 —————————— 173

언어생활 - 옮겨온 글 ———————————— 174

공자(孔子) ————————————————— 175

어부사(漁父辭) - 초(楚)나라 굴원(屈原) ——— 176

무지(無知)의 지(知) - 소크라테스(Socrates) ——— 177

존경(尊敬) - 에리히프롬 ——————————— 178

우주의 언어 - 법정(法頂)스님 ———————— 179

미움 받을 용기 - 아들러 ——————————— 180

싯다르타의 법문(法文) - 담마빠다(Dhamma Pada) —— 181

백골부정관(白骨不淨觀) - 마가스님 ————— 182

뇌(腦)의 행복(幸福) - 제프콜빈 ——————— 183

아들러 심리학 중심개념 ——————————— 184

평화의 기도 - 성(聖) 프란체스코 —————— 185

사랑하는 사람과 함께하려면 - 옮겨온 글 ——— 185

나는 당신이 하는 말 - 톨레랑스(Tolerance) ───── 186

마르크스(Marx) ───────────── 187

친절 - 톨스토이(Tolstoy) ───────── 188

선부군유사(先父軍遺事) - 이상용 ─────── 189

친구(親舊) - 양태석 ───────────── 190

사소한 상처에서 벗어나려면 - 송봉모 신부 ───── 191

마음 - 달마(達磨) ──────────── 192

잘 늙어 가려면 - 법륜스님 ────────── 193

혈맥론(血脈論) - 보리달마 ───────── 194

선물에 숨겨진 세 가지 행복 - 최인철 ────── 195

생각의 씨앗 - 로버트루트벤스타인 ─────── 196

소포클레스(Sophocles) ─────────── 197

상선약수(上善若水)의 의미 - 도덕경(道德經) ──── 198

광산편운(光山片雲) - 선녀(仙女) ─────── 199

행복(幸福)의 다섯 가지 질문(質問) - 최인철 ──── 200

신앙(信仰)이란 - 옮겨온 글 ────────── 201

이백(李伯)의 시 - 월하독작(月下獨酌) ────── 201

독서(讀書) - 두보(杜甫) ─────────── 202

선(善)과 악(惡) - 옮겨온 글 ───────── 203

소박한 밥상 - 공지영 ──────────── 204

육불치(六不治) - 사기편작열전(史記扁鵲列傳) ──── 205

한자성어(漢字成語) - 일여스님 ───────── 205

불교(佛敎)의 중도(中道) 표현 ───────── 206

원견명찰(遠見明察) - 한비자(韓非子) 고분(孤憤) ─── 207

두 가지 시간 ────────── 208~209

풍암정(風巖亭) 취가시(醉歌詩) - 권필 ────── 210

신 앞에서 - 에릭호퍼 ──────────── 211

삶의 중요한 일곱 가지 - 옮겨온 글 ─────── 212

적(敵)의 위대함을 보는 안목(眼目) - 맹자 ——————— 213

향원익청(香遠益淸) - 곽병찬 ————————————— 214

양심(良心)이란 ——————————————————— 215

삶의 한계 - 닉 부이치치 ————————————— 216~217

정념수행(正念修行) - 불경 ———————————— 218

왜 우리는 변하지 안하려 하는가 - 아들러 ————————— 219

누가 이들에게 - 임옥상 —————————————— 220

목탁경세(木鐸警世) ———————————————— 221

빛 - 에른스트 블로흐 ——————————————— 222

함석헌 사상 중에서 ——————————————— 223

순왈도(純曰道) 일일성도자정(日日誠道者靜) ———————— 224

묵묵여(어)천어 묵묵여(어)천행 - 니시다기타로[西田幾多郞] —— 225

김구(金九) 선생이 남긴 말씀 ————————————— 226

니체(Nietzsche) ————————————————— 227

사유(思惟)와 개혁(改革) - 제롬 뱅테 —————————— 228

아름드리숲 - 정여울 ——————————————— 229

자유 - 알프레드 아들러 —————————————— 230

르네위크(Rene Huyghe) —————————————— 231

사랑은 - 에리히 프롬 ——————————————— 231

침묵(沈默) - 세라 메이틀랜드 ————————————— 232

프란치스코 교황 ———————————————— 233

불교(佛敎)의 지혜(智慧) - 열반(涅槃)의 증득(證得) ———— 234

로마제국사(ROMA帝國史) ————————————— 235

선비의 정신 —————————————————— 236

맹자(孟子) ——————————————————— 237

불변왈진 불이왈여 진실여상 ————————————— 238

웃음 - 옮겨온 글 ———————————————— 239

알렉산더 포프 시 ———————————————— 240

삶의 지혜 - 로버트 제이 웍스 ——— 241

유목민 - 말(馬)에 대한 묘사 ——— 242

불로(不老) ——— 243

시간(時間) - 옮겨온 글 ——— 244

금전(金錢)은 최선(崔善)의 노비(奴婢) - 옮겨온 글 ——— 245

명화(名畵)의 요소(要素) - 황월(黃鉞) ——— 246

국가(國家)란 - 키케로 ——— 247

낯선 이에게 친절하라 - 옮겨온 글 ——— 248

다섯 가지 눈(五目) - 남인 리정훈 시인 ——— 249

좋은 말 - 옮겨온 글 ——— 250

사행(四行)의 가르침 - 보리달마(菩提達磨) ——— 251

자연의 세계 - 로버트 제이위크스 ——— 252

인생길 - 남인 리정훈 시인 ——— 253

시련의 시간 - 마스시타 고노스케[松下幸之助] ——— 254

우리는 주인(主人) - 옮겨온 글 ——— 255

문명(文明)의 위기(危機) - 타고르 ——— 256

왜 용서(容恕)는 해야 하는가 - 아놀드 목사 ——— 257

제임스 알렌(James Allen)의 글 ——— 258

절명시(絶命詩) - 성삼문(成三問) ——— 259

칠계(七計) - 손자병법(孫子兵法) ——— 260

하늘이 주신 선물 - 남인 리정훈 시인 ——— 260

영혼(靈魂)의 눈 - 구상 선생 ——— 261

영적(靈的)인 삶 - 옮겨온 글 ——— 262

빌 게이츠(Bill Gates) ——— 263

지도자(指導者)의 생일 - 김동춘 ——— 264

불교명상 수행 - 미산스님 ——— 265

사마천(司馬遷)의 사기(史記)에서 ——— 266

세월호 참사 추모곡 - 윤민석 ——— 267

삶을 깨끗하게 사는 방법 - 레이철 선생 ——————— 268

슬픔이 그대의 삶으로 - 옮겨온 글 ——————— 269

세한도(歲寒圖) - 김정희 ——————— 270

연극(演劇)이 무엇인가- 옮겨온 글 ——————— 271

나라의 독립을 위하여- 도산 안창호 ———————272~273

신앙(信仰)이란 - 주님의 은혜로 눈부신 비상 ——————— 274

공무도하가(公無渡河歌) - 작자 미상 ——————— 275

대한민국 청와대에서 말씀 - 프란치스코 교황 ——————— 276

팔대인각(八大人覺) -공자(孔子), 맹자(孟子), 법화경(法華經) — 277

매창(梅窓)의 시조 '이화우(梨花雨)' ——————— 277

인생의 스승 - 옮겨온 글 ——————— 278

아함경(阿含經) - 학담스님 ——————— 279

중용(中庸) ——————— 280

하여가(何如歌) - 이방원 / 단심가(丹心歌) - 정몽주 ——— 281

사랑의 주체 - 김종술 ———————282~283

허심(虛心)으로 삶 - 옮겨온 글 ——————— 284

환상(幻想)의 투사(投射) - 옮겨온 글 ——————— 285

오늘을 위한 기도 - 옮겨온 글 ——————— 286

백일홍(百日紅) - 성삼문 ——————— 287

어린 왕자 이야기 - 생텍쥐페리 ——————— 288

장자(莊子) - 장자추수편(莊子秋水篇) ——————— 289

도덕경(道德經) - 노자(老子) ——————— 290

마태복음 9장 13절, 고린도전서 13장 2절 - 성경(Bible) ——— 291

국가 멸망의 요인 - 마하트마 간디 ——————— 292

후한서(後漢書)에서 - 범엽(範曄) ——————— 293

레오나르도에게서 배움 - 아이잭슨 ——————— 294

내가 베푼 은혜 - 옮겨온 글 ——————— 295

현종(顯宗)대왕 어필 필사(筆寫) ——————— 296

Only Sky Is The Limit - 옮겨온 글 ──────── 297

성공(成功) - 시인 에머슨 ──────────── 298

신이 우리에게 준 선물 - 옮겨온 글 ────── 299

윈스턴 처칠(Winston Churchill) ───────── 300

절명시(絶命詩) - 성삼문(成三問), 황현(黃玹), 조광조(趙光祖) ── 301

절명시(絶命詩) - 벽산(碧山) 김도현(金道鉉) ── 302

절명시(絶命詩) - 시 내용 해설 ─────── 303

니코스 카잔차키스 묘비명 ────────── 304

나는 무엇을 할 것인가 - 톨스토이(Tolstoy) ── 305

인생십삼도(人生十三道) ──────────── 306

오도송(悟道頌) ───────────────── 307

법구경(法句經) 도행품(道行品) ──────── 308

만세열전 - 조한정 ─────────────── 309

삶의 길 - 옮겨온 글 ──────────── 310

어떤 성격(性格)이 행복한가 - 최인철 ───── 311

국가의 행복 - 잉겔하트(Inglehart) ────── 312

인생의 질문 - 톨스토이(Tolstoy) ─────── 313

대학(大學) - 고전(古典) ───────────── 314

행복하게 살기 위한 조건 - 플라톤(Platon) ── 315

백거이(白居易)의 시 ────────────── 316

화엄경(華嚴經)의 사과(四科(果)) - 초기 불교의 경전 ── 317

어리석음 - 양태석 ─────────────── 318

두 개의 인생(人生) - 델러웨어 부인의 꽃 ──── 319

사랑받는 여덟 가지 사람의 유형 - 옮겨온 글 ──── 320

살아있는 것은 다 행복하다 - 법정스님 ───── 321

주역(周易) - 고전(古典) ───────────── 322

역사(歷史)는 투쟁(鬪爭) - 서한욱 ─────── 323

내쫓기는 난민소식을 들으며 - 옮겨온 글 ──── 324

숙종(肅宗)대왕 어필 ——————— 325

황헐(黃歇) ——————— 326

신흠(申欽) - 조선중기 문신 ——————— 327

로마서 7장 23절 - 성경(Bible) ——————— 328

유인자(惟仁者) - 맹자(孟子) ——————— 329

역사의 교훈 - 노영필 ——————— 330

명심보감(明心寶鑑) - 교우편(交友篇) ——————— 331

서산대사(西山大師) ——————— 332

무시무종(無始無終) - 성철(性撤)스님 ——————— 333

적폐청산(積弊淸算) - 넬슨 만델라 ——————— 334

삶의 교훈 - 옮겨온 글 ——————— 335

비밀(秘密) - 양태석 ——————— 336

구세주(救世主)의 능력 ——————— 337

정도전(鄭道傳)의 시 ——————— 338

요순시대(堯舜時代) 설화 - 중국 삼황오제(三皇五帝)의 신화 중 하나 - 339

민주주의(民主主義) - 옮겨온 글 ——————— 340

대학(大學) - 공자 대학 제1편 경문 3장 ——————— 341

헬렌켈러가 준 가르침 ——————— 342

신심(身心) - 신수(神秀) ——————— 343

역사의 향기를 찾아서 - 네루(Nehru) ——————— 344

'다름'이 '같음'의 품 안에 드는 순간 - 문정빈 글 ——————— 345

우리의 리더 - 조현경 ——————— 346

장자(莊子)의 견리망의 / 자로(子路)의 견리사의 ———346

항상 맑으면 - 옮겨온 글 ——————— 348

적폐청산(積弊淸算) - 프랑스 지성 ——————— 349

한상균 옥중편지 ——————— 350

인간다운 본질 - 김경제 ——————— 351

일해서 번 돈으로 무엇을 살까 ——————— 352

연화(蓮花) - 불경(佛經) ——————— 353

삶의 대화법 ——————— 354

문사수(聞思修) - 법인스님 ——————— 355

원효(元曉)의 화쟁(和諍) 방법 ——————— 356

오하기문(梧下記聞) - 황현(黃玹) 유서 ——————— 357

채근담(菜根譚) - 홍자성 ——————— 358

서산대사(西山大師) 한시 '답설(踏雪)' ——————— 359

빛의 소리 ——————— 360

길 - 옮겨온 글 ——————— 361

3·1혁명의 99주년의 의미 - 김삼웅 ——————— 362

권학문(勸學文) - 백거이(白居易) ——————— 363

팔고(八苦) - 불교의 5계(戒), 생로병사(生老病死, 4고) —— 364

쪽빛의 노래 - 백기완 ——————— 364

성경팔복(聖經八福) - 겸손 회개 영성 갈구 긍휼 청념 평화 의 —— 365

현대오복(現代五福) - 건강 배우자 재력 직업 친구 ——————— 365

백호(白湖) 임제(林悌) ——————— 366

성철(性撤)스님의 깨달음 ——————— 367

마음 - 각산스님 ——————— 368

대학(大學) 중에서 ——————— 369

고인(古人)들의 속언(俗言) ——————— 370

상처 주지 않는 말 ——————— 371

인생을 경쾌하게 살려면 ——————— 372

남인 리정훈 시 '참 벗님' ——————— 373

문익환(文益煥) 목사(牧師) ——————— 374

심외무불(心外無佛) - 남인 리정훈 ——————— 375

대치십상(對治十常)-초연거사(超然居士) 육법도(六法圖) 선수문(善修文) —— 376

은중경(恩重經) ——————— 377

인권(人權) - 폴슈메이커 ——————— 378

삼동윤리(三同倫理) - 박종홍 ──────────── 379

혐오(嫌惡)라는 뒤집힌 거울 - 조이스 박 ──────── 380

옥중가(獄中歌) - 열사 유관순 ─────────── 381

'진다'는 말의 참뜻 - 박남기 ───────────── 382

참 된장 맛의 덕 - 옮겨온 글 ───────────── 383

다수의 우주는 어디에서 어떻게 탄생했는가 - 채사장 ──── 384~385

사형집행을 앞둔 옥중 아들 안중근에게 쓴 편지 - 조마리아 여사 ── 386~387

소태산(小太山) 박중빈 ──────────────── 388

에로스(Eros)란 - 니콜라 에이벌 ───────── 389

회광반조(回光返照) - 혜거스님 ─────────── 390

제갈공명(諸葛孔明) ──────────────── 391

프란치스코 교황 ────────────────── 392

글씨의 인품(人品) - 전우용 ───────────── 393

몽산(蒙山)스님 법문(法文) ───────────── 394

십중죄(十重罪) - 불교의 계명 ──────────── 395

선비의 가는 길 - 옮겨쓴 글 ───────────── 396

역사(歷史)가 지닌 의미(意味) - 허윤희 ──────── 397

좋은 글 - 적금(積金) 적공(積公) 적선(積善) ─────── 398

반민주적 핏줄 - 김진영 ────────────── 399

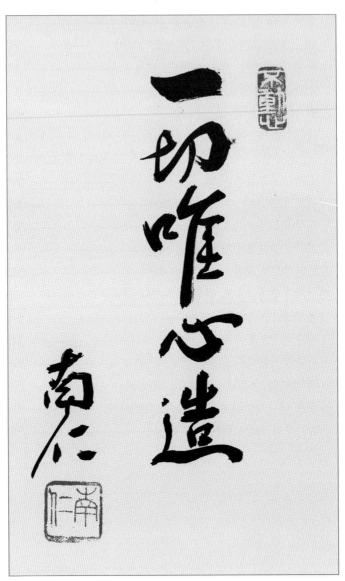

일체유심조(一切唯心造)

'인간 세상의 모든 것이 마음이 지어내는 것, 즉 모든 일에 마음가짐이 중요함'을 의미하는 말

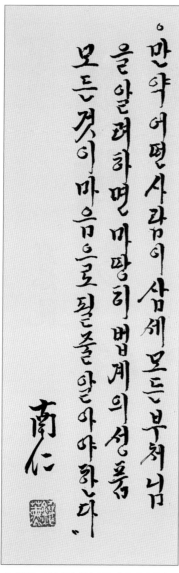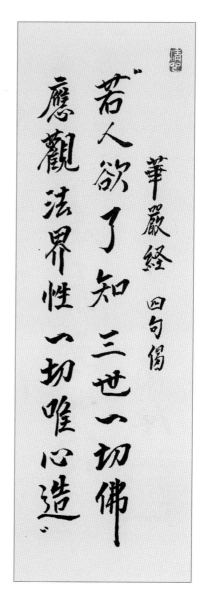

약인욕료지삼세일체불 / 응관법계성일체유심조

화엄경(華嚴經) 사구게(四句偈)
만약 어떤 사람이 삼세 모든 부처님을 알려하면 마땅이(마음에서) 법계의 성품 모든 것이 마음으로 된 줄 알아야 한다.

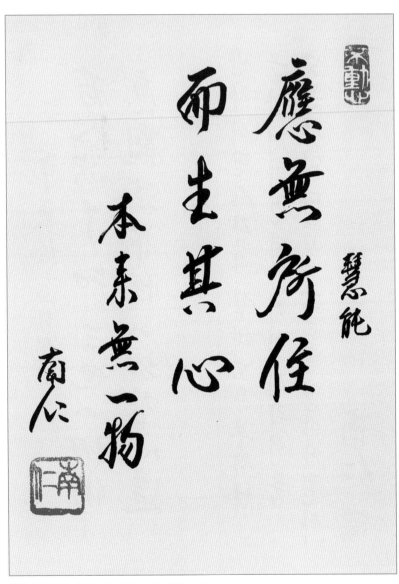

응무소주 이생기심 본래무일물 - 혜능(慧能)스님

혜능스님(慧能, 638-713) 중국 선종 제6조
금강경의 핵심 사상으로 본 의미는 '응당 머무를 바 없이 마음을 내라'라는 의미로 '외부의 어떤 현상이
나 작용에도 마음을 두지 마라'는 의미

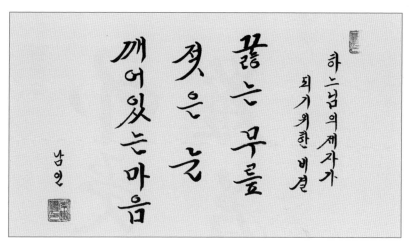

하느님의 제자가 되기 위한 비결 - 송봉모 신부

예수회 소속 신부, 현재 서강대학교에서 신약강의

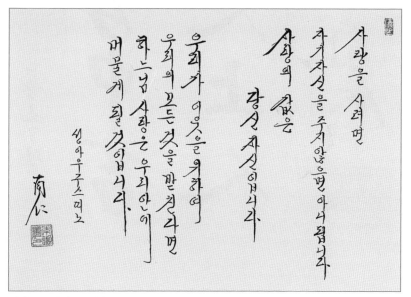

사랑을 사려면 - 성 아우구스띠노

성 아우구스띠노(354-430, Aurelius Augustinus)
4세기 알제리, 이탈리아에서 활동한 기독교 신학자이자 주교로 로마카톨릭 교회 등 교부(敎父)로 존경 받음.

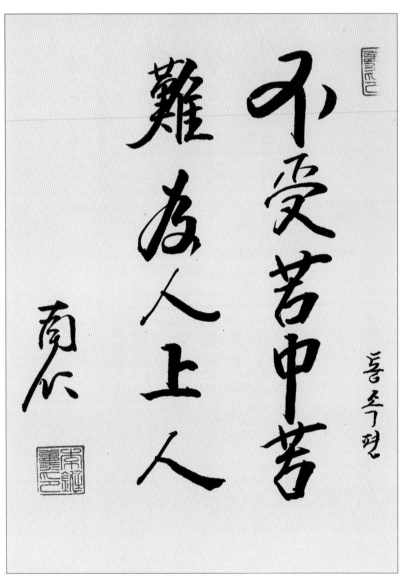

불수고중고 난위인상인 - 적호(翟灝)

적호(翟灝, 1736-1798) 중국 청나라 시대 학자
극한상태의 고통을 겪어보지 않고서는 사람 위에 선다는 것은 어려운 일이다. - 통속편(通俗篇)

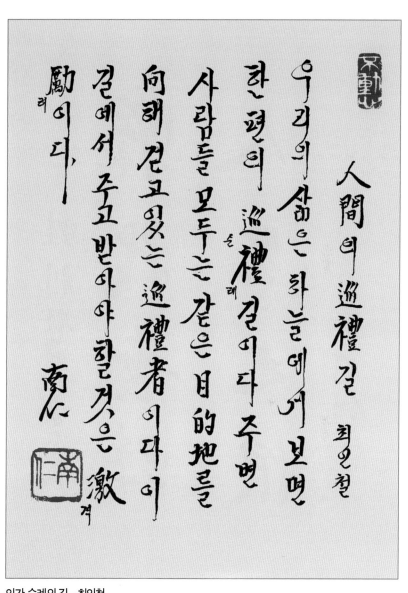

人間의 巡禮길 최인철

우리의 삶은 하늘에서 보면
한 편의 巡禮(순례)길이다 주변
사람들 모두는 같은 目的地를
向해 걷고 있는 巡禮者이다 이
길에서 주고 받아야 할 것은 激(격)
勵(려)이다.

인간 순례의 길 - 최인철
서울대학교 심리학과 교수

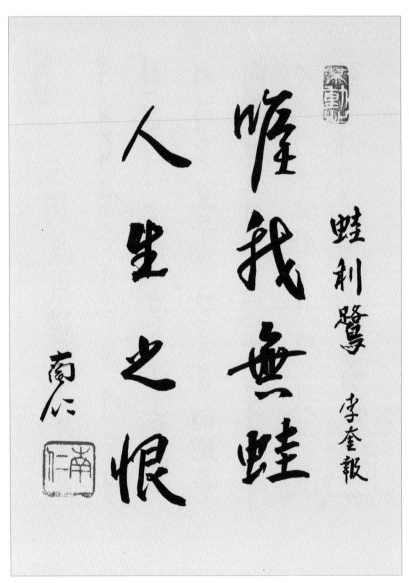

와리노(蛙利鷺) - 이규보(李奎報)

이규보(李奎報, 1168-1241) 고려 의종 때 학자이자 문신, 자 춘향(春鄕), 호 백운거사(白雲居士)
유아무와인생지한

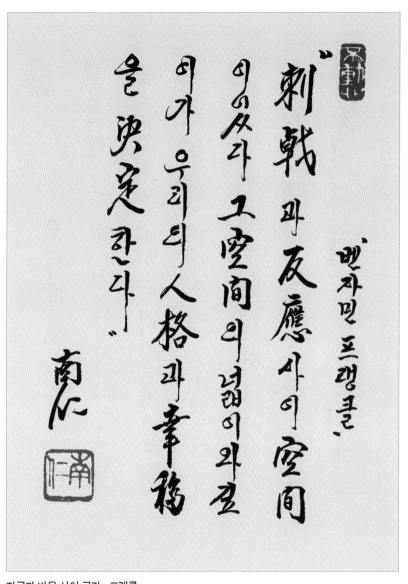

자극과 반응 사이 공간 - 프랭클

마음을 열어주는 지혜, 영혼에 빛을!

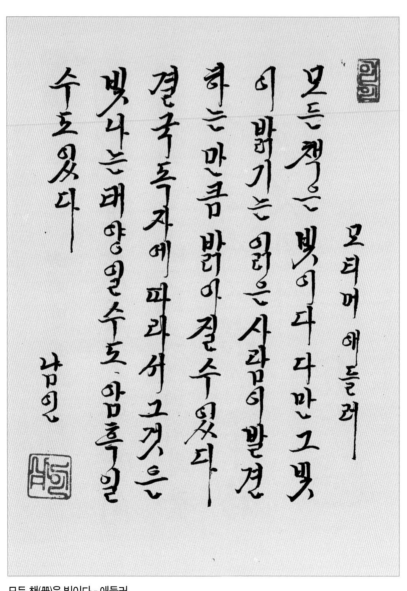

모든 책(冊)은 빛이다 - 애들러

Mortimer Jerome Adler(1902-2001) 미국의 철학자, 교육사상가, 저술가

석가여래가 제자 아난에게 한 말,

"손가락이 가리키는 대로 따라가서 달을 본다면 그 밝음을 즐길 수 있다 하지만 손가락만 본다면 달은 볼수가 없다 밝음과 어두움을 보지 못할 수도 있다 손가락을 보면서 그것을 달이라고 여긴다면 달을 놓치게 될 뿐 아니라 손가락마저 놓치게 된다"

남인

석가여래(釋迦如來)가 제자 아난에게 한 말 - 석존(釋尊)

석존(釋尊, BC,623,-BC,544) 인도 룸비니 동산 출생, 샤카족의 성자(불교 창시자)

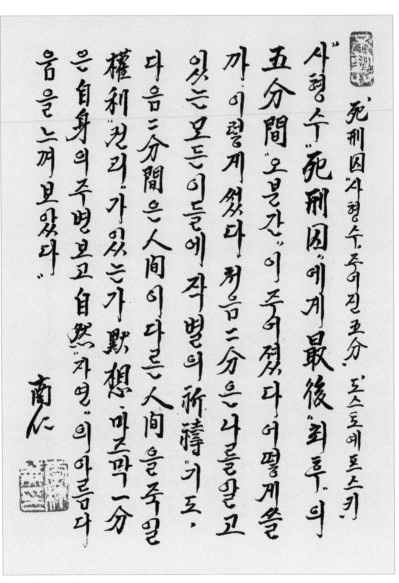

사형수에게 주어진 5분 - 도스토예프스키(Dostoyevsky)

Mikhaylovich Dostoyevsky(1821-1881) 러시아의 소설가, 언론인, 주요작품 『죄와 벌』, 『백치』, 『악령』, 『카라마조프 가의 형제들』

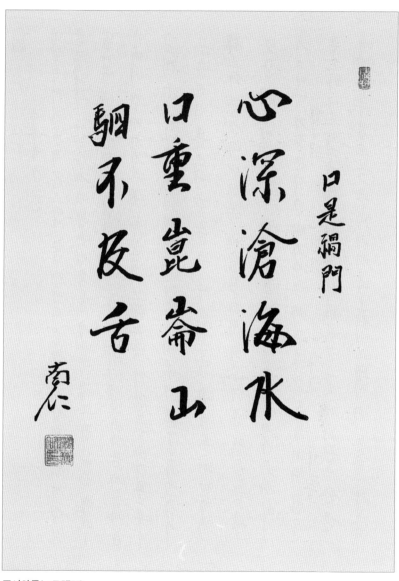

구시화문(口是禍門)

심심창해수 구중곤륜산 사불급혈(心深滄海水 口重崑崙山 驅不及舌)
마음의 심지는 큰 바다보다 깊고 넓게 하고, 입의 무거움은 곤륜산처럼 하며, 혀는 네 말이 끌어도 흔들리지 않아야 한다. - 전당서(全唐書) 설시편(舌詩篇)

바람 속의 당신의 목소리가 있고 당신의 숨결이 세상 만물에게 생명

을 줍니다 나는 당신의 많은 자식들 가운데 작고 힘없는 아이

입니다 내게 당신의 힘과 지혜를 주소서 나로 하여금 아름다움

안에서 걷게 하시고 내 두 눈이 오래도록 석양을 바라볼 수

있게 하소서 당신이 만든 물건과 내 손의 존중하게 하사

고 당신의 목소리를 들을 수 있도록 내 귀를 예민하게

하소서 당신이 내 부족 사람들에게 가르쳐 준 것들을 나

또한 배우게 하소서 내 형제들 속에 숨겨둔 교훈들을 나

가하려다 가장 큰 적인 내 자신과 싸울 수 있도록 내게 힘을

주소서 나로 하여금 깨끗한 손 똑바른 눈으로 언제라도 당신

에게 갈 수 있도록 준비시켜 주소서 그래서 제 노을이 지듯이

수우족 기도문

수우족의 기도문

수우(sioux)족은 아메리카 인디언의 한 부족

내 목숨이 사라질 때 내 혼의 부끄럼 없이 장신에게 갈

수 있게 하소서.

수우족은 북아메리카 인디언이다 인류하자

들에 의해 지금까지 토착된 세계의 일천이 백

욕심이게 민족(부족포함) 가운데 수우족은

그 중한 부족이다.

二〇一五년 一월 一九일

남인

"수행(修行)은 늘 깨어있는 삶을 사는 일이다. 깨어있다는 것은 自身을 성찰(省察)하고 생각을 높이며 끊임없이 성숙(成熟)시키는 것이다. 성찰(省察)은 自身이 서있는 자리를 살피는 것이다. 사색(思索)은 사물(事物)과 일에서 참되고 깊은 의미(意味)를 찾는 일이다. 깨어있는 노력이 없이 타율적(他律的)인 의무(義務)와 습관의 노예(奴隷)가 되어 살아간다면 인생의 생기(生氣)와 향기는 사라질 것이다."

삶의 창 법인스님

삶의 창(窓) - 법인스님

일지암(一枝庵) 주지스님

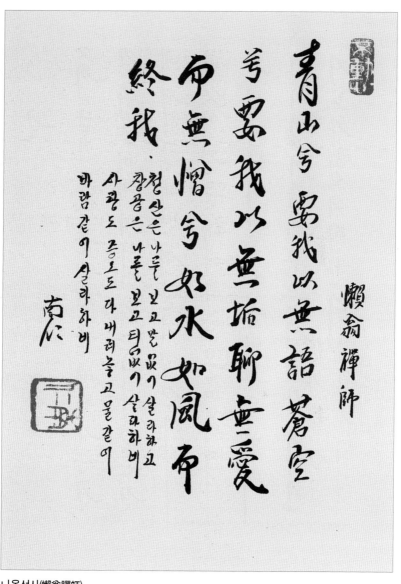

靑山兮 要我以無語 蒼空
兮 要我以無垢 聊無愛
而無憎兮 如水如風而
終我

청산은 나를 보고 말없이 살라하고
창공은 나를 보고 티없이 살라하네
사랑도 증오도 다 버리고 물같이
바람같이 살다하비

나옹선사(懶翁禪師)

나옹선사(懶翁禪師, 1320-1376) 속성 아씨, 초명 원혜, 이름 혜근
청산혜 요아이무어 창공혜 요아이무구료 무애이 무증혜 여수여 풍이종아

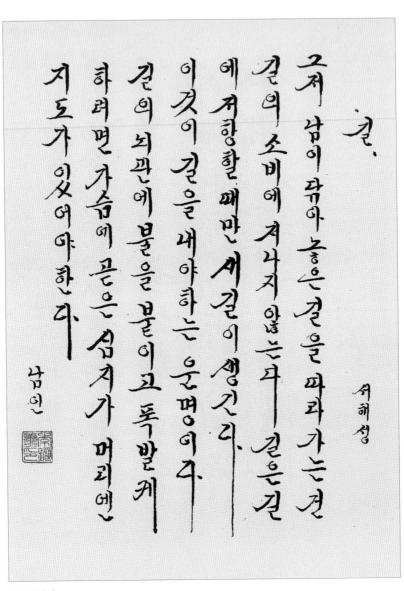

길.

서해성

그저 남이 닦아 놓은 길을 따라가는 건
길의 소비에 지나지 않는다. 길은 길
에 저항할 때만 새 길이 생긴다.
이것이 길을 내야 하는 운명이다.
길의 쇠판에 불을 붙이고 폭발케
하려면 가슴에 끓는 섭지가 머리엔
지도가 있어야 한다.

남인

길 - 서해성

작가, 성공회대 교수

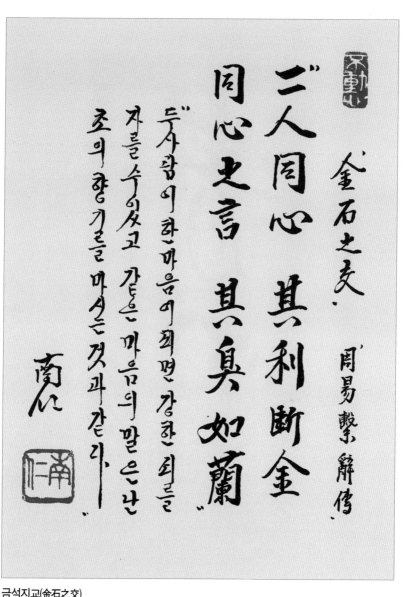

金石之交.

周易 繫辭傳.

二人同心 其利斷金
同心之言 其臭 如蘭

두사람이 한마음이 되면 강한 쇠를
자를 수 있고 같은 마음의 말은 난
초의 향기를 마시는 것과 같다.

금석지교(金石之交)

이인동심 기이단금 동심지언 기후여란 - 주역(周易) 격사전편(擊辭傳篇)

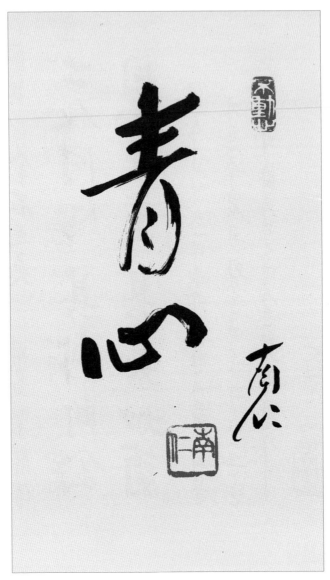

청심(靑心) - 남인 리정훈 시인

論語　陽貨篇

心人則不然　其未得也患弗
得之既得之又恐失之是以
有終身之憂　無一日之樂也

소인은 그러하지 못하나니 얻지 못할까 근심하고 얻으면 그것을 잃을 까 걱정하나니 이것으로 평생근심하 며 하루도 즐겁날이 없도다

논어(論語) - 양화편(陽貨篇)

소인측불연 기미득야 환불득지 기득지
우공실지시이 유종신 지우 무일일지락야

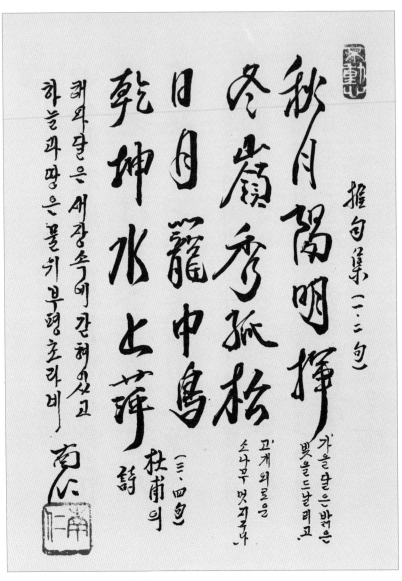

추구집(推句集) - 두보의 시 1,2구 3,4구

두보(杜甫, 712-770), 당나라 시인, 시성(詩聖)
추월양명휘 동령수고송 일월롱중조 건곤수상평

군자·君子·유有·구사·九思·
시각·視覺·에는·명민·明敏·청각·聽覺·에는
예민·銳敏·표정·表情·에는·유연·柔軟·태도·態
度·에는·성실·誠實·발언·發言·에는·충실
忠實·행동·行動·신중·愼重·의문·疑問
이있을때는·탐구심·探究心·을·감정·感情·에
는미혹·迷惑·되지말것이며이득·利得·을
보면의·義·를잊지말것이다

군자유구사(君子有九思)

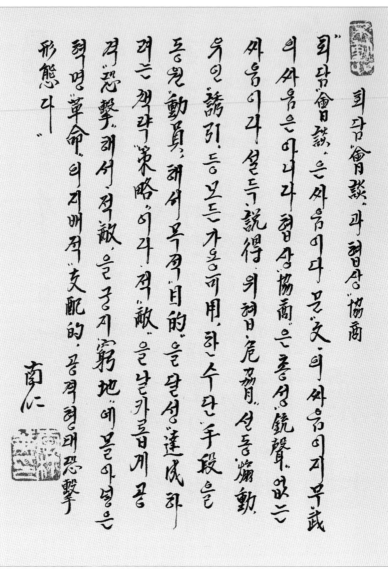

회담과 협상 - 김종구

김종구 칼럼 중에서

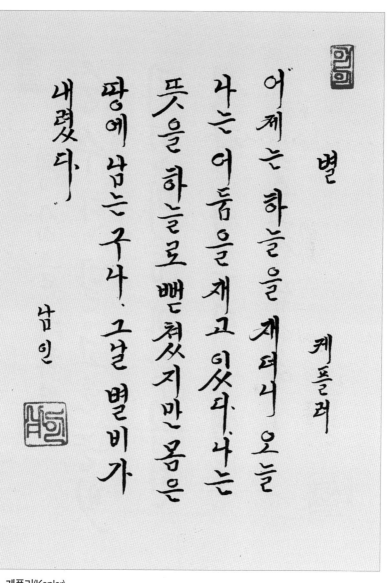

별 - 케플러(Kepler)

Johannes Kepler(1571-1630) 독일 출생 천문학자

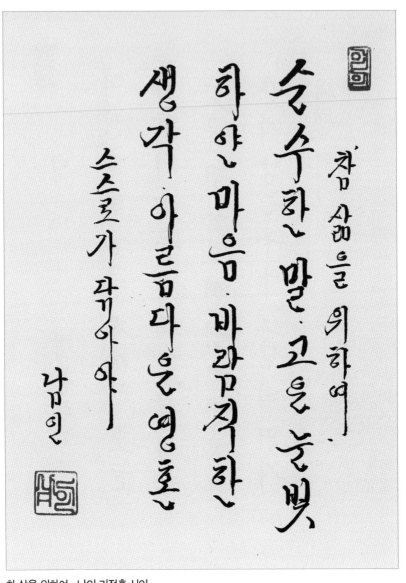

참 삶을 위하여 - 남인 리정훈 시인

"행복을 느끼는 활동, 회온철.

"행복감을 주는 활동은 자발적으로
선택하고 자율적으로 행동하는 것이
다. 그러므로 자신의 감정에 충실하고
자신의 생각을 솔직이 표현하며
살아가는 "참을성을 지닌 자유자
재형 인간이 행복을 느낀다."

남인

행복을 느끼는 활동 - 최인철
서울대 심리학과 교수

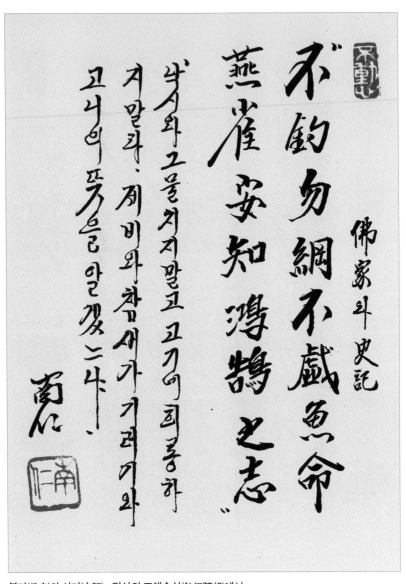

不釣勿綱不戯魚之命

燕雀安知鴻鵠之志

佛家와 史記

낙시와 그물치지말고 고기에 目숨하
지말라、제비와참새가 기러기와
고니의 뜻을 알겠느냐、

불가(佛家)와 사기(史記) - 평산의 조행수상(釣行隨想)에서

부조물망 불희어명 연작안지 홍학지지

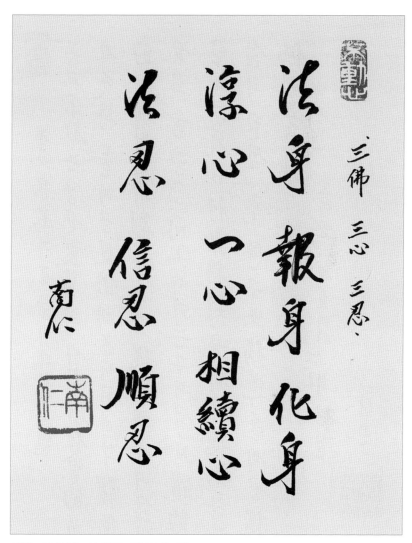

삼불(三佛) 삼심(三心) 삼인(三忍) 삼사(三思)

삼불 : 법신(法身)-영원한진리 자체로서 본체 / 보신(報身)-완성된 인격으로서 부처님 / 화신(化身)-부처
님의 변화된 신체(중생 교화 위한모습)
삼신 : 순심(淳心)-진심으로 믿는 마음 / 일심(一心)-만유의 실제 진여를 말함 / 상속심(相續心)-아미타불
을 잊지 않는 마음
삼인 : 법인(法忍)-진리를 깨닫는 지혜 / 신인(信忍)-신심으로 얻는 지혜 / 순인(順忍)_진리에 순종한 지혜
삼사 : 심려사(審慮思)-어떤 것을 해야할까 안해야할까 사유함 / 결정사(決定思)-그것을 해야한다고 결정
함 / 발동승사(發動勝思)-심작용 신(身)구(口)를 바르게 작용

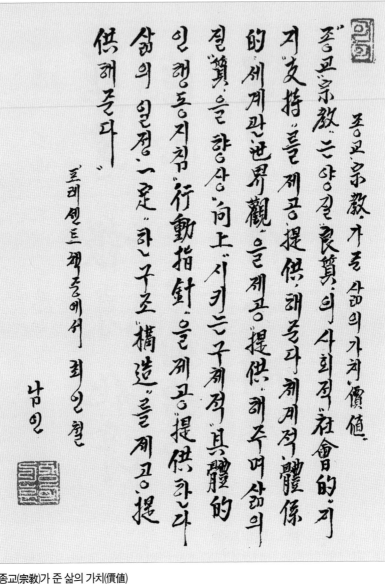

종교(宗敎)가 준 삶의 가치(價値)

'프레센트' 책 중에서 옮김

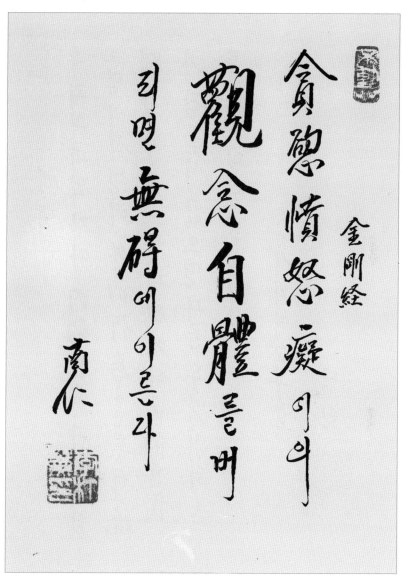

금강경(金剛經)

탐욕, 분노, 치(어리석음)의 관념 자체를 버리면 무애(막힘이 없어짐)에 이른다.

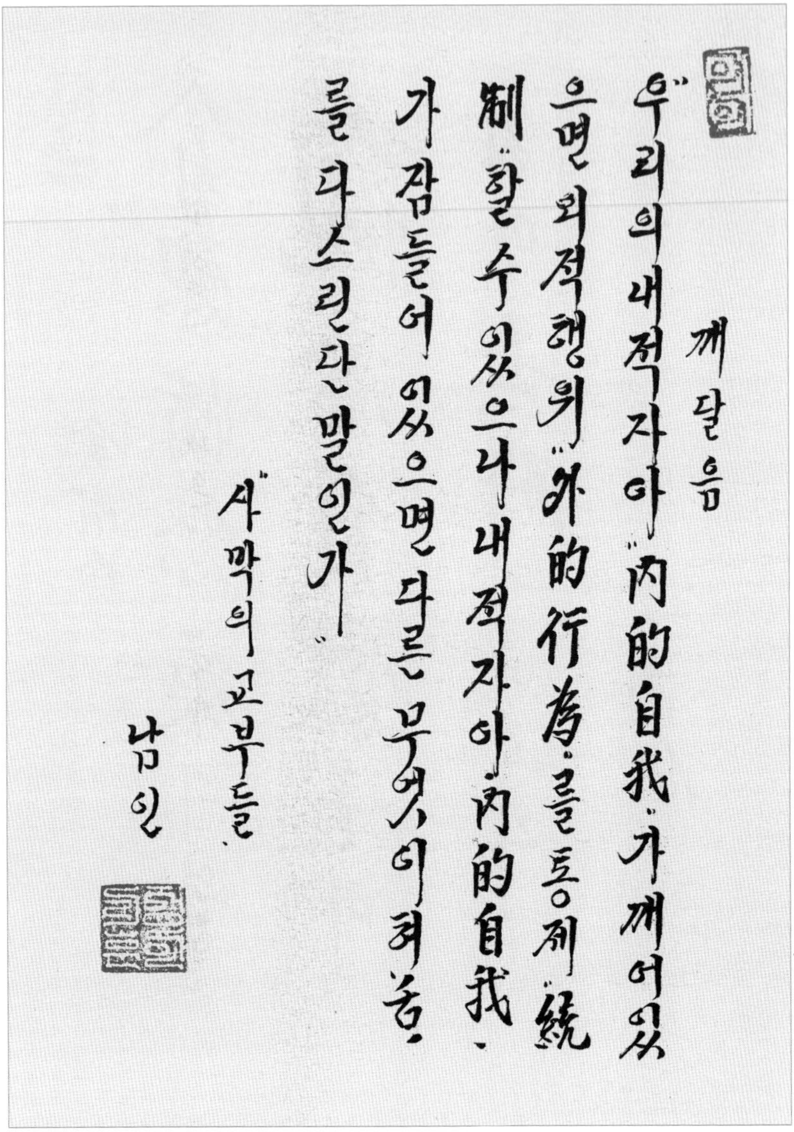

깨달음

"우리의 내적자아 內的自我가 깨어있으면 외적행위 外的行爲를 통제 統制할 수 있으나 내적자아 內的自我가 잠들어 있으면 다른 무엇이 저흥를 다스린단 말인가"

"사막의 교부들"

남인

깨달음 - '사막의 교부들' 책 중에서

권력. 權力.　　정찬 소설가

"권력"權力"이 추구 "追求"하는 궁극窮極의 존
재 存在. 양 樣式은 되 권력자 被權力者 로 하
여금 자신 自身이 권력 權力의 자장 磁場 속
에 있다는 사실 事實을 모르도록 하는 것이
다. 이것이 역사 歷史의 무상 無常 속에
서 권력 "權力"이라는 생명 "生命"이 터득 한
지혜 智慧"로운 생존술 生存術"을 우리는
민주주의 "民主主義"라 부른다

남인

권력 - 정찬

소설가, '세상의 저녁' 소설 중에서

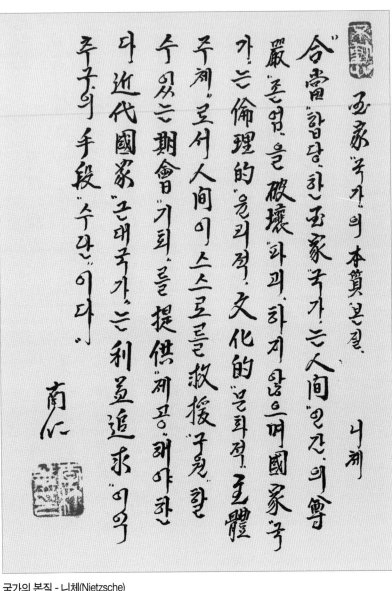

국가의 본질 - 니체(Nietzsche)

Friedrich Wilhelm Nietzsche(1844-1900) 독일 실존주의철학자

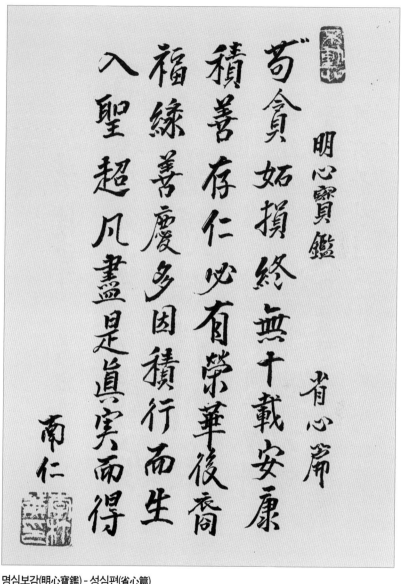

明心寶鑑

省心篇

苟貪妬損終無十載安康

積善存仁必有榮華後裔

福綠善慶多因積行而生

入聖超凡盡是眞實而得

南仁

명심보감(明心寶鑑) - 성심편(省心篇)

국탐투손종무십재안강 적선존인필유영화후예 복연선도다인적행이생 입성초범진시진실이득

남을 미워하고 해롭게 하는 것은 탐내는 것이요 마침내 십년동안 평안과 건강함이 없고 선한 일을쌓고 어 진 일을 남기면 반드시 후에 자손에게 영광스러움이 있느니라 복이 착하고 좋은일에 인연함은 많이 행하고 쌓음으로 생겨나는 것은 거룩한 곳에 들어 모든 것이 뛰어넘는다 이것이 참된 것에서 얻는 것이니라.

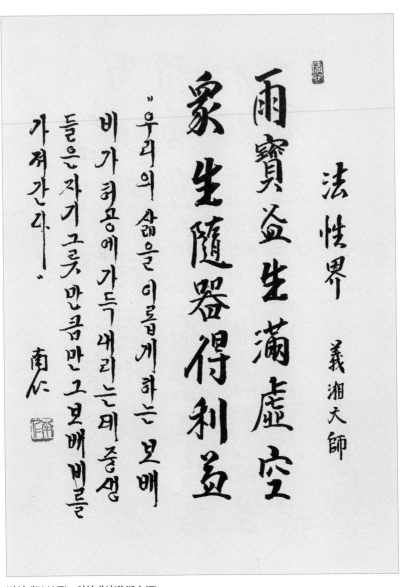

法性界　義湘大師

雨寶益生滿虛空
衆生隨器得利益

"우리의 삶을 이롭게 하는 보배
비가 허공에 가득 내리는데 중생
들은 자기 그릇 만큼 그 보배를
가져간다."

법성계(法性界) - 의상대사(義湘大師)

의상대사(義湘大師, 625-702) 신라 진평왕대 승려, 화엄종 대창
우보익생 만허공 중생수기 득이익

哀絕陽　茶山丁若鏞

蘆田小婦哭聲長
哭向門縣號穹蒼
夫征不復尙可有
自古未聞男絕陽

갈밭마을 젊은 아낙 끝없는 소리, 관문 앞에 통곡
하늘보고 울부짖어, 출장나간 지아비 들아오지
못해도, 사내 생식기 잘랐다 들어본적 없네

애절양(哀絕陽) - 다산 정약용

다산(茶山) 정약용(丁若鏞, 1762~1836) 조선 후기 실학자, 목민심서 저자
노전소부곡성장 곡항문현호궁창 부정불복상가유 자고미문남절양

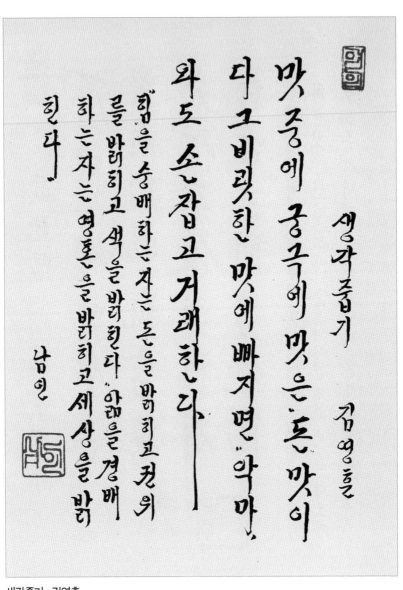

생각줍기 - 김영훈

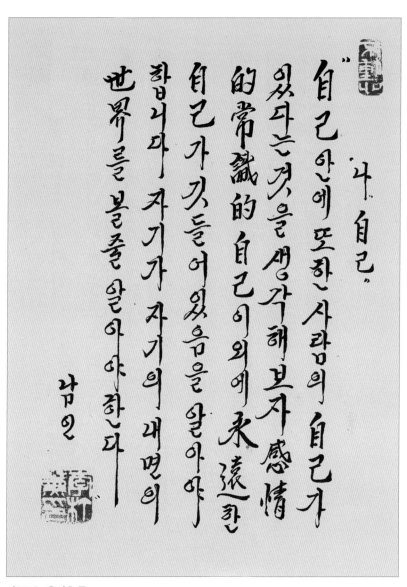

나(自己) - 옮겨온 글

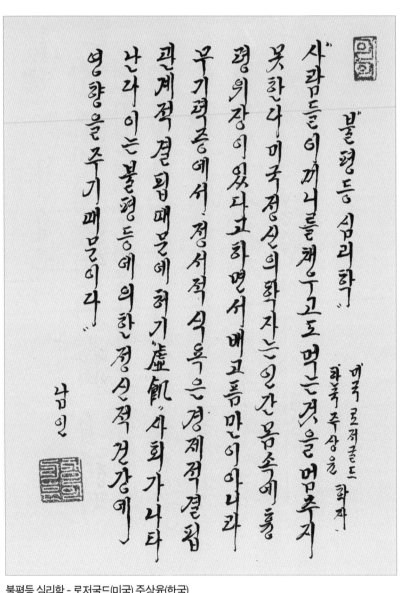

"불평등 심리학" 미국 로저굴드, 한국 주상윤 화가

"불평등 심리학"

사람들은 이끼니를 채우고도 먹는것을 멈추지 못한다. 미국정신의학자는 인간 몸속에 흡연의장이 있다고하면서 배고픔만이아니라 무기력증에서, 정서적 식욕은 경제적 결핍 관계적 결핍 때문에 허기虛飢, 사회가나타난다 이는 불평등에 의한 정신적 건강에 영향을 주기때문이다.

남인

불평등 심리학 - 로저굴드(미국) 주상윤(한국)

"실패원인 십대 조건"

1. 솔직하지 못한다, 1. 상대방을 조종하지 않는다, 1. 필요없는 말을 많이한다, 1. 말과 행동이 다르다, 1. 남의 가치관을 심히비판 한다, 1. 남이 나를 섬기기를 바란다, 1. 과거에 너무 집착한다, 1. 남의 단점을 말한다, 1. 남을 너무 모르고 행동한다, 1. 자기계획이 없다, 1. 특히 인간관계를 소홀히한다.

남인

실패 원인 십대 조건

자유自由와 저항抵抗.

풍자諷刺는 지배권력支配權力에 대한 도전

挑戰.이어야 한다. 그것이 유머의 정치화政治

化이며 공격성攻擊性이다 지배권력支

配權力과 무관無關한 개인個人의 약자

성弱者性을 부각浮刻할 때 이는 어떤 도

전挑戰.이다 저항抵抗과는 무관無關하다

자유自由와는 개념概念을 계으로 지우 은유思惟

하면 오히려 지배권력支配權力을 더욱 굳고鞏

固히 지켜주는 역할役割을 하게 된다 南人

자유와 저항 - 옮겨온 글

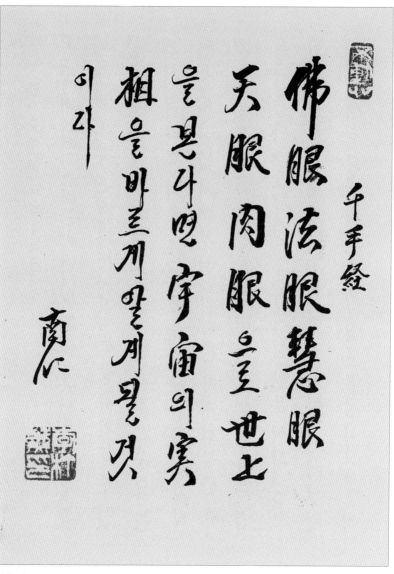

천수경(千手經)

불안 - 부처님의 눈 "깨달음을 연자의 식견" / 법안 - 진실을 보는 지혜의 눈 "법에 대한 밝은 눈"
혜안 - 사물을 바르게 관찰하는 눈 "철학적 통찰력"
천안 - 초인적인 눈 "보통 보이지않는것이라도 보는능력"
육안-인간의 육신의 눈 "범부의 눈"

공적개념이 없는 정치인과 영혼없는 관료들

영혼없는 관료지식인

이해방식이 후끈질기게 생명력을 유지할 수 있

었던 것은 그들에게 그럴듯한 이정인수식논

리와 유리한 여론 환경을 제공해주부역지식

인들이 있었기 때문이다 곡학아세하는 학자

진실을 호도하는 언론인 법치를 우롱하는 법

률가등이 대표적인 부역지식인들이라그들

힘센 권력자에게 기생하여 출세를 위해알량

한 지식을 팔고 거짓을지 실로 포장하고 불의

영혼없는 관료지식인 - 옮겨온 글

를 정의로 뒤바꾼다 그들은 우리 사회를 몽매한 상태에 머물게 하고 때로는 광장에 광기를 방조하고 부추긴다 그들은 그대가로 출세와 부를 챙기지만 우리 사회의 정의와 도덕성은 실종된다 해방이후 칠십년동안 이기본들을 크게 바뀌지 않고 있다. 우리 국민이 자각해야 한다.

남인

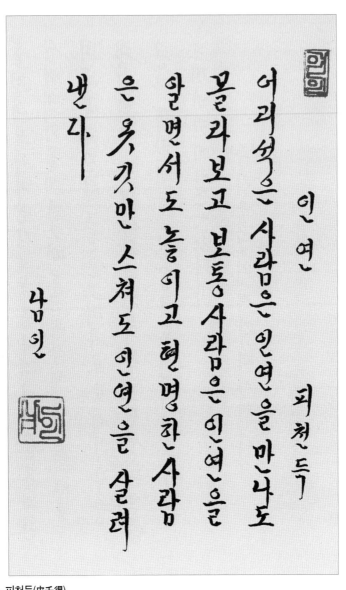

인 연   피천득

어리석은 사람은 인연을 만나도
몰라보고 보통사람은 인연을
알면서도 놓치고 현명한 사람
은 옷깃만 스쳐도 인연을 살려
낸다

남인

인연 - 피천득(皮千得)

피천득(皮千得, 1910-2007) 수필가, 시인, 수필집 '인연'

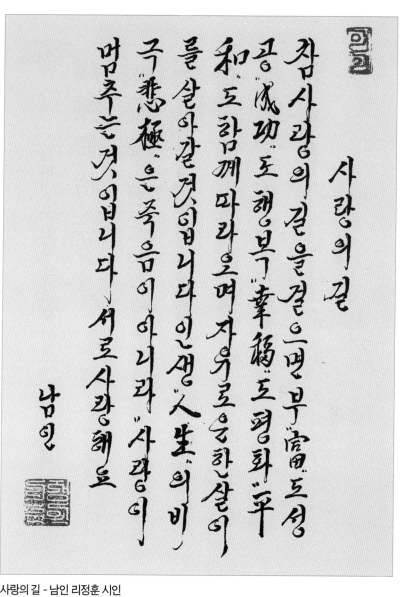

사랑의 길 - 남인 리정훈 시인

마음을 열어주는 지혜, 영혼에 빛을!

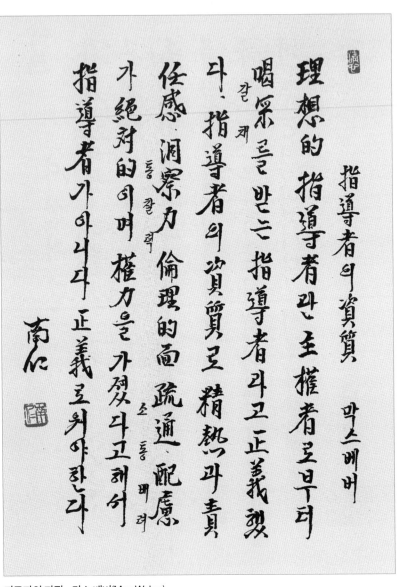

理想的 指導者의 資質   막스 베버

理想的 指導者란 主權者로부터
唱衆(갈채)를 받는 指導者라고 正義했
다. 指導者의 資質로 精熱과 責
任感 · 洞察力(등찰력) 倫理的面 疏通 · 配慮
가 絶對的이며 權力을 가졌다고해서
指導者가아니다 正義로워야한다

南仁

지도자의 자질 - 막스 베버(Max Weber)

Max Weber(1864-1920) 독일사회학자, '자본론' 저자

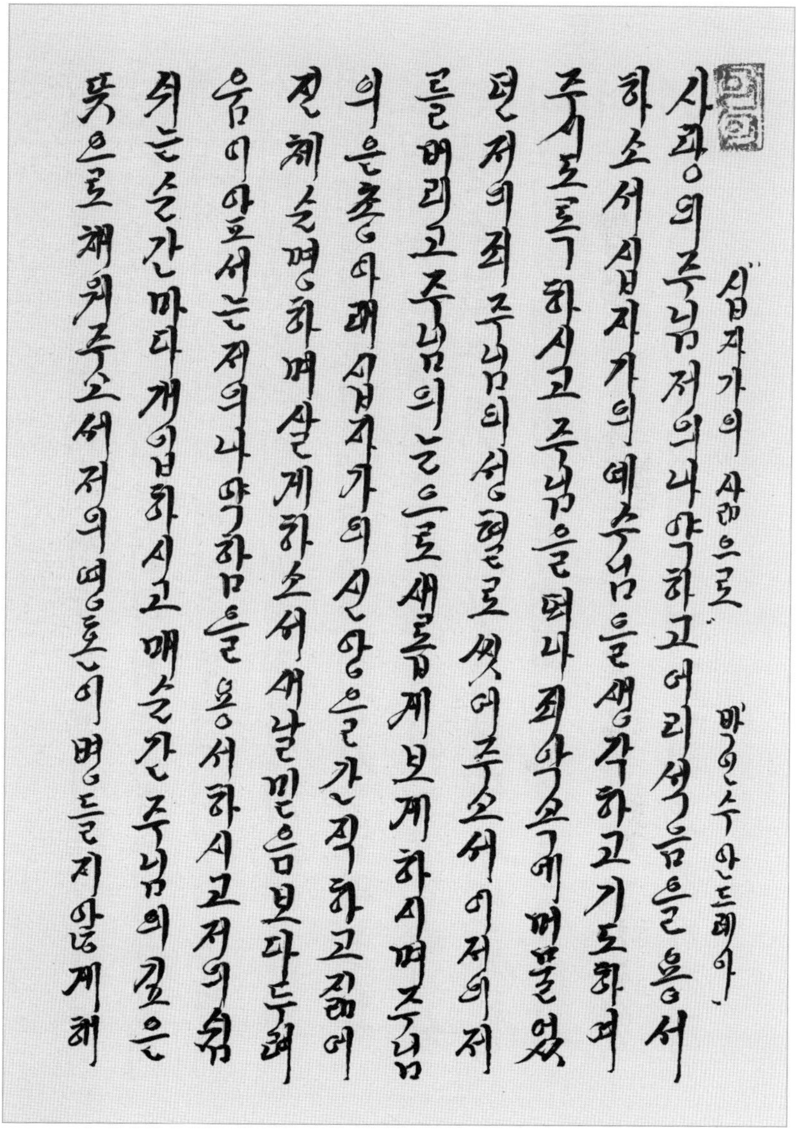

십자가의 삶으로 - 어느 수인(囚人)의 기도문 1

박인수(안드레아) 요한 신부

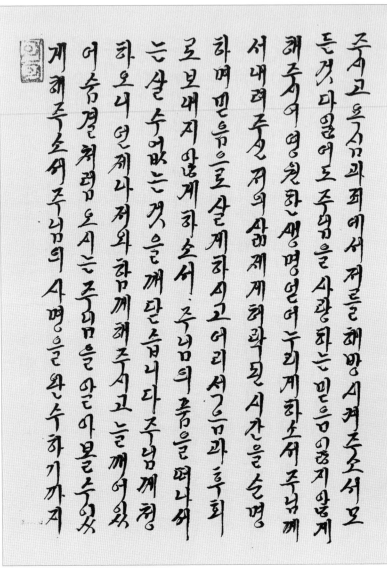

죽이고 오심과 죄에서 저를 해방시켜주소서 모든것 다떨어도 주님을 사랑하는 믿음이흔지않게 해주시어 영원한 생명얻어 누리게하소서 주님께서 내려주신 저의 삶에제 회락된 시간을 순명하며 믿음으로 살게하시고 어리서음과 후회로 보내지 않게하소서 주님의 품을 떠나서는 살수없는 것을 깨닫습니다 주님께 청하오니 언제나 저와 함께해주시고 늘깨어있어 숨결처럼 오시는 주님을 알아볼수있게해주소서 주님의 사명을 완수하기까지

십자가의 삶으로 - 어느 수인(囚人)의 기도문 2

박인수(안드레아) 요한 신부

받는 고통들로 기쁘게 이겨낼 수 있게 하소서

저의 모든 사랑을 통회하여 하느님 아버지를 드

러내게 하시고 이 세상을 비추는 작은 불

꽃되게 하소서 불꽃같이 하여 이 세상을 떠

나 주님 앞에 섰을 때 부끄럽지 않는 주님

의 자녀가 되게 하소서 제가 지쳐어진 이 십자

가는 저의 삶이며 주님께 가는 저의 길입니

다 저의 힘이며 모든 것이신 주님 제가 주님

을 사랑합니다.

남인

십자가의 삶으로 - 어느 수인(囚人)의 기도문 3
박인수(안드레아) 요한 신부

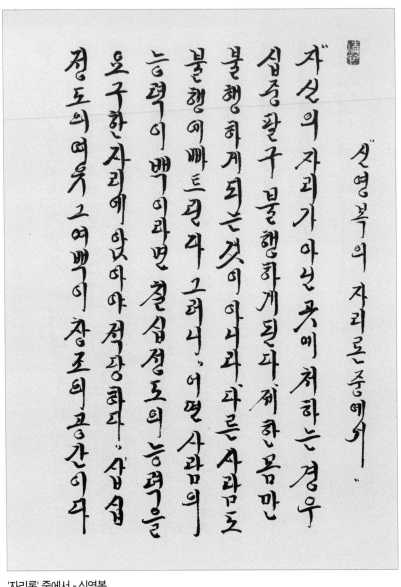

'자리론' 중에서 - 신영복

신영복(申榮福, 1941-2016) 성공회대학 사회과 교수, 경제학자, 작가 백의 능력을 요구받는 자리에 칠십 정도의 능력을 가진 사람이 가면 부족한 삼십 함량 미달의 불량품으로 채우거나 킨 위로 채우거나 거짓으로 채울 수밖에 없다. 결국 자기도 파괴되고 그 자리도 파탄난다. 조금 모자란 자리. 칠십 정도의 자리를 킨 한다.

남인

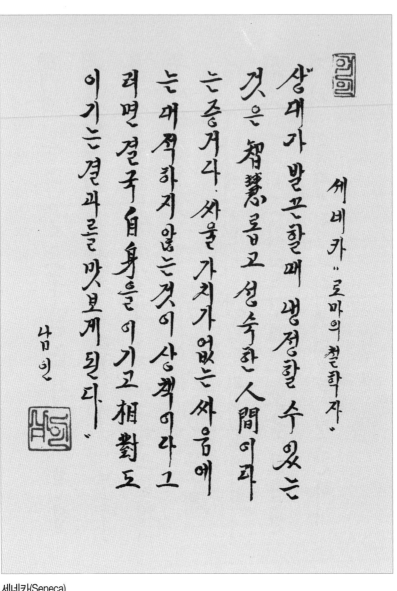

세네카 "로마의 철학자"

상대가 발끈할 때 냉정할 수 있는 것은 智慧롭고 성숙한 人間이라는 증거다. 싸울 가치가 없는 싸움에는 대적하지 않는 것이 상책이라 그러면 결국 自身을 이기고 相對도 이기는 결과를 맛보게 된다.

남인

세네카(Seneca)

Lucius Annaeus Seneca(BC.4-AD.65) 로마의 철학자

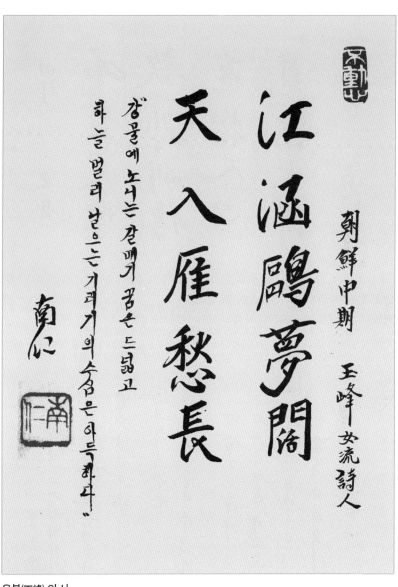

江涵鷗夢闊 天入雁愁長

朝鮮中期 玉峰 女流 詩人

강물에 노니는 갈매기 꿈은 드넓고
하늘 멀리 날으는 기러기의 수심은 아득하다.

옥봉(玉峰) 의 시

옥봉 이씨(玉峰 李氏) 조선중기 여류시인
강함구몽활 천입안추장

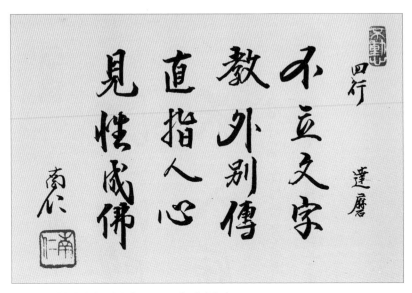

선(禪)의 근본적 입장 - 방가경(榜伽經) 4행, 달마대사

불립문자 : 언어문자의 형식에 집착하지 않고 마음에서 마음으로 법을 전하고 깨닫는 의미.
교외별전 : 경전문구에만 의지하지 않고 직접 체험에 의해서 전해질 수 있다는 의미.
직지인심 : 교리를 생각하거나 모든계행을떠나서 직접사람의 마음을 교화하여 불과를 이루게하는 의미.
견성성불 : 선어(禪語), 자기 인간의 본성을 철견하여 깨닫는 의미로 각자가 될 수 있다.

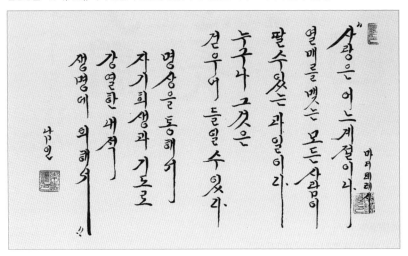

사랑은 모든 사람의 과일 - 마더 테레사 수녀

본명 아녀저 곤제보아지우(알바니아, 1910-1997) 인도 콜카타에서 사랑의선교회 수녀회 설립

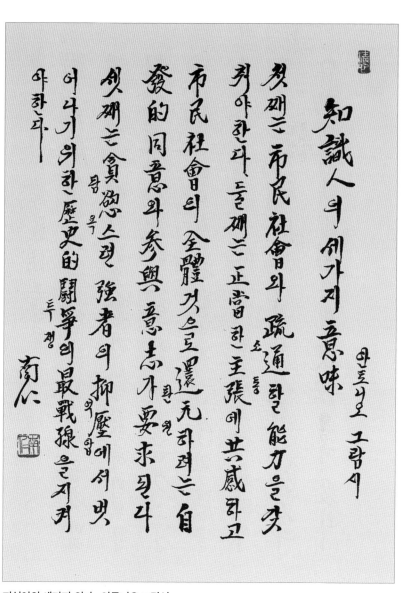

지식인의 세가지 의미 - 안토니오 그람시

Antonio Gramsci(1891-1937) 이탈리아 지식인, 정치인, 사상가

尊嚴性 "존엄성"

韓國 社會에서는 人間의 尊嚴은 것밤
리며 살어간다 大多數가 尊嚴하지못한
社會에가 極小數만 尊嚴해지는것, 그것
尊嚴이아니라 特權이다. 나의 尊嚴을
認定받으려면 他人의 尊嚴도 認定해야
한다. 우리는 現實에거 이 原則이 權力의
作動에의해 深刻하게 浸蝕되어있다.

존엄성(尊嚴性) - 어느 신문에서 옮겨온 글

그 理由는 오랜 習俗과 慣性이고 社會的

制裁의 手段이 缺如된 것이다 사람들은

他人의 尊嚴을 짓밟아서는 안된다는 걸

몰라서 그런 짓을 하는 게 아니다. 그래도

으니까. "그래도 되니까. 그런 짓을 하는 것.

니라. 法과 制度가 그럴듯 갖춰져 있음

에도 그것이 철저 公平하게 適用되지않은다."

南仁

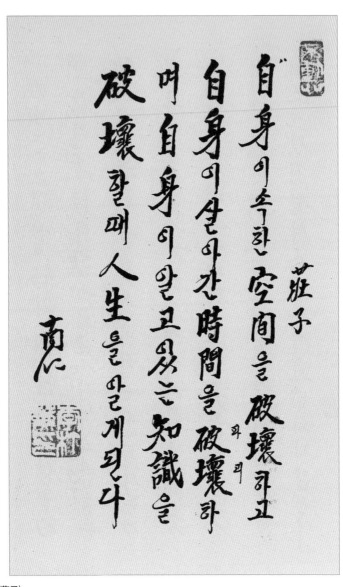

自身이 속한 空間을 破壞하고
自身이 살다간 時間을 破壞하며
自身이 알고있는 知識을 破壞할때
人生을 알게되다

莊子

장자(莊子)

장자(莊子, BC.369.-BC.289) 중국 전국시대 송나라 철학자, 도가(道家) 사상가

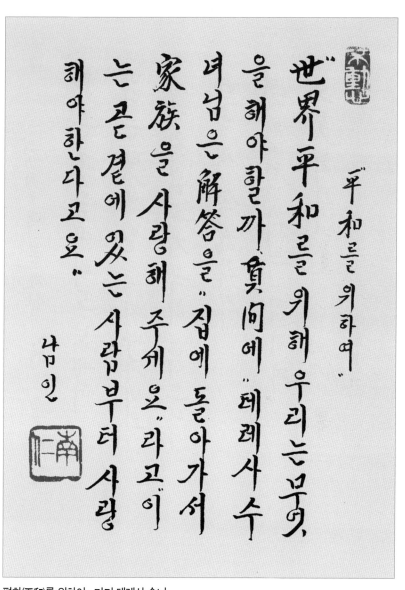

平和를 위하여

"世界平和를 위해 우리는 무엇을 해야 할까, 負問에 "테레사 수녀님은 解答을 "집에 돌아가서 家族을 사랑해 주세요."라고, 이는 곧 곁에 있는 사람부터 사랑해야 한다고요."

남인

평화(平和)를 위하여 - 마더 테레사 수녀
본명 아녀저 곤제보아지우(알바니아, 1910-1997) 인도 콜카타에서 사랑의선교회 수녀회 설립

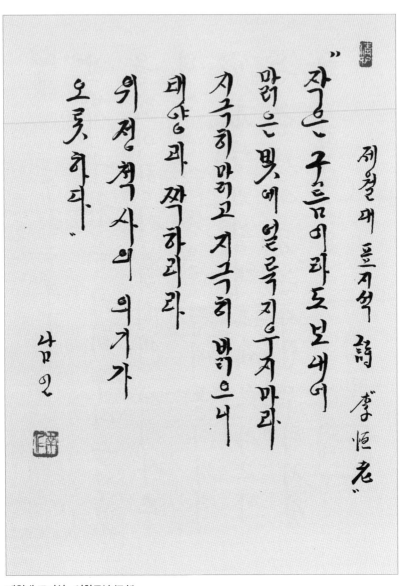

제철대 표지석 詩 李 恒老

"작은 구름이라도 보내어
맑은 빛에 얼룩지지 마라
지극히 맑고 지극히 밝으니
태양과 짝하리라
위정척사의 의기가
오롯하다."

남인

제월대 표지석 - 이항로(李恒老)

이항로(李恒老, 1792-1868) 조선시대 유학자, 문신
제월대는 충북 괴산에 있는 조선시대 경승지

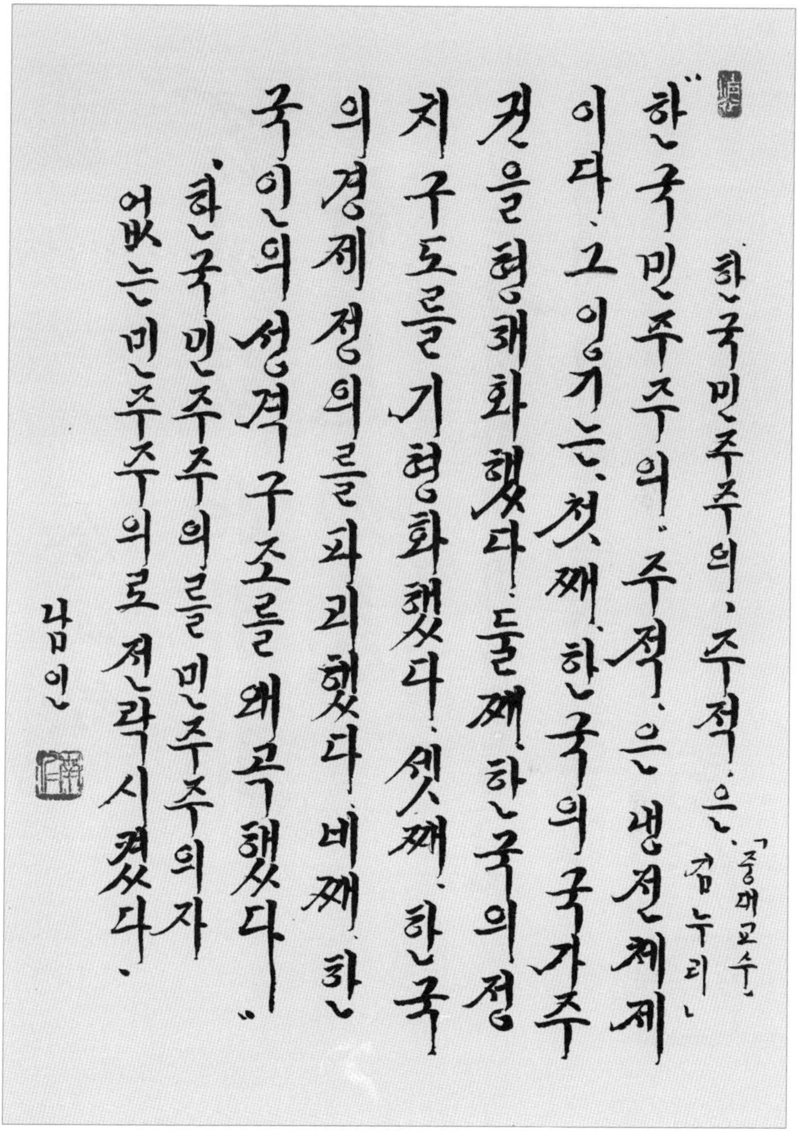

한국민주주의 주적 - 김누리

중앙대학교 교수

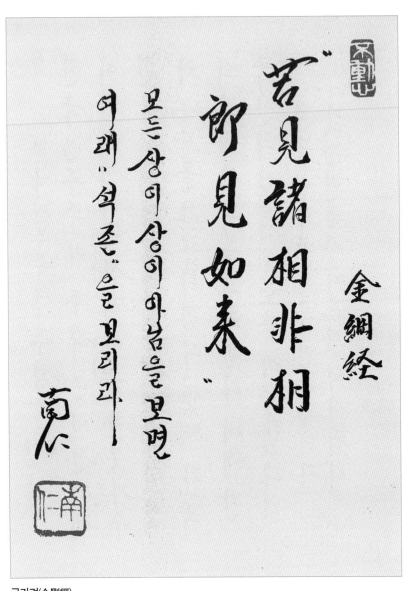

若見諸相非相　金綱経

卽見如来

모든 상이 상이 아님을 보면

여래 석존 을 보리라

금강경(金剛經)

약견제상 비상즉견여래

길 위에서

우리가 가야할 길이 탄탄대로의 포장
길이 아니면 어떤가? 마음 따뜻한 이
들과 함께라면 먼지 나는 구불구불
한 비포장 길이어도 때로 조금 돌아간다
해여도 앞날이 내다 보이면 다행이야 넌
가느리게 간다고 세월이 떠다 가지 않으며
빨리 간다고 가야할 길이 줄어 들지는 않
으니 말이다.

생각이 있는 풍경 탁기형

남인

길 위에서 - 탁기형

한겨레신문 편집국 사진기자, '생각이 있는 풍경'에서

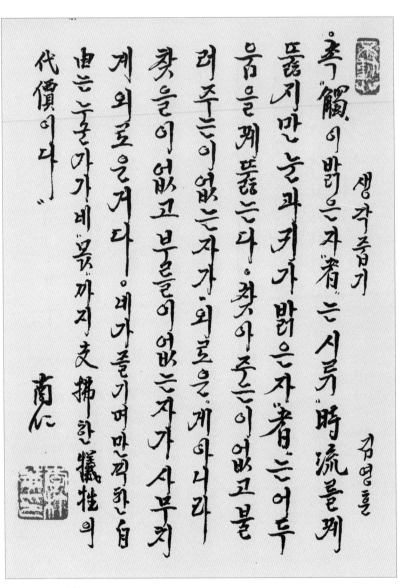

생각줍기

생각줍기 - 김영훈

김영훈 '생각줍기'에서(한겨레모바일)

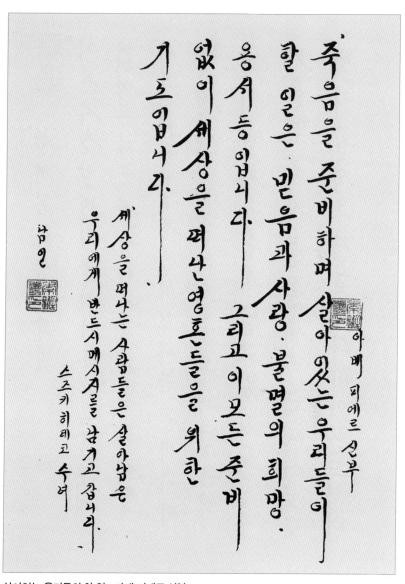

살아있는 우리들의 할 일 - 아베 피에르 신부

로마 가톨릭교회 사제, 엠마우스 운동(빈민자, 노숙자를 위함)

천개의 바람이 되어.

나의 사진앞에서 울지마오 . 나는 그곳에
없어요 . 나는 잠들어 있지 않아요 . 제발
나를 위해 울지 말아요 . 나는 천개의 바
람 . 천개의 바람이 되었죠 . 저 넓은 하
늘 위를 자유롭게 날고 있었죠 . 간주 .
가을엔 곡식들을 비추는 따사로운
빛이 될게요 겨울엔 다이아몬드처럼

천개의 바람이 되어 1
원작 인디언 노래(작가 미상)

반짝이는 눈이 될게요. 아침엔 종달
새 되어 잠든 당신을 깨워 줄게요
밤에는 어두움 속에 별이 되어 당신
을 지켜줄게요.. 찬주, 나의 사진 앞에서
있는 그대 제발 눈물을 멈춰요. 나는
그곳에 있지 않아요 죽었다고 생각
말아요. 나는 천개의 바람 천개의

천개의 바람이 되어 2

원작 인디언 노래(작가 미상)

바람이 되었죠, 저 너른 하늘 위를
자유롭게 날고 있죠, 나는 천개의
바람, 천개의 바람이 되었죠, 저 너른
은 하늘 위를 자유롭게 날고 있죠,

"원작은, 인디언(작사미상) 이시는: 메리엘
리자베스프라이의 천구마카렛 수바르츠코프(코건)
이 독일에서 돌아가심, 욱태인이라 가지 못하자
메리가 친구위해 쓴 시이고,"

남인[인장]

천개의 바람이 되어 3
원작 인디언 노래(작가 미상)

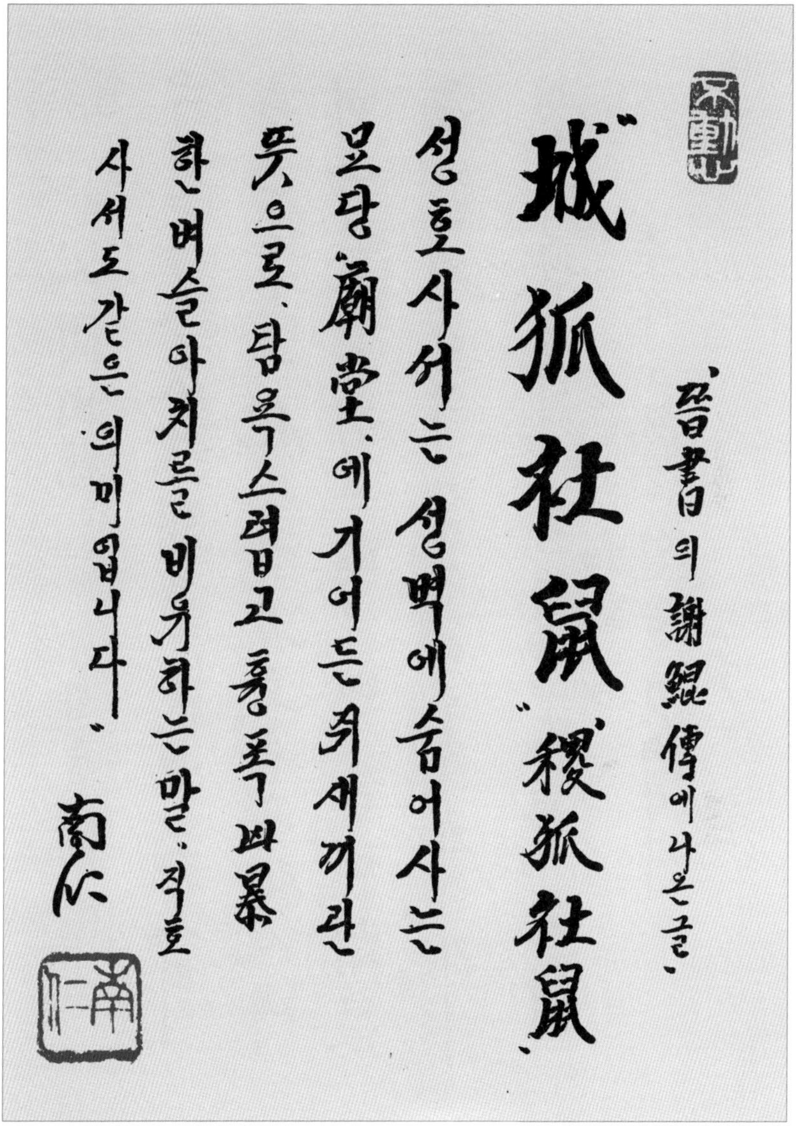

城狐社鼠 稷狐社鼠

晉書의 謝鯤 傳에 나온 글,

성호사서는 성벽에 숨어사는
모당 廟堂에 기어든 쥐새끼란
뜻으로, 탐욕스럽고 흉폭 兇暴
한 벼슬아치를 비유하는 말, 직호
사서도 같은 의미입니다.

南仁

성호사서(城狐社鼠)

진서(晉書)의 사곤전(謝鯤傳)에 나옴

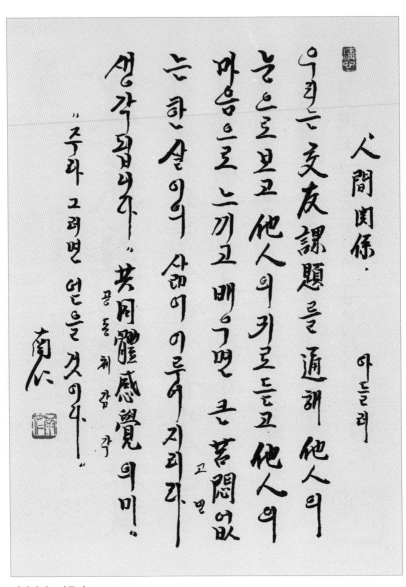

人間関係. 아들러

우리는 交友課題를 通해 他人의
눈으로 보고 他人의 귀로 듣고 他人의
마음으로 느끼고 배우면 큰 苦悶없
는 한 삶이 이루어 지리라 고민

생각됩니다. "共同體感覺의 미 공동체 감각
"주라 그러면 얻을 것이다——."

南仁

인간관계 - 아들러

Alfred Adler(1870-1937) 오스트리아 출생 정신의학자, 심리학자

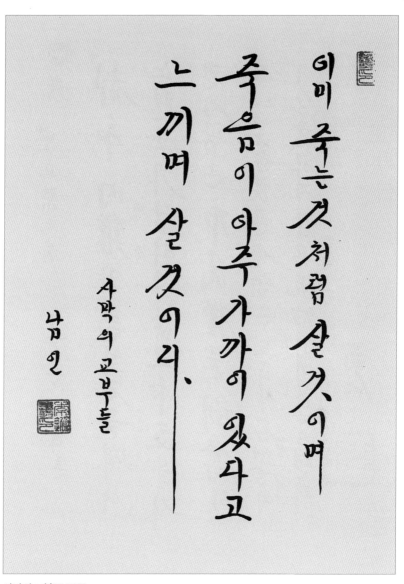

사막의 교부(敎父)들

사막 교부(Desert Father)란 3세기 경에 시작된 주로 이집트의 스케티스 사막에서 생활한 은수자들, 금욕주의자들, 수사들, 수녀들을 말한다.

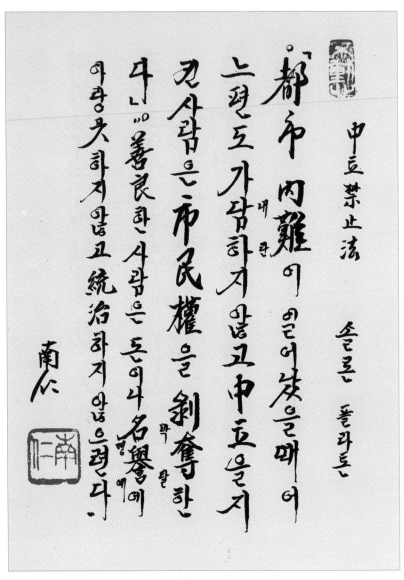

中立禁止法　솔론　플라톤

「都市 內難이 일어났을때에 어
느편도 가담하지않고 中立을지
킨사람은 市民權을 剝奪(박탈)한
다」 善良(선량)한 사람은 돈이나 名譽(명예)에
어랑곳하지않고 統治하지 않으련다.

중립금지법(中立禁止法) - 솔론(Solon), 플라톤(Platon)

솔론(Solon, BC.630-BC.560) 그리스 7현인 중 한 사람, 귀족정치를 종식시키고 금권정치로 대체
플라톤(Platon, BC.427-BC.347) 그리스의 철학자. 아테네의 귀족. 소크라테스의 제자이자 아리스토텔
레스의 스승

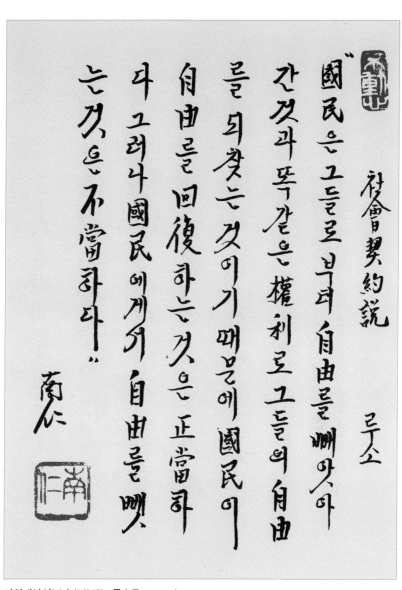

社會契約說　루소

"國民은 그들로 부터 自由를 빼앗아 간 것과 똑같은 權利로 그들의 自由를 되찾는 것이기 때문에 國民이 自由를 回復하는 것은 正當하다 그러나 國民에게서 自由를 빼앗는 것은 不當하다"

南仁

사회계약설(社會契約說) - 루소(Rousseau)

Jean Jacques Rousseau(1712-1778) 프랑스 철학자, 음악가, 낭만주의 사상가, '사회계약론' '에밀' 저자

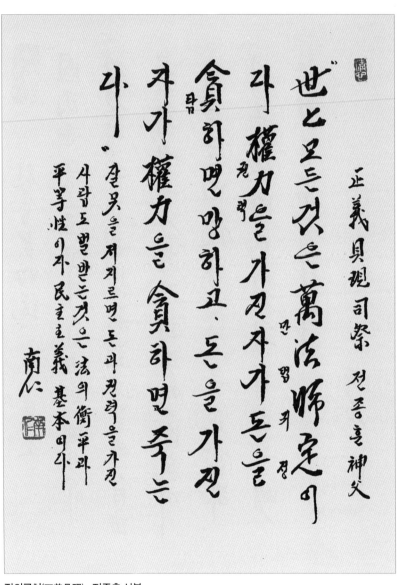

正義具現 司祭 전종훈 神父

世上 모든 것은 萬法師定이
라 權力을 가진 자가 돈을
貪하면 망하고, 돈을 가진
자가 權力을 貪하면 죽는
다.

잘못을 저지르면 돈과 권력을 가진
사람도 별 받는것은 法의 衡平과
平等性이자 民主義 基本이다

정의구현(正義具現) - 전종훈 신부

한국천주교 정의구현사제단 대표 신부

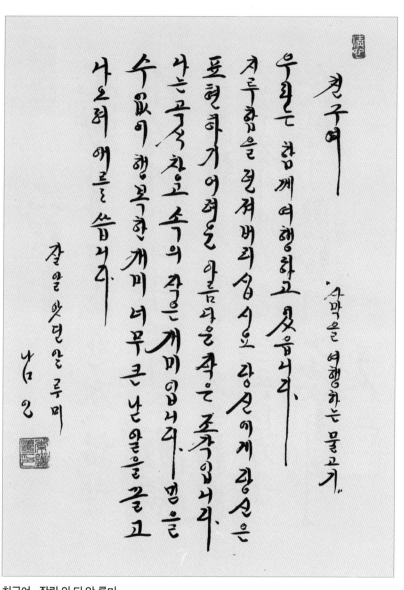

친구여 - 잘랄 앗 딘 알 루미

'사막을 여행하는 물고기' 책 중에서

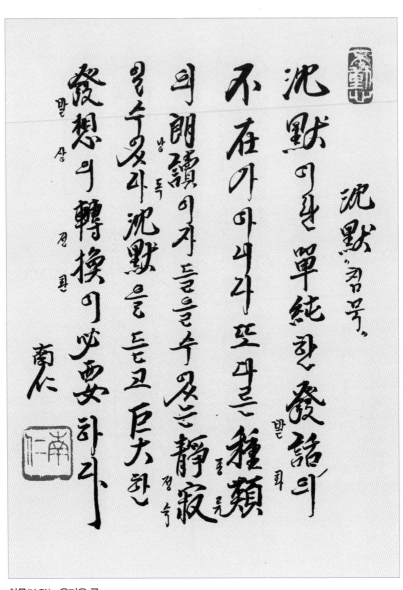

沈默 - 킴묵

沈默이란 單純한 發話의
不在가 아니라 또다른 種類
의 朗讀이지 들을수있는 靜寂
일수있다 沈默을 듣고 巨大한
發想의 轉換이 必要하다

南仁

침묵(沈默) - 옮겨온 글

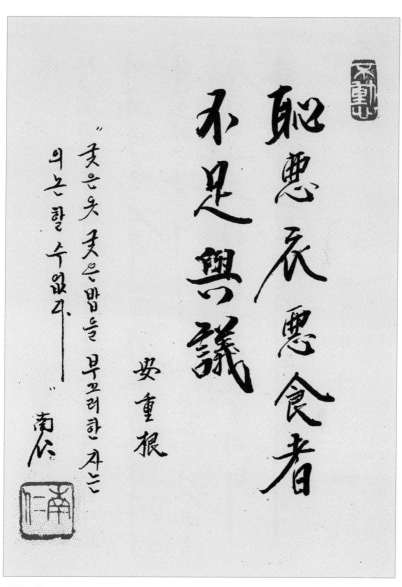

恥惡衣惡食者 不足與議

安重根

"좋은 옷 좋은 밥을 부끄러한 자는 의논할 수없다.——"

南人

안중근(安重根)

안중근(安重根, 1879~1910) 황해도 해주 출신, 본명 응칠, 독립운동, 하얼빈 의거, 의병활동
치오의오식자부족여의

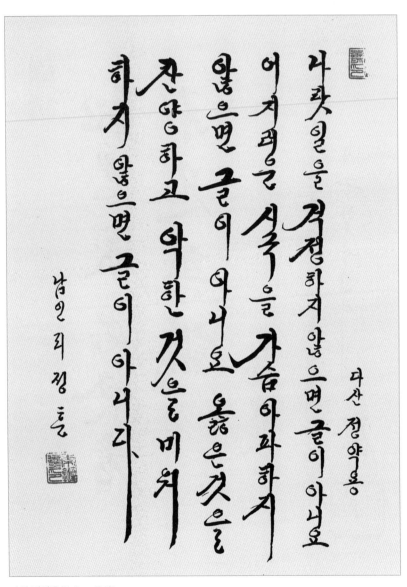

나랏일을 걱정하지 않으면 글이 아니요
어지러운 세상을 슬퍼하고 가슴아파하지
않으면 글이 아니오 옳은 것을
찬양하고 악한 것을 미워
하지 않으면 글이 아니다.

다산 정약용

남인의 정흥

다산 정약용(茶山 丁若鏞)

정약용(丁若鏞, 1762-1836) 조선 후기의 실학자

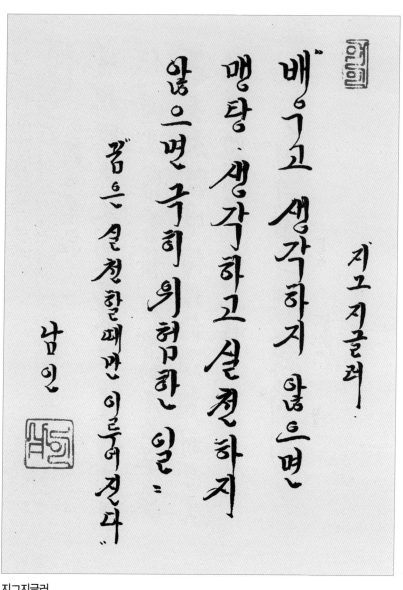

배우고 생각하지 않으면
맹탕, 생각하고 실천하지
않으면 극히 위험한 일~
꿈은 실천할때깐 이루어진다

지그지글러

남인

지그지글러
Zig Ziglar(1926-) 미국의 소설가

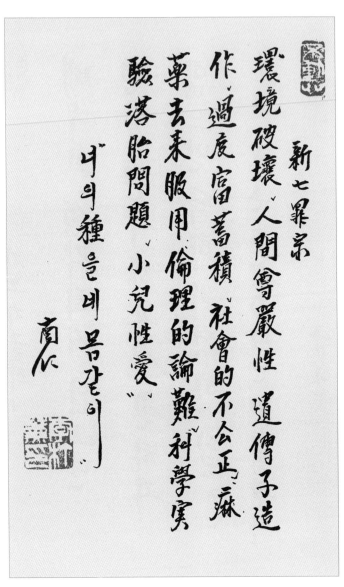

신칠죄종(新七罪宗)

환경파괴 인간존엄성 유전자조작 과도부축적 사회적불공정 마약거래복용
윤리적논란 과학적실험 낙태문제 소아성애

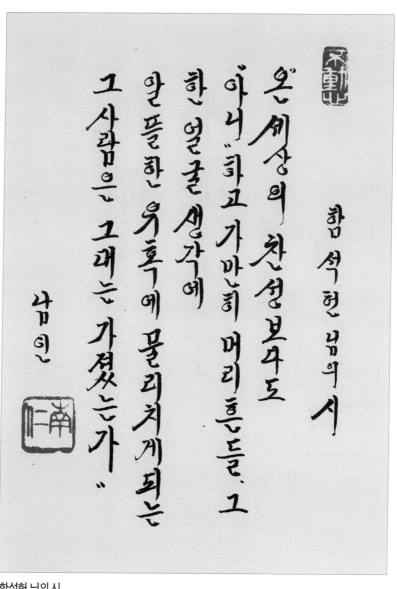

함석헌 님의 시

온 세상의 찬성보다도 아니 하고 가만히 머리 흔들,

그 한 얼굴 생각에 말들한 유혹에 물리치게 되는

그 사람은 그대는 가졌는가

함석헌 님의 시

함석헌(咸錫憲, 1901-1989) 평안북도 출신 종교인, 사회운동가, 언론인

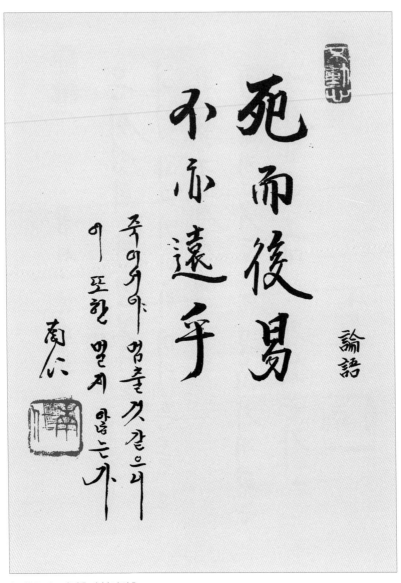

死而後已 不亦遠乎

論語

주어야 멈출 것 같으니
이 또한 멀지 않는가

논어(論語) - 사역후이 불역원호

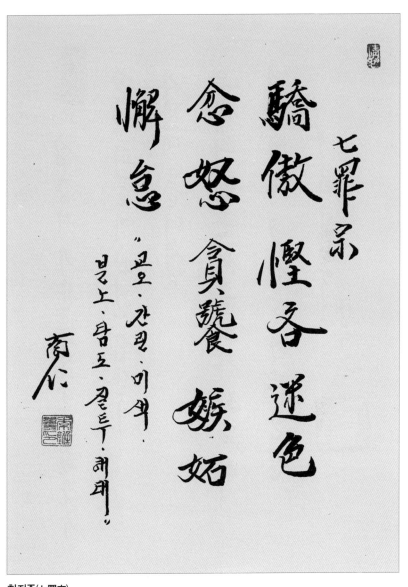

칠죄종(七罪宗)

6세기초 로마 교황때 그레고리우스1세가 인간의 죄악을 분류한 일곱 가지 종류

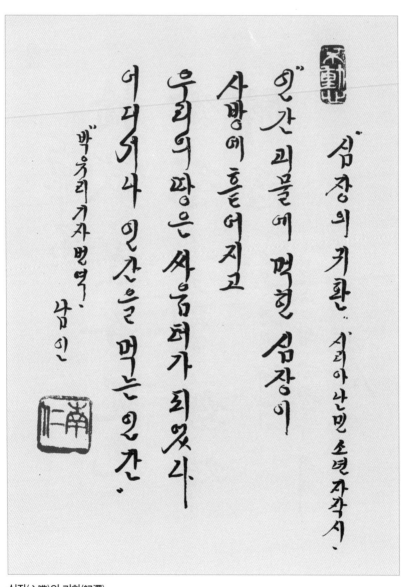

심장(心臟)의 귀환(歸還)

시리아 난민 소년 자작시

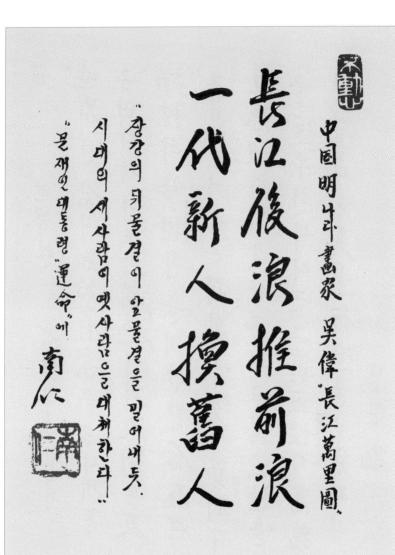

長江後浪推前浪
一代新人換舊人

中國明나라 畵家 吳偉 長江萬里圖.

"장강의 뒤물결이 앞물결을 밀어내듯.
시대의 새사람이 옛사람으로 대체한다…"

"문재인 대통령 "運命"에

南仁

장강만리도(長江萬里圖) - 오위(吳偉)

오위(吳偉, 1459-1508) 중국 명나라 화가
장강후랑 추전랑 일대신인 환구인

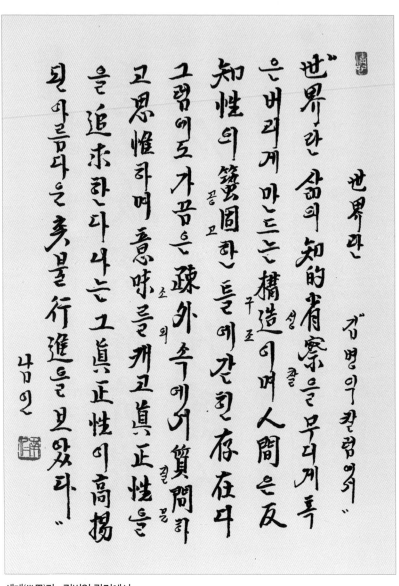

"世界란 삶의 知的省察을 무디게 특
은 버리게 마느드는 構造이며 人間은 反
知性의 範圍(범위) 틀에 갇힌 채 存在다
그럼에도 가끔은 疎外 속에서 質問하
고 思惟하며 意味를 깨고 眞正性을
을 追求한다 나는 그 眞正性이 高揚
된 따름다운 奏旨 行進을 보았다 "

世界란   김병익 칼럼에서

세계(世界)란 - 김병익 칼럼에서

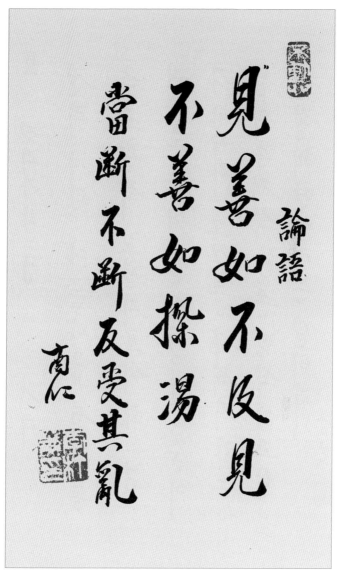

논어(論語)·사기(史記)

견선여불급 견불선여심탕 : 선한 것을 보면 아직도 미치 못하여 부족한 것으로 여겨 안달하고, 좋지 않은 것을보 면 마치 뜨거운 물에 손가락을 넣는 것 같이 조심하고 경계해야 한다.
당단부단 반수기란 : 마땅히 잘라야 할 것을 자르지 못하면 도리어 화를 당한다.

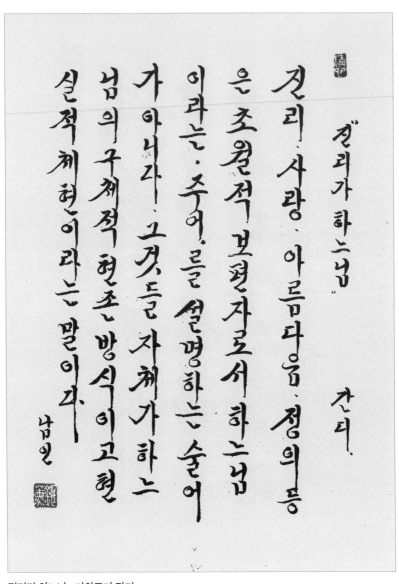

진리·사랑·아름다움·정의 등은 초월적 보편자로서 하느님이라는·주어를 설명하는 술어가 아니라·그것들 자체가 하느님의 구체적 현존 방식이고 현실적 체현이라는 말이다.

"진리가 하느님" 간디

남인

진리가 하느님 - 마하트마 간디
Mahatma Gandhi(1869-1848) 인도의 독립운동가, 정치적 지도자, 무저항주의

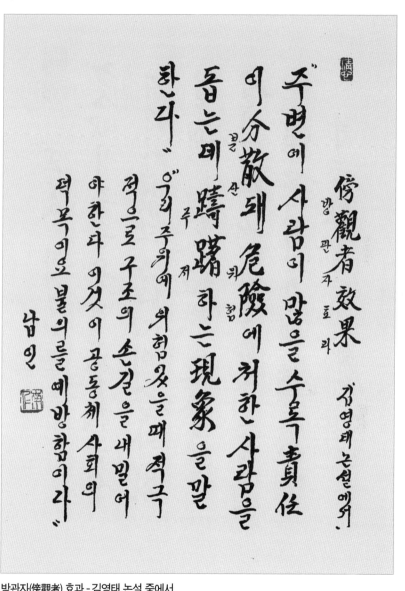

傍觀者 效果   김영태 논설 에서

주변에 사람이 많을수록 責任이 分散돼 危險에 처한 사람을 돕는데 躊躇하는 現象을 말한다. "위험 주위에 위험 있을 때 적극적으로 救助의 손길을 내밀어야 한다. 이것이 공동체 사회의 적폭으로 불의를 예방함이라."

남인 作

방관자(傍觀者) 효과 - 김영태 논설 중에서

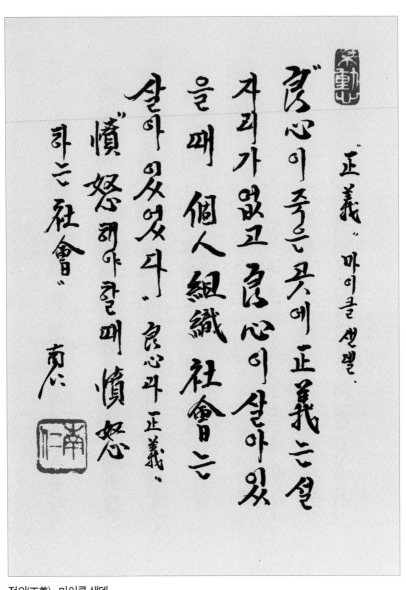

"正義" 마이클 샌델.

良心이 죽은 곳에 正義는 설
자리가 없고 良心이 살아 있
을 때 個人組織社會는
살아 있었다. 良心과 正義,
"憤怒해야 할 때 憤怒
하는 社會" 南仁

정의(正義) - 마이클 샌델

Michael J. Sandel(1953-) 미국 미니애폴리스 출생, 하버드대 교수, 정치철학자

반민주적 핏줄 - 김진영
철학아카데미 대표

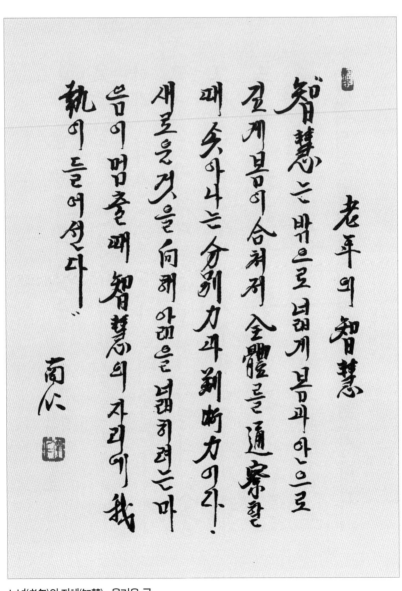

智慧는 밖으로 넓게 봄과 안으로
깊게 봄이 合쳐져 全體를 通察할
때 솟아나는 分別力과 判斷力이라.
새로운 것을 向해 나아을 넓히려는
틈이 멈출때 智慧의 자리에 我
執이 들어선다.

老年의 智慧

南仁

노년(老年)의 지혜(知慧) - 옮겨온 글

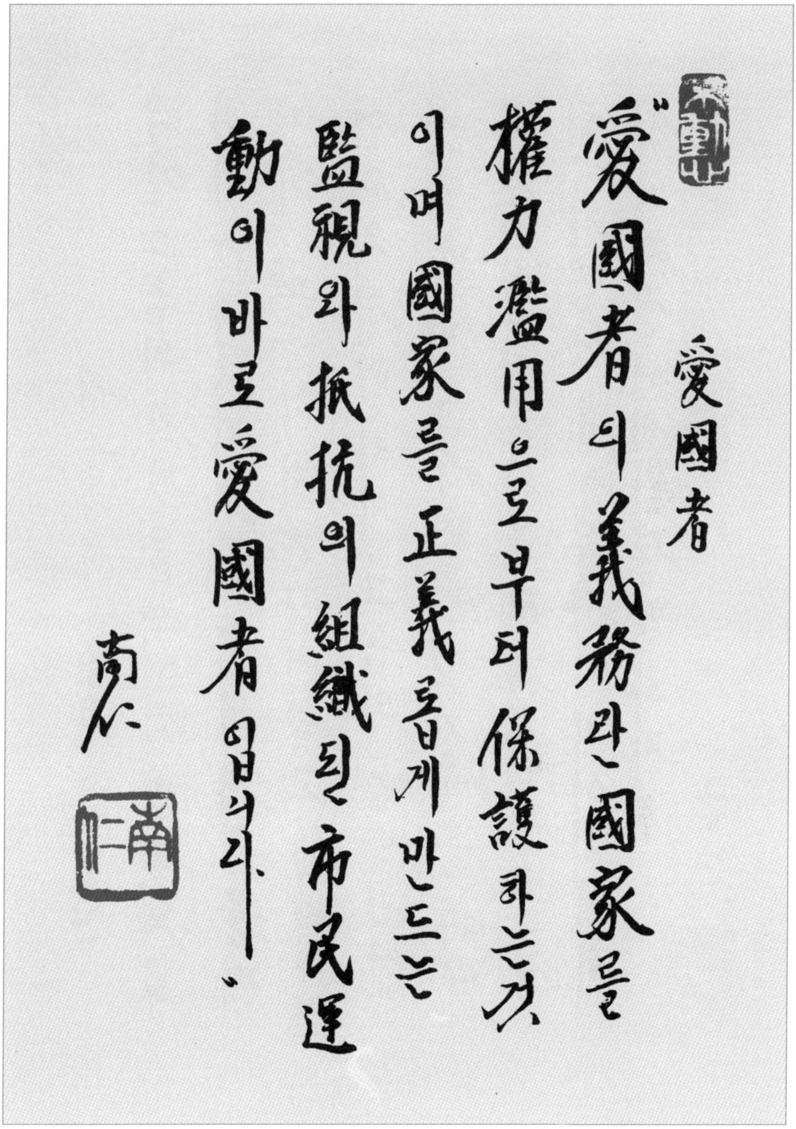

愛國者

愛國者의 義務와 國家를
權力濫用으로부터 保護하는것
이며 國家를 正義롭게 만드는
監視와 抵抗의 組織된 市民運
動이 바로 愛國者임이라、

南仁

애국자(愛國者) - 어느 신문기사 중에서 옮겨온 글

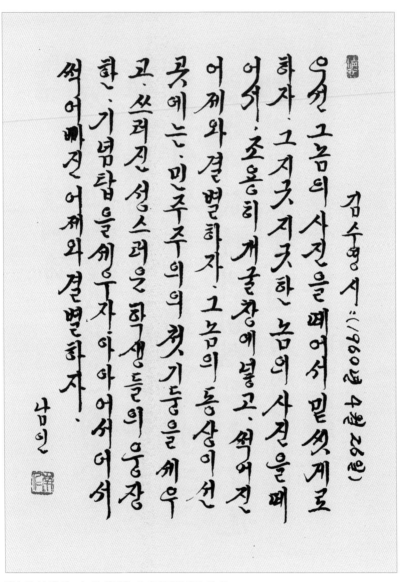

김수영 시 '우선 그놈의 사진을 떼어서 밑씻개로 하자'

김수영(金洙暎, 1921-1968), 서울태생

思想의 自由는 民主主義의 要體이다 思想의 自由는 우리가 同意하는 思想의 自由뿐 아니라 우리가 同意할 수 없는 思想의 自由까지 保障하는 것이다 이는 社會의 生命力이오 民主主義 本質이다

흠스 "美 大法官"

사상(思想)의 자유(自由) - 홈스(Holmes)

Oliver Wendell Holmes, Jr.(1841-1935) 미국 대법관

인간은 두부류가 있다 매일 허물을 벗는자
와 매일 허물을 뒤집어쓰는자 전자는 참회
자요 후자는 위선자다. 잃어버린 봄은 되찾
을 수있지만 잃어버린 봄은 찾을 수없다
옛날은 인간답게 사는 법을 배웠고 지금은
동물답게 사는 법을 배운다 오늘날은 경
제 동물 다위야 살아 남을 수있다는 것을
배운다.

남인

생각줍기 - 김영훈

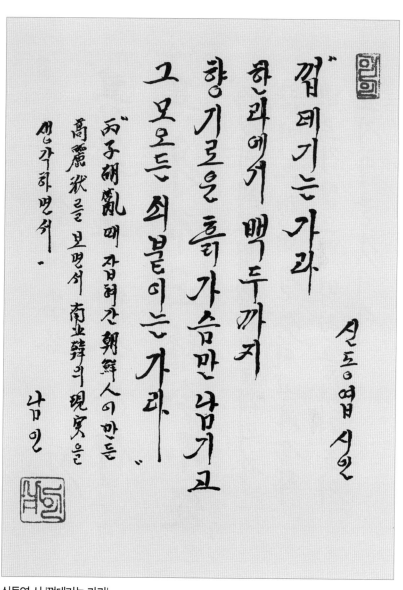

신동엽 시 '껍데기는 가라'

신동엽(申東曄, 1930-1969), 참여시, 저항시

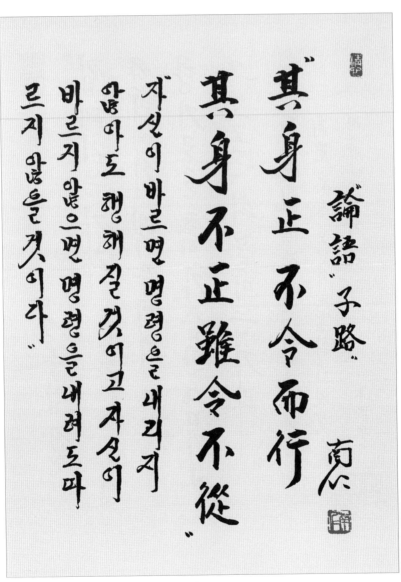

論語 子路

其身正 不令而行
其身不正 雖令不從

자신이 바르면 명령을 내리지
않아도 행해질 것이고 자신이
바르지 않으면 명령을 내려도 따
르지 않을 것이다

논어(論語) - 자로(子路)

기신정 불령이행 기신부정 수령부종
자로(子路)는 공자의 제자

역사의 교훈, 노영필 철학자,

우리는 모두 과거로부터 왔지만 과거에
억매어 살 수 없다 우리에게 될오한 것
은로 봇 같은 좀비가 아니다 세상은 계속
바뀌고있어 우리는 생각할줄 아는 사람
이 됄오하다 창의적 비판적 독립적으
로 하면서도 서로 관계 맺은 능력을 가지
고 함께 살아야한다 ─,

남인

역사(歷史)의 교훈(敎訓) - 노영필
철학자

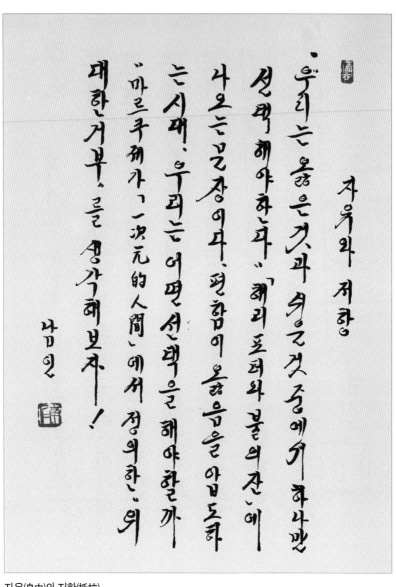

자유와 저항

"우리는 옳은 것과 싫은 것 중에서 하나만 선택해야하자," "헤리포터와 불의 잔,"에 나오는 문장이다. 편함이 옳음을 아비도 하는 시대, 우리는 어떤 선택을 해야할까는 시대, 우리는 어떤 선택을 해야할까 "따로구혜가「二次元的人間」에서 정의한, 위 대한 거부,"를 생각해 보자!

남인

자유(自由)와 저항(抵抗)
어느 신문에서 옮겨온 글

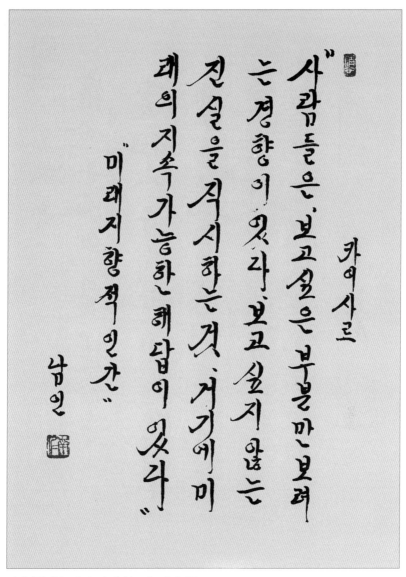

미래지향적(未來指向的) 인간(人間) - 카이사르

Gaius Julius Caesar(BC.100-BC.44) 로마의 장군, 정치가

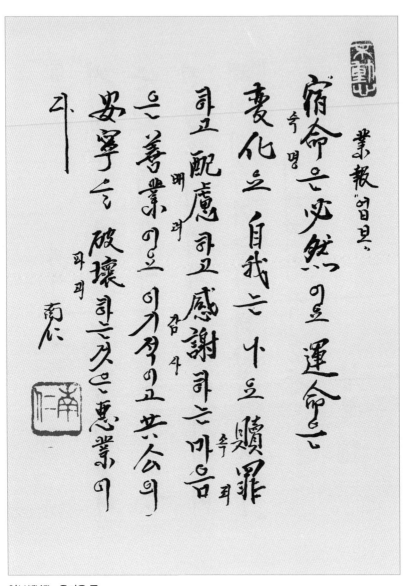

업보(業報) - 옮겨온 글

헬렌켈러(Helen Keller)

Helen Adams Keller(1880-1968)
일생 동안 농아와 맹인을 돕는데 몸바쳤으며, 인권운동 노동운동에 기여한 분

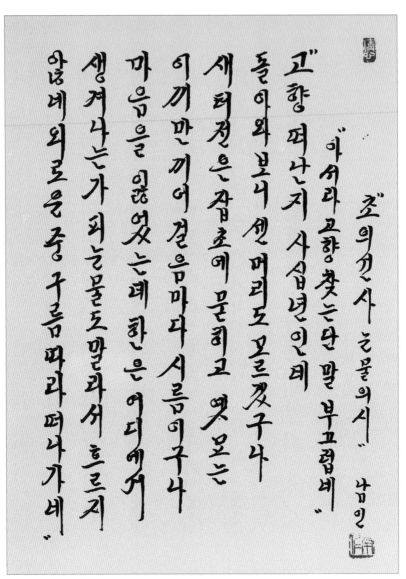

"초의선사 눈물의 시" 남인

"아서라 고향찾는단 말 부끄럽네."

고향 떠난지 사십년인데
돌이와 보니 센 머리도 모르겠구나
새터전은 잡초에 묻히고 옛 모는
이끼만 끼어 걸음마다 시름의 구나
마음을 의롱였는데 한은 어디에서
생겨나는가 피는 눈물도 말라서 흐르지
않네 외로운 중 구름 따라 떠나가네.

눈물의 시 - 초의선사(草衣禪師) 의순(意旬)

초의선사(草衣禪師, 1786~1866) 법명은 의순(意恂), 조선 후기 승려, 대흥사의 13대 종사

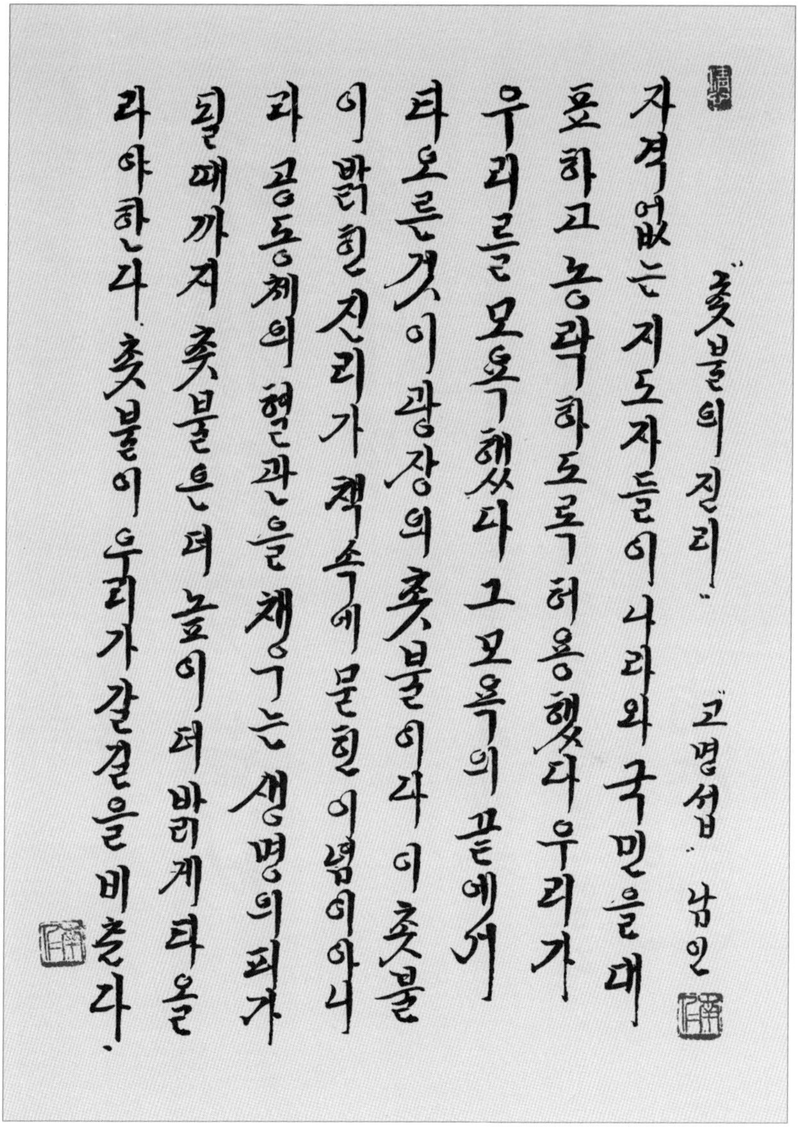

촛불의 진리(眞理) - 고명섭

한겨레신문 기자

마음을 열어주는 지혜, 영혼에 빛을!

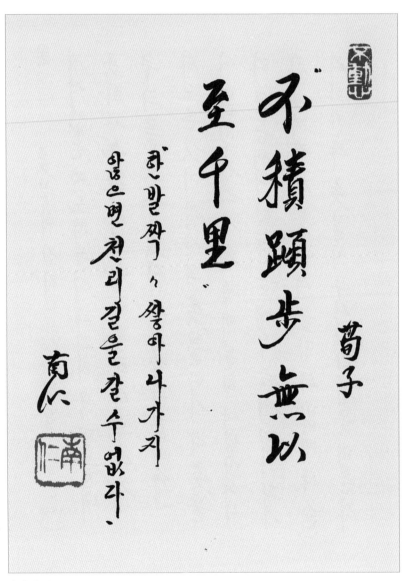

不積蹞步 無以
至千里

荀子

한 발짝 ㄱ 쌓여 나가지
않으면 천리길을 갈 수 없다.

순자(荀子)

순자(荀子, BC 300경-BC.230경) 중국 전국시대사상가, 유학자, 공자와 맹자의 사상을 가다듬어 체계화,
본명 순황
부적규보 무이지천리

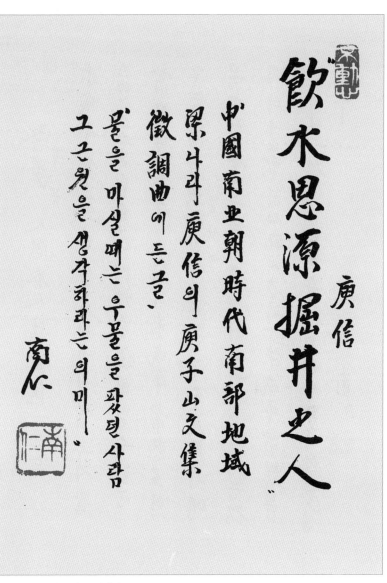

飲水思源掘井之人　庚信

中國南亞朝時代南部地域
梁나라 庚信의 庚子山文集
徵調曲에 든글、

'물을 마실때는 우물을 팠던 사람
그 근원을 생각하라'는 의미、

南仁

유신(庾信) - 음수사원 굴정지인

유신(庾信, 512-580) 중국 남북조시대 시인, 남조의 양(梁)과 북주(北周)에 벼슬한 문인, 자는 자산(子山)

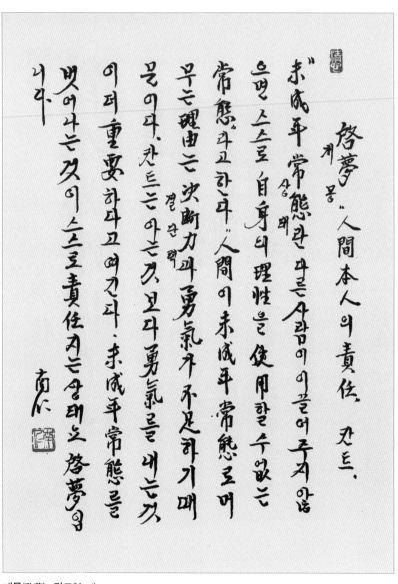

계몽(啓蒙) - 칸트(Kant)

Immanuel Kant(1724-1804) 독일의 철학자, 인간 본인의 책임 강조

"미술의 궁극적 존재이유、
우리는 자아와 세계의 부조화、자아와
세계의 근원적 이중성、나와 외계의
단절감 속에 살고 있으며 미술은 이
를 극복할 기회가 된다. 이리하여 미
술가는 외부의 세계를 겨냥할 때에 그
것과 함께 내면세계의 누설을 피할 수
없다。"

남인

미술의 궁극적 존재 이유 - 옮겨온 글

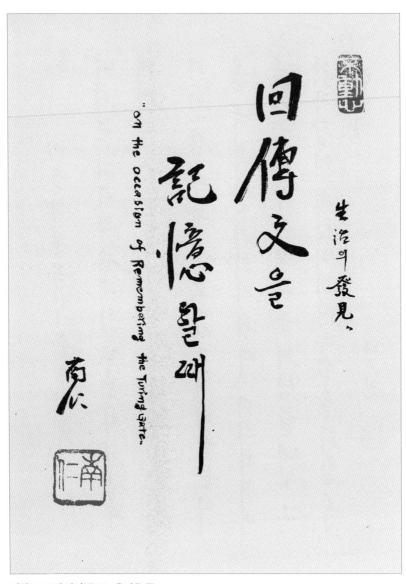

生活의 發見。

回傳文을
記憶할때

"on the occasion of Remembering the Turing Gate."

생활(生活)의 발견(發見) - 옮겨온 글

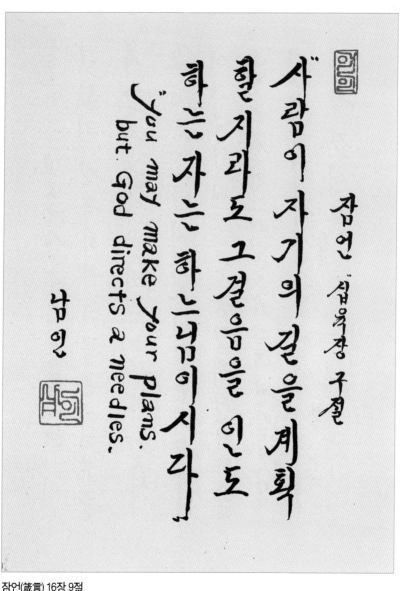

잠언(箴言) 16장 9절

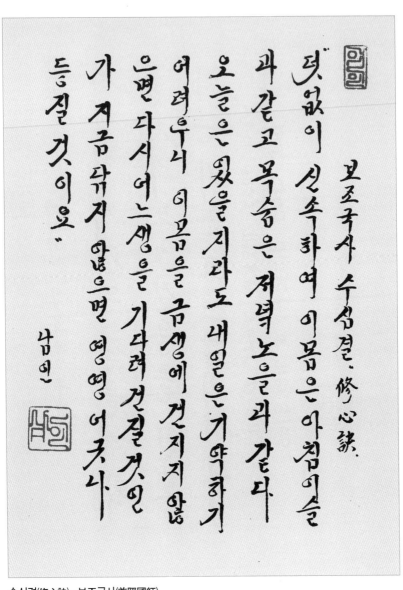

보조국사 수심결. 修心訣.

덧없이 신속하여 이몸은 아침이슬과 같고 목숨은 저녁노을과 같다 오늘은 있을지라도 내일은 기약하기 어려우니 이목을 금생에 건지지 않으면 다시어느생을 기다려 건질것인가 지금 닦지 않으면 명명어긋나 드질 것이오.

남인

수심결(修心訣) - 보조국사(普照國師)

보조국사 지눌(普照國師 知訥, 1158-1210) 고려 중후기의 승려, 조계종 창시자

틀린 것이 아니라 다른 것. 함께 살아내는 것. 초교파 수도공동체 테제수사 신한열

"베르린이 프랑스 수도라고 말하는 사람이 있어도 틀렸다고 하지마라. 내 생각은 달라다고만 말하라 누구의 얘기도 틀리지 않다. 옳다 그르다를 따지지말고 충분히들어라 상대에게 반응하지 않고 자기느낌을 말하라 이념 갈등보다 큰 장애는 편견으로인한 무시와 차별이라고 본다. 기적은 물위를 걷거나 물로 포도주를 만드는 것이 아니라 결점과 자기모습을 지닌 우리들이 함께 살아내는 것입니다."

남인

틀린 것이 아니라 다른 것(함께 살아내는 것) - 신한열

초교파 수도공동체 테제수사

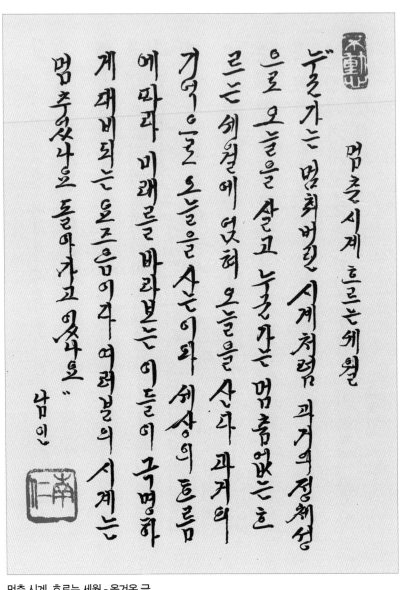

멈춘 시계 흐르는 세월

흘러가는 멈춰버린 시계처럼 과거의 정체성
으로 오늘을 살고 누군가는 멈춤없는 흐
르는 세월에 얹혀 오늘을 산다 과거의
기억으로 오늘을 산 이와 세상의 흐름
에 따라 미래를 바라보는 이들이 극명하
게 대비되는 요즈음이라 여러분의 시계는
멈추었나요 돌아가고 있나요˝

남인

멈춘 시계, 흐르는 세월 - 옮겨온 글

"지도자의 역사 인식" 김삼웅 전독립기념관장.

"대통령 중은 노숙자들에게 주고 남은 농가에 살면서 이십년이 된 자동차로 만족한 우루과이 대통령. 호세무히카의 청렴성. 죽을때 옷 두벌과 폐타이어로 만든 샌들 한 켤레를 남긴 베트남 민족지도자. 호찌민의 청빈한 삶을 지도자는 느껴야 한다 하늘이치 천분 天分 을 알아야 한다."

남인

지도자의 역사 인식 - 김삼웅
전 독립기념관장

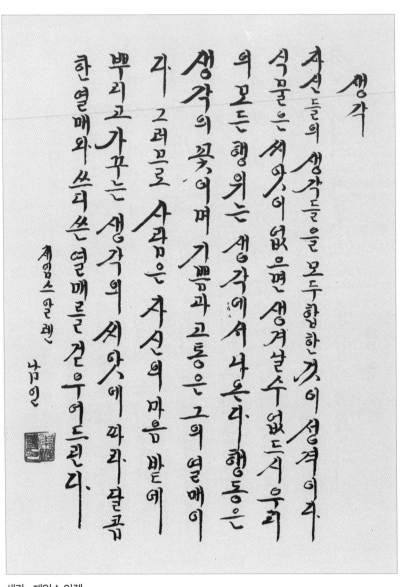

생각

사신들의 생각들을 모두 합한 것이 성격이다.

식물은 씨앗이 없으면 생겨날 수 없듯이 우리
의 모든 행위는 생각에서 나온다. 행동은
생각의 꽃이며 기쁨과 고통은 그의 열매이
다. 그러므로 사람은 자신의 마음 밭에
뿌리고 가꾸는 생각의 씨앗에 따라 달콤
한 열매와 쓰디쓴 열매를 거두어 드린다.

제임스 알렌

남인

생각 - 제임스 알렌

Sir, James Allen 뉴질랜드 정치가

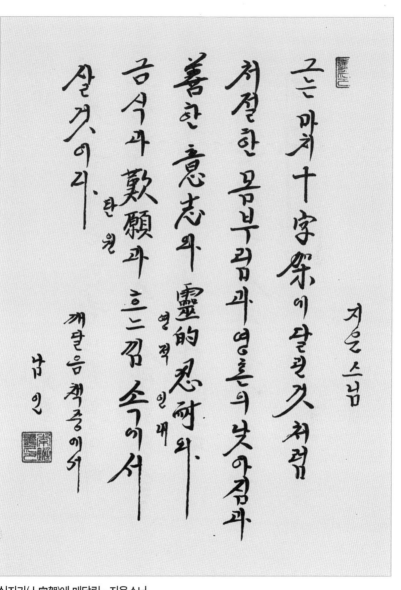

십자가(十字架)에 매달림 - 지은스님
'깨달음' 책 중에서, 미황사 주지스님

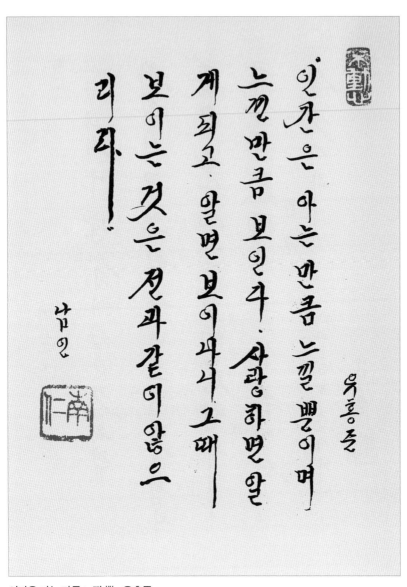

인간은 아는 만큼 느낄 뿐 - 유홍준

대한민국 미술 사학자, 교수

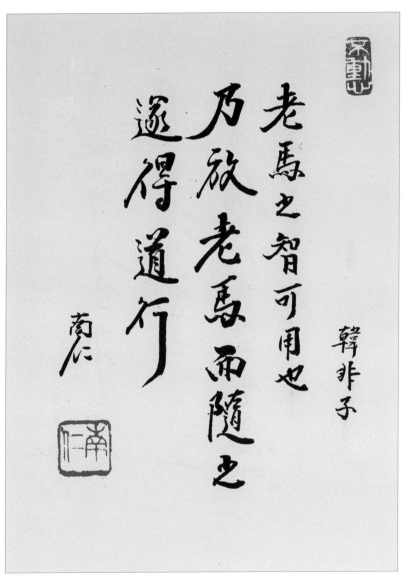

노마지도(老馬之道) - 한비자(韓非子)

한비자(韓非子, ?-BC 233) 중국 전국시대 말기 법치주의자
노마지지가용야 내방노마이 수지수득도행
늙은 말의 지혜를 쓸 줄 알아야한다. 늙은 말을 앞에 두고 그 가는 길을 따르면 바른 길을 찾아갈 수 있다.

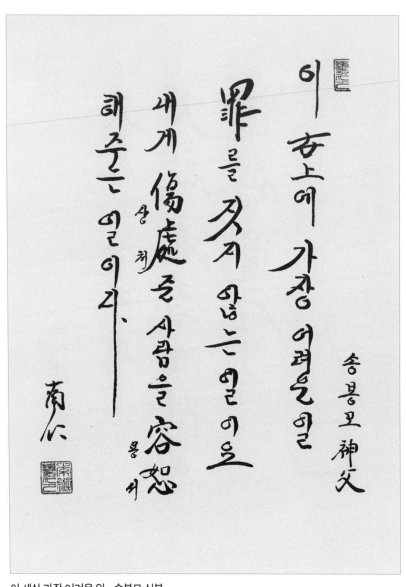

이 世上에 가장 어려운 일

送奉모 神父

罪를 짓지 않는 일이오

내게 傷處(상처)를 준 사람을 容恕(용서)

해주는 일이라.

有人

이 세상 가장 어려운 일 - 송봉모 신부

예수회 소속 신부, 로마 성서대학원 교수 자격증 취득, 현 서강대학교 수도자대학원 신약강의

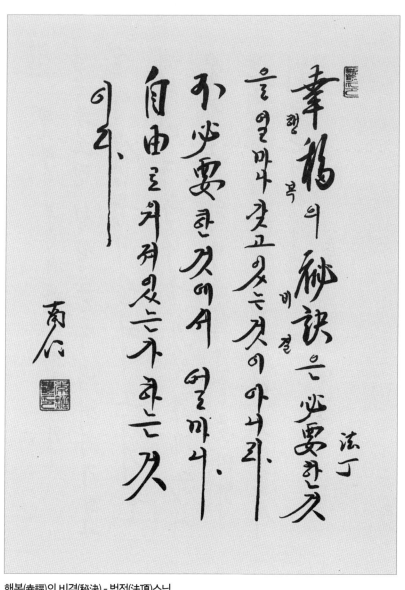

행복(幸福)의 비결(秘決) - 법정(法頂)스님

법정스님(1932-2010) 본명 박재철(朴在喆), 승려, 수필가

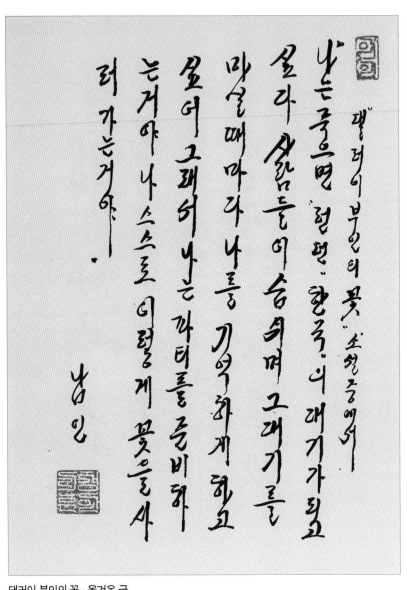

"댈러이 부인의 꽃. 소설 중에서

난는 죽으면 런런 황국의 대기가 되고

싫다 삶들이 숨쉬며 그대기를

맞을때마다 나를 기억하게 되고

싫어 그래서 나는 까타를 준비하

는거야 나스스로 더렇게 꽃을사

러 가는거야.

남인

댈러이 부인의 꽃 - 옮겨온 글

소설 일부 인용

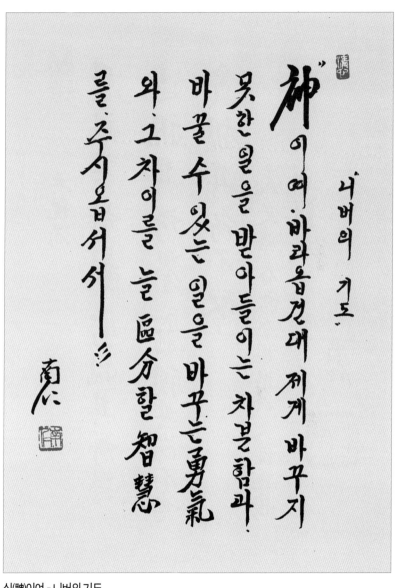

신(神)이여 - 니버의 기도

Karl Paul Reinhold Niebuhr, 미국의 개신교 신학자

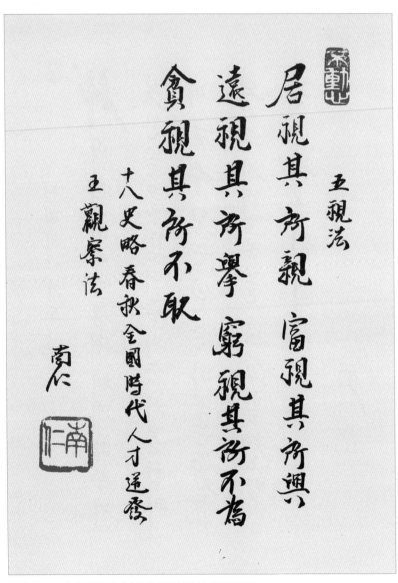

오시법(五視法) - 중국십팔사략(춘추전국시대 인재선발 방법)

거시기 소친부시기 소여 원시기 소거 궁시기 소불위 빈시기 소불취

하나 : 평소 누구와 친하게 지내는가 관찰 / 둘 : 부자가 되어 누구와 나누고 지내는지 관찰
셋 : 높은 자리에 올라 누구를 채용하는가 살펴봄 / 넷 : 어려울 때 그가 어떤 일을 하는지 살펴봄
다섯 : 가난할 때 그가 부정한 물건을 취하지 않는가 관찰

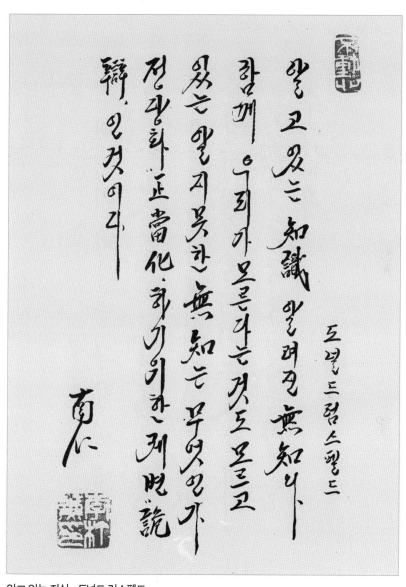

알고 있는 지식 - 도널드 럼스펠드

Donald Henry Rumsfeld, 미국 21대 국방장관

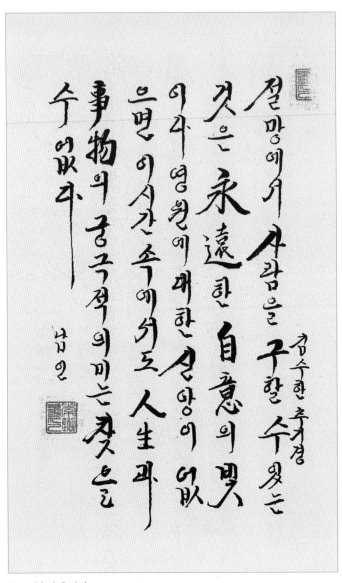

절망에서 사람을 구할 수 있는 것은 永遠한 自意의 빛 이다 영원에 대한 신앙이 없으면 이 시간 속에서도 人生과 事物의 궁극적 의미는 찾을 수 없다.

김수환 추기경

절망(絶望) - 김수환 추기경

김수환(金壽煥, 1922-2009) 대한민국 천주교 성직자

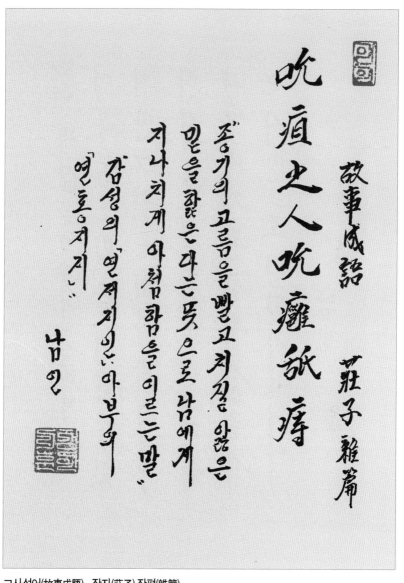

吮疽之人吮癰舐痔

故事成語　莊子 雜篇

종기의 고름을 빨고 치질 앓음은
믿을 잃은 다는 뜻으로 남에게
지나치게 아첨함을 이르는 말.

감성의 '연저지인, 아부의
「연토어지」

남인

고사성어(故事成語) - 장자(莊子) 잡편(雜篇)
연저지인 연옹지치

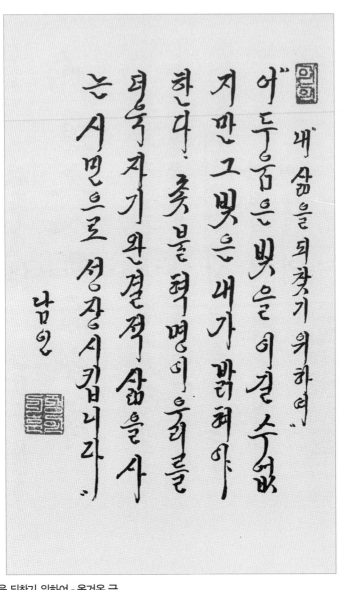

내 삶을 되찾기 위하여 - 옮겨온 글

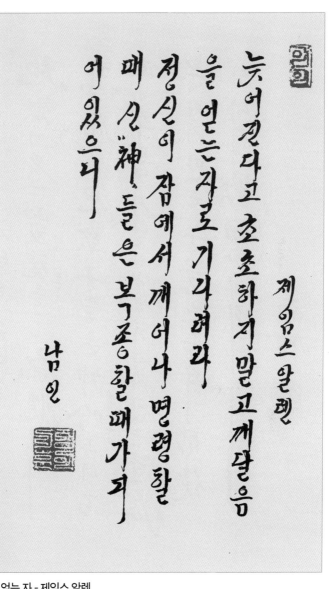

늦어진다고 초조하지 말고 깨달음
을 얻는 자로 기다려라
정신의 잠에서 깨어나 명령할
때 신(神)들은 복종할 때가 되
어 있으니

제임스 알렌

남인

깨달음을 얻는 자 - 제임스 알렌
Sir. James Allen 뉴질랜드 정치가

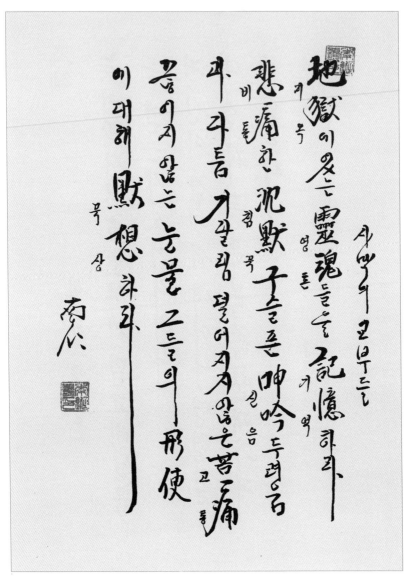

사막의 교부들 - 잘랄 앗 딘 알 루미

'사막을 지나는 물고기' 책 중에서, 잘랄 앗 딘 알 루미 지음
Jalal ad-Din ar-Rumi(1207경-1273) 페르시아의 수피(이슬람 신비주의자)·시인

父母가 子息에게 해줄 三가지.   박노해

첫째 · 내 아이가 自然의 大地를 믿고 동무들과 마음껏 뛰놀고 마음껏 잠자고 마음껏 해보며 그 속에서 固有한 自己個性을 찾아갈 수 있도록 自由롭게 공기 족에 놓아두는 일이다.

둘째 · 안되는 일은 안된다 를 새겨주는 일이다. 살생 물자 낭비 약자를 괴롭혀서는 안된다. 거짓에 沈默同調하는 안되는 것은 안된다는 것을 뼛속 깊이 새겨주는 일이다.

셋째 · 평생가는 좋은 습관을 물려주는 일이다. 일찍 자고 일찍 일어나고 규칙적으로 運動하고, 제 식구주로 뛰는 것고 몸생활과 禮儀를 지키는 습관과 아름다움을 가려 보고 感動할 줄 아는 能力과 책을 즐기고 일기를 쓰고 홀로 고요히 머무는 습관과 友愛와 歡待로 맘이 웃는 습관을 물려주는 이며

— 남은 리정훈

부모가 자식에게 해줄 세 가지 - 박노해

1957년 전남 함평 출생, 시인, 사진작가, 노동·생태·평화운동가

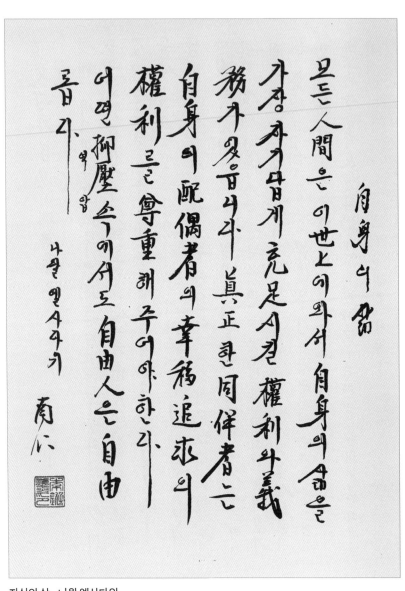

자신의 삶 - 나왈 엘사다위

이집트 여성운동가

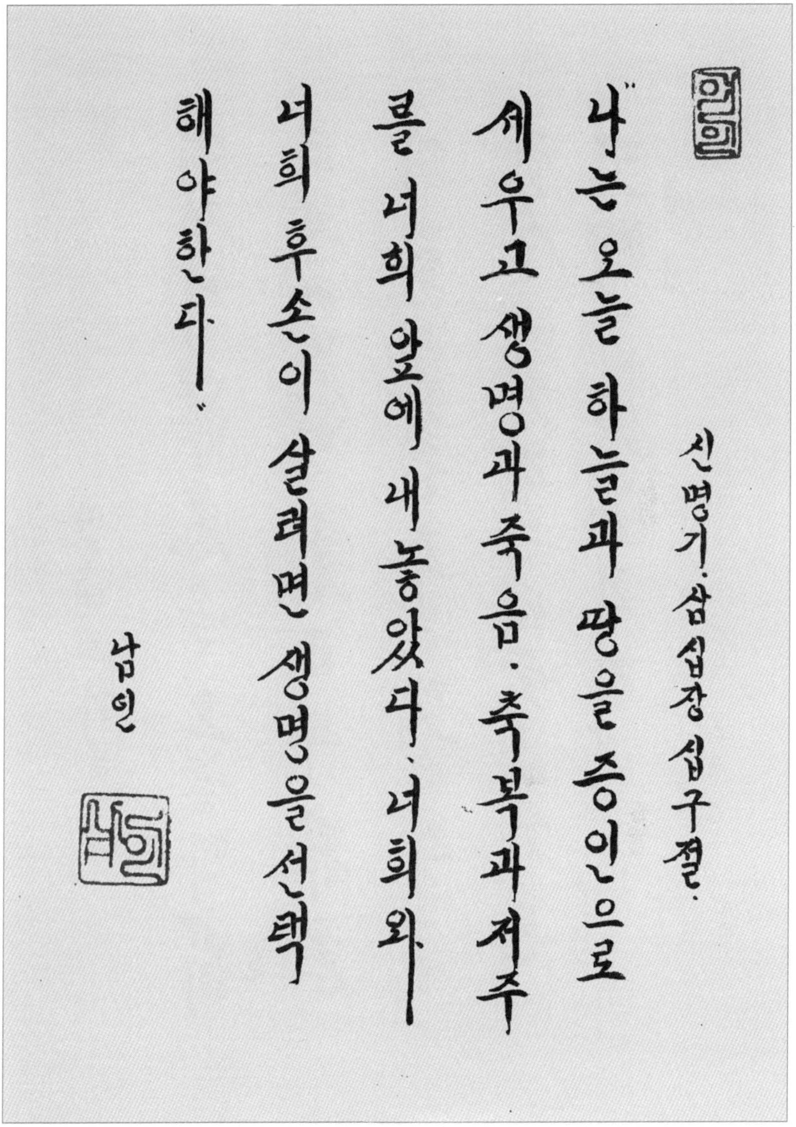

신명기 삼십장 십구절.

나는 오늘 하늘과 땅을 증인으로 세우고 생명과 죽음, 축복과 저주를 너희 앞에 내놓았다. 너희와 너희 후손이 살려면 생명을 선택해야 한다.

남인

신명기(申命記) 30장 19절

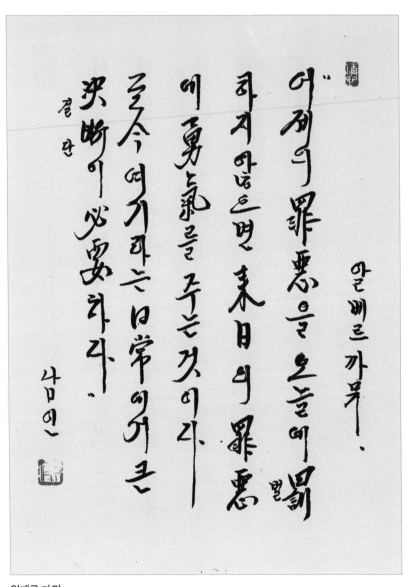

어제의 罪惡을 오늘에 罰하지 마음으로 멀린 來日의 罪惡에 勇氣를 주는 것이라.

그소 여기하는 日常에게 큰 決斷이 必要하라.

알베르 까뮈

알베르 까뮈

Albert Camus(1913-1960) 알제리 소설가

원효 발심 수행장

산과 시간이 옮기고 옮겨서 할로가지나고 날과 날이 옮겨서
그믐이 되며 달과 달이 옮겨서 홀연히 한 해가 이르고 번과빈
이 옮기고 옮겨서 잠간 동안 죽는 문에 이르나니 부서진
수레는 가지 못함이요 노인은 딱지 못하느니라 누우면 게
으름이 생기고, 앉으면 망상하나니 멋성 동안을 닦지
아니 했거늘, 헛되이 하루해를 보내며, 얼마나 헛된몸으
로 살았거늘, 한 생을 수행하지 못했는가 몸은 반드시
마침이 있으리니 다음생은 무엇이겠는가 어찌 급하고
또 급하지 않겠는가

남인

발심수행장(發心修行章) - 원효(元曉)대사

원효대사(元曉大師, 617-686) 신라시대 승려
불교경전 언해서

"어느 소방관의 기도문"

神이시여! 어무리 강열한 화염 속에서도 한 생명을 구할 수 있는 힘을 저에게 주소서. 너무 늦기 전에 어린아이를 안을 수 있게 하시고, 공포에 떨고 있는 노인을 구해게 하소서. 격열한 화염 속에서도 저의 키를 지켜 주시어 가냘픈 외침까지도 들을 수 있게 하시고, 신속하고 효과적으로 화재를 진압

어느 소방관의 기도문 - 김철옹

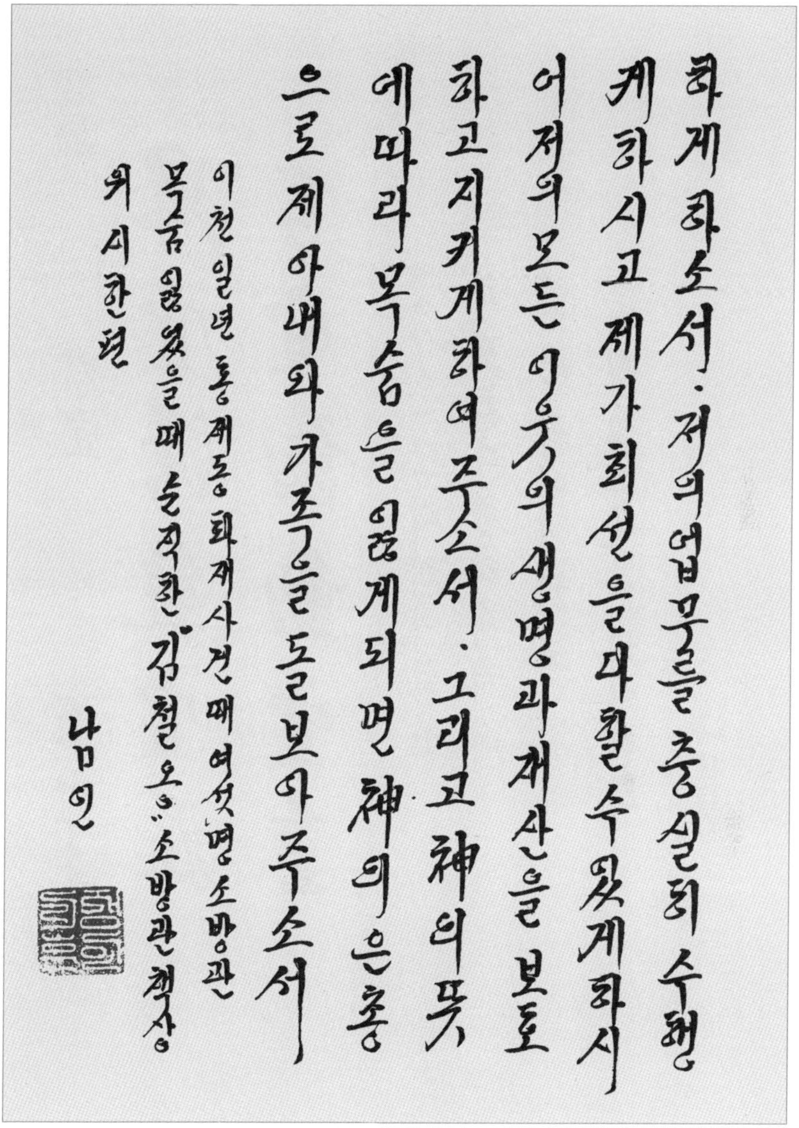

하게 하소서. 저의 업무를 충실히 수행케 하시고 제가 최선을 다할 수 있게 하시어 저의 모든 이웃의 생명과 재산을 보호하고 지키게 하여 주소서. 그리고 神의 뜻에 따라 목숨을 잃게 되면 神의 은총으로 제 아내와 가족을 돌보아 주소서

이천 일년 홍제동 화재사건 때 여섯 명 소방관 목숨 잃었을 때 순직한 김철웅 소방관 책상 위 시 한편

남인

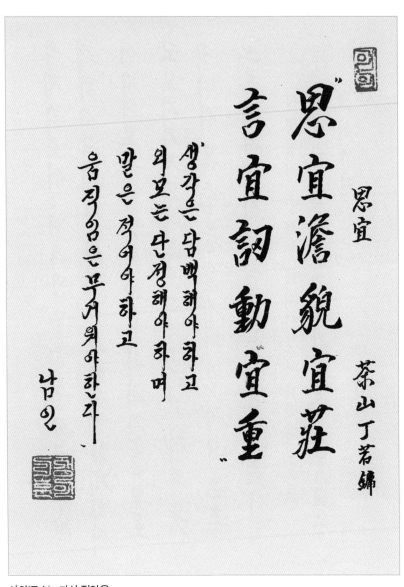

思宜澹貌宜莊 言宜訒動宜重

思宜　　茶山丁若鏞

생각은 담백해야 하고
외모는 단정해야 하며
말은 적어야 하고
움직임은 무거워야 하라

사의(思宜) - 다산 정약용

사의 담모의장 언의인동의중

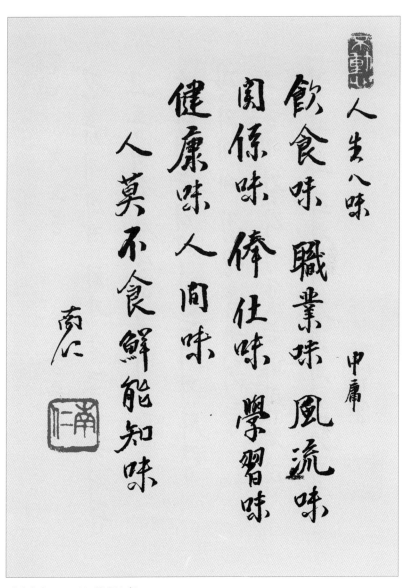

인생팔미(人生八味) - 중용(中庸)

음식미 직업미 풍류미 관계미 봉사미 학습미 건강미 인간미

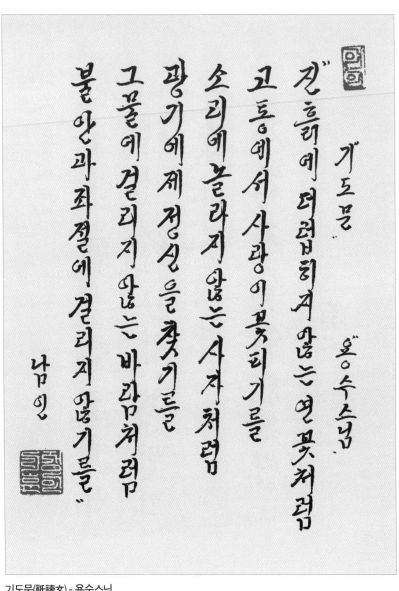

기도문(祈禱文) - 용수스님

부산 용수달마사 해운스님

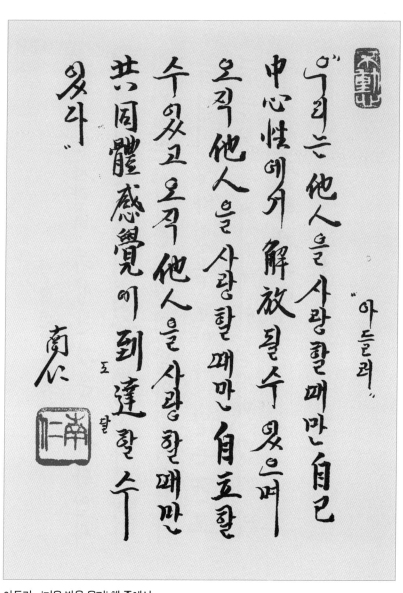

人間은 他人을 사랑할 때만 自己
中心性에서 解放될 수 있으며
오직 他人을 사랑할 때만 自立할
수 있고 오직 他人을 사랑할 때만
共同體感覺에 到達할 수
있다.

"아들러"

도달

아들러 - '미움 받을 용기' 책 중에서

Alfred Adler(1870-1937) 오스트리아 출신 정신의학자, 개인심리학자

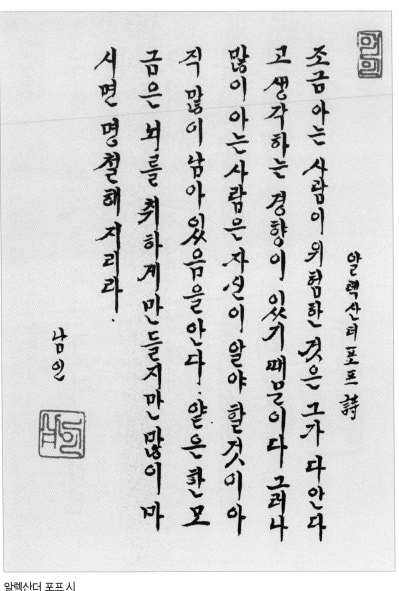

조금 아는 사람이 위험한 것은 그가 다 안다
고 생각하는 경향이 있기 때문이다 그러나
많이 아는 사람은 자신이 알야 할것이아
직 많이 남아 있음을 안다. 얕은 꽌모
금은 뇌를 취하게 만들지만 많이 마
서면 명철해 지리라.

알렉산더 포프 詩

남인

알렉산더 포프 시

Alexander Pope(1688-1744) 영국 시인, 런던 출생

"시간의 그늘"   정현종 시

"시간의 그림자는, 그리하여 그늘의 협곡
그 끝을 단층 이루고 거기서는 희미한
발소리 같은것, 희미한 숨결 같은것의
화석이 붐빈다 시간의 그늘의 심원
환협곡 살고 죽는 움직임들의 그림자
끝없이 다시 태어나는 화석 그림자,

남인

정현종의 시 '시간의 그늘'
1939년 서울 출생

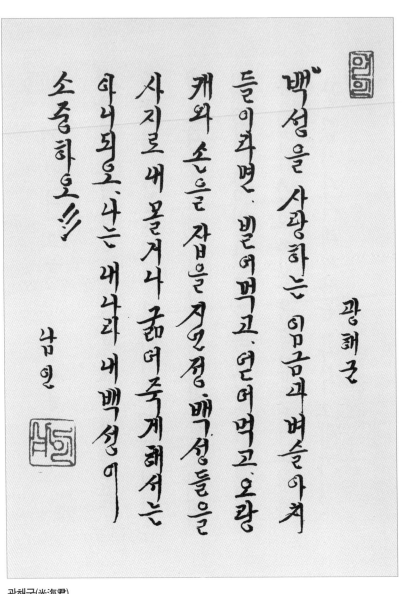

백성을 사랑하는 임금과 벼슬아치
들이라면, 빌어먹고, 얻어먹고, 오랑
캐와 손을 잡을 지언정, 백성들을
사지로 내몰거나 굶어죽게 해서는
아니되오, 나는 내나라 내백성이
소중하오!!!

광해군

남인

광해군(光海君)

조선 제15대왕(1575-1641), 본명 이혼

法과 道德

法的으로 잘못이 없드나 道義的으로는 罪悚하게 생각한다는 식의 表現을 하다. 이는 淺薄과 論理가 숨어있다. 道德의 말뱅이 보나 法의 껍테기만 갖추는 속임이다. 올바름을 追求하는 道德精神은 힜첨으로 미루고 法網만 피하고 나면 된다는 脫法者들이야말로 나라를 混亂에 빠뜨리는 法미꾸라지!!!

南仁

법(法)과 도덕(道德) - 옮겨온 글

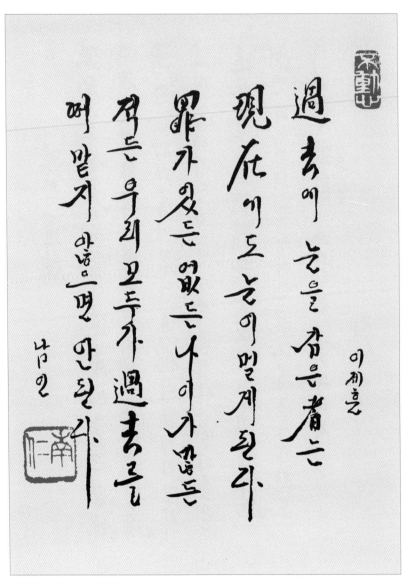

過去에 눈을 감은 者는

現在에도 눈이 멀게 된다

罪가 있든 없든 나이가 많든

적든 우리 모두가 過去를

떠 맡지 않으면 안된다

이제훈

남인

과거에 눈 감는 자 - 이제훈

투명한 빛 체험 - 배리커슨 스님

165 마음을 열어주는 지혜, 영혼에 빛을!

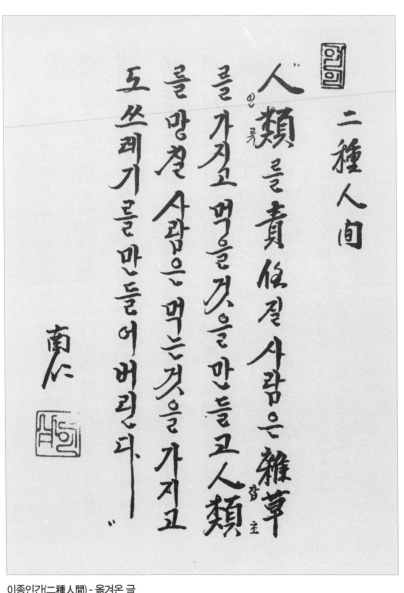

二種人間

人類를 責任질 사람은 雜草를 가지고 먹을것을 만들고 人類를 망친 사람은 먹는것을 가지고 도 쓰레기를 만들어 버린다.

南仁

이종인간(二種人間) - 옮겨온 글

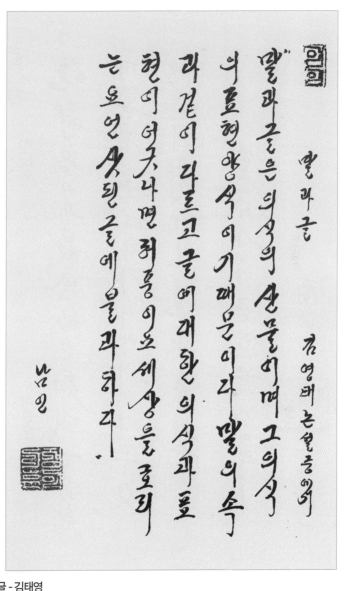

말과 글 - 김태영

김영태 논설 중에서

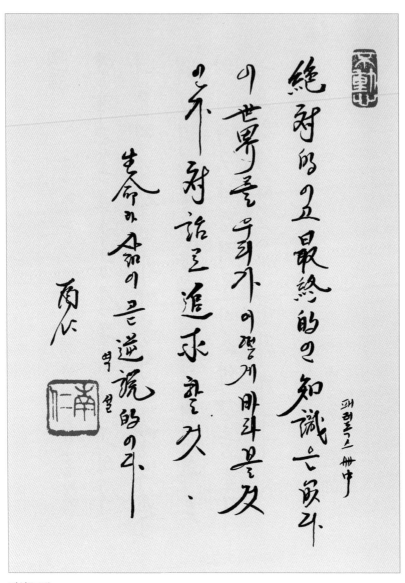

지식(知識)

'패러독스(Paradox)' 책 중에서

다르마를 얻자 - 석존(釋尊)

다르마(dharma)는 불교에서 석존의 가르치신 진리를 불교용어(범어)로 다르마 혹은 달마라 하며, 본뜻은 '지지하다, 떠 받치다'의 의미

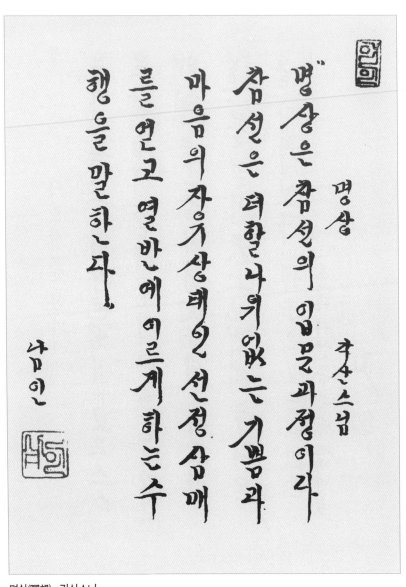

명상

각산스님

"명상은 참선의 입문과정이라
참선은 더할나위없는 기쁨과
마음의 장기상태의 선정삼매
를 얻고 열반에 이르게 하는 수
행을 말한다.

명상(暝想) - 각산스님

참불교 선원장, 아잠브람(영국계 호주인 불교 승려)제자, 한국최초 세계명상대전주최, 한국저서출판

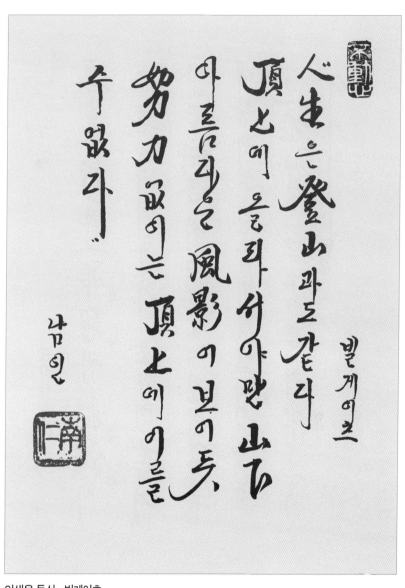

人生은 登山과도 같다
頂上에 올라서야만 山을
따르고자은 風影이 보이듯
努力없이는 頂上에 이를
수없다.

빌게이츠

낡인

인생은 등산 - 빌게이츠
William Henry Bill Gates, 미국 마이크로 소프트 설립자 기업인

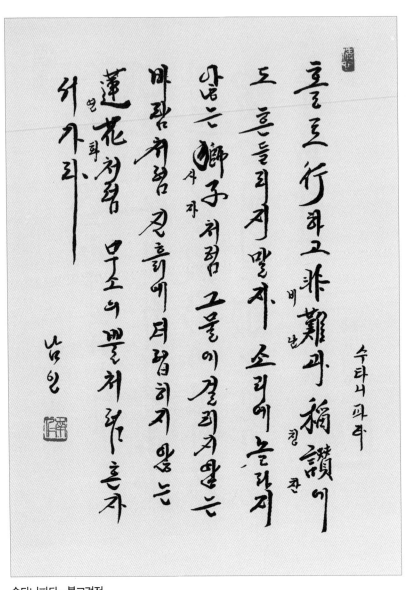

홀로 行하고 非難과 稱讚에
도 흔들리지 말자 소리에 놀라지
않음은 獅子처럼 그물에 걸리지 않는
바람처럼 진흙에 더럽히지 않는
蓮花처럼 무소의 뿔처럼 혼자
서가라

수타니파타

수타니파타 - 불교경전

'수타'는 경전, '니파타'는 모임의 의미

"인류애" 우렁찬가 베토벤

"환희여," 아름다운 신들의 불꽃이여!

낙원의 딸이여, 우리는 모든 황홀감

에 취해 그대의 천상 성소에 들어가

네, 가혹한 현실이 갈라놓은 것들을

그대의 마법이 다시 결합시키는도다!

그대의 부드러운 날개가 머무는 곳에,

서 모든 인류는 형제가 되네―

인류애 유럽찬가 - 베토벤

L.V.Beethoven(1770-1827) 독일 서양고전파 음악가, 작곡가

언어생활

언제나 편견이 없이 말하도록 하세요 사실은 말을 적게 하고 기도를 많이 하는 것이 좋습니다 사람의 약점 아닌 좋은 점에 촛점을 맞추어 말하는 습관을 기르세요 늘 비판 하기 보다는 칭찬하는 말을 하십시오 항상 격려의 말을 하고 친절하고 유쾌한 기분으로 말해 보십시오 지나친 농담이나 상스런 말을 피하고 특별히 남을 헐뜯는 말을 하지말아 야 합니다 과장하지 말고 진실하게 말하세요 결코 공석에 서 사람을 책망하는 것은 좋은 것이 못됩니다 책망은 개인적으로 칭찬은 공개적으로 하십시오 누가 죄인 저들을 이야기하더라도 내가 그사람의 죄악을 보기 전에는 결코 믿지 말고 말하지 마십시오 혹 보았다고 할지라도 용서 하는 말만 하십시오 그러면 사람의 입니다

남언 리정훈

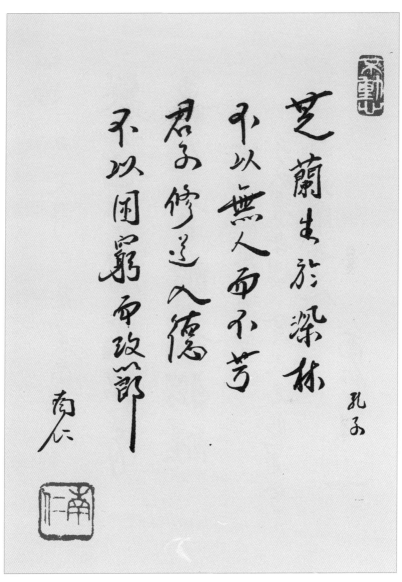

공자(孔子)

공자(孔子, BC.552-BC.479) 중국 춘추전국시대 학자, 성인, 유교개조(開祖), 노(魯)나라 출생
지란생어심임 불이무인이 불방 / 군자수도입덕 불이곤궁이 개절
지초와 난초는 깊은 숲 속에 자라도 사람이 없다고 향내를 감추지 않는다.
군자는 도를 닦고 덕을 세움에 곤궁하다고 절개를 바꾸지 않는다.

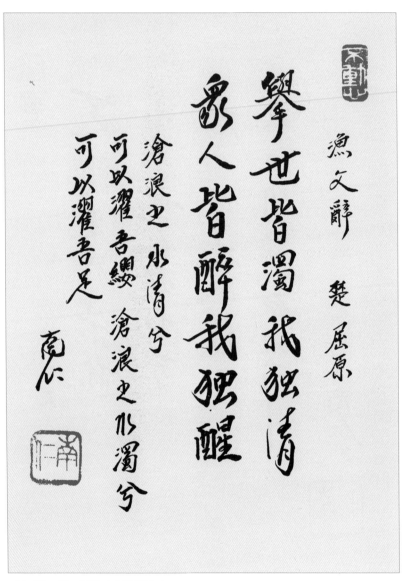

어부사(漁父辭) - 초(楚)나라 굴원(屈原)

굴원(屈原, BC.343-BC.278) 중국 전국시대 정치가, 문인
거세개탁아독청 중인개취아독성
세상모두가 혼탁해도 나 스스로청정해야하고 모든 여러사람이 술취해도 나 스스로 깨어나 있어야 한다.

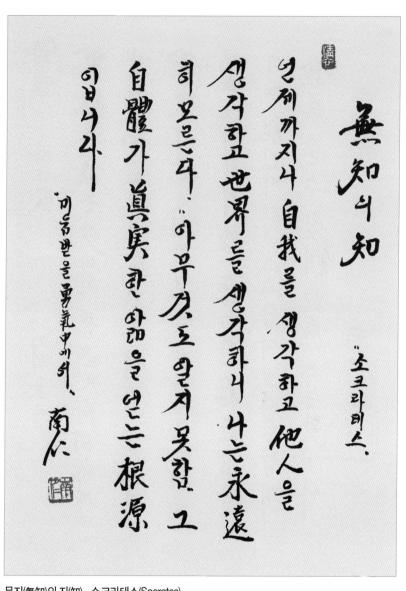

無知의 知 "소크라테스"

어제까지나 自我를 생각하고 他人을 생각하고 世界를 생각하니 나는 永遠히 모른다. 아무것도 알지 못함, 그 自體가 眞實한 앎을 얻는 根源이니라

마음 밭을 勇氣 中에서, 南仁

무지(無知)의 지(知) - 소크라테스(Socrates)

Socrates(BC.469-BC.399) 아테네 출신, 그리스의 철학자, 세계 4대 성인(聖人)

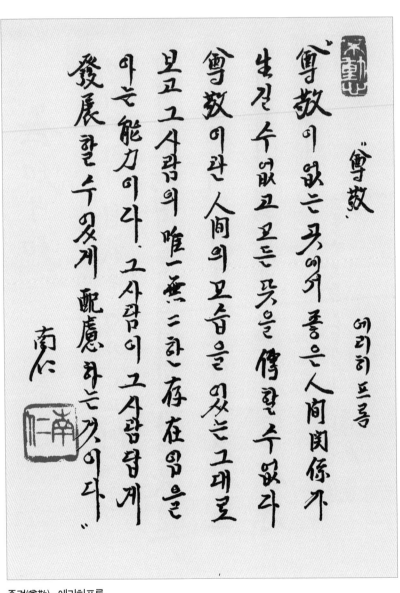

尊敬（尊敬） - 에리히프롬

"尊敬"   에리히 프롬

尊敬이 없는 곳에서 좋은 人間閔係가
生길 수 없고 모든 뜻을 傳할 수 없다
尊敬이란 人間의 모습을 있는 그대로
보고 그 사람의 唯一無二한 存在임을
아는 能力이다. 그 사람이 그 사람답게
發展할 수 있게 配慮하는 것이다."

南仁

존경(尊敬) - 에리히프롬

Erich Fromm(1900-1980) 독일계 미국인 사회심리학자

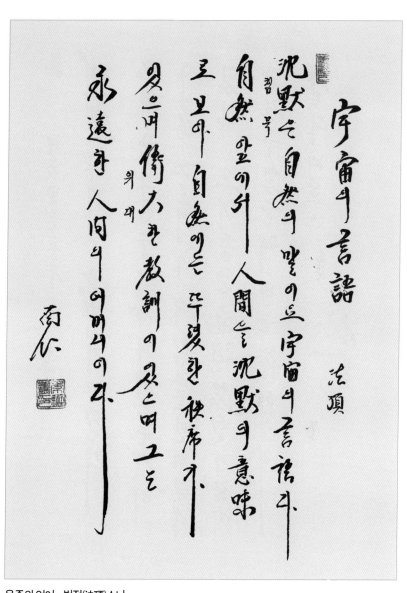

우주의 언어 - 법정(法頂)스님

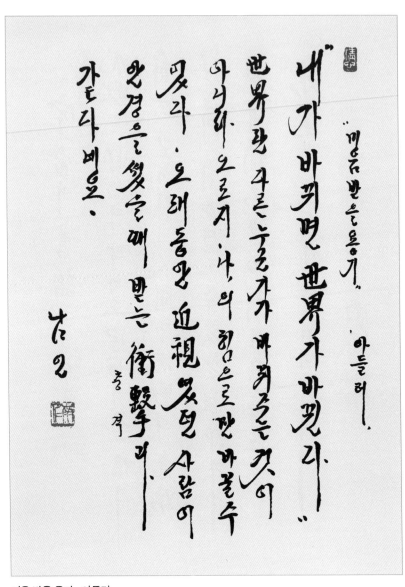

"미움 받을 용기" - 아들러

"내가 바뀌면 世界가 바뀐다."

世界란 다른 누군가가 바꿔주는 것이
아니라 오로지 나의 힘으로 딱 바꿀수
밖자 · 오래동안 近視였던 사람이
안경을 썼을때 받는 衝擊과,
같다 비유.

미움 받을 용기 - 아들러
Alfred Adler(1870-1937) 오스트리아 출신 정신의학자, 개인심리학자

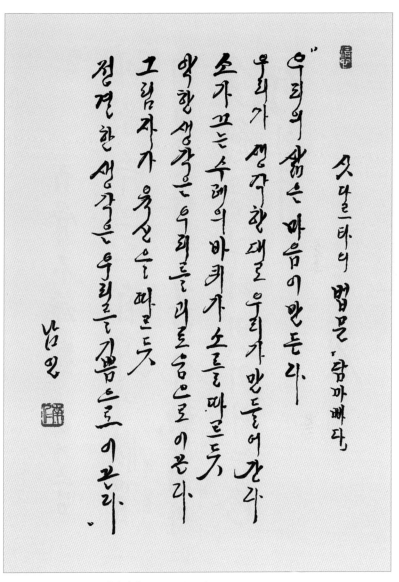

싯다르타의 법문(法文) - 담마빠다(Dhamma Pada)

DhP.(Dhamma Pada, 법구경) : 부처님의 진리 말씀

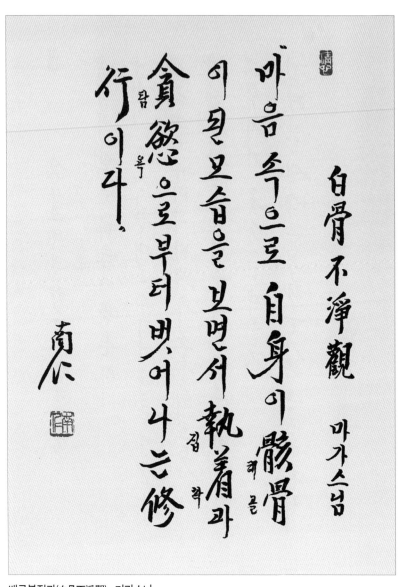

白骨不淨觀 마가스님

마음 속으로 自身의 骸骨
이 되 모습을 보면서 執着과
貪慾으로부터 벗어나는 修
行이다.

백골부정관(白骨不淨觀) - 마가스님

동국대학교 정각원 교법사, 자비명상 대표, 인도에서 활동

腦의 幸福   제프콜빈

腦의 幸福은 分析力 말고도 通察力과
感性的 思考能力까지 갖출 이르는바
"全腦的 思考라는 人間에게서 可能한
幸福이다. 創意性과 多樣性을 會重
科는 社會를 補償中心에서 動機中心으로
또量的 成長時代로 長期的 負的 奇異를
通해 社會를 止向하는 꼭으로 우리의 腦思
考가 바뀌어야 한다."

南仁

뇌(腦)의 행복(幸福) - 제프콜빈

Geoff Colvin, '포춘(Fortune)' 편집장, 미국에서 존경받는 저널리스트

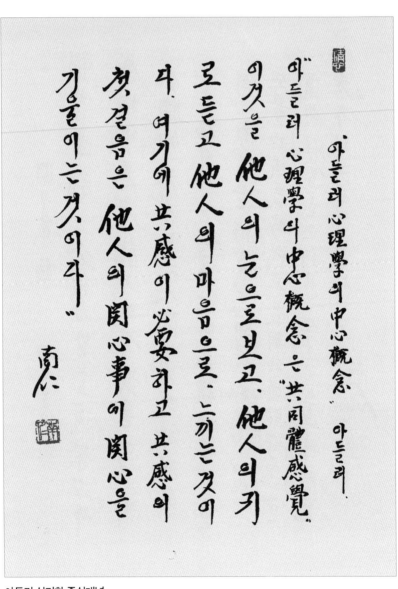

아들러 심리학 중심개념

Alfred Adler(1870-1937) 오스트리아 출신 정신의학자, 개인심리학자

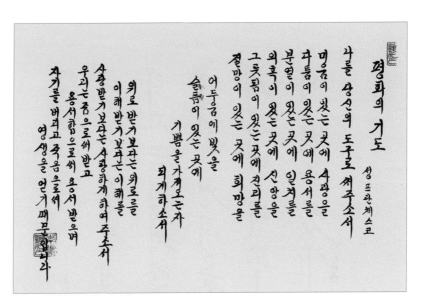

평화의 기도 - 성(聖) 프란체스코
Francis of Assisi(1181(1182)-1226) 로마 카톨릭 성인

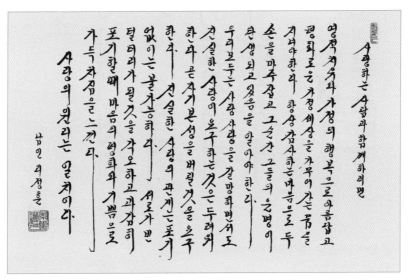

사랑하는 사람과 함께하려면 - 옮겨온 글

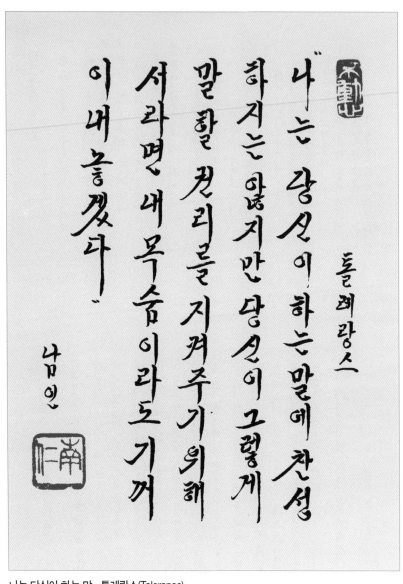

나는 당신이 하는 말 - 톨레랑스(Tolerance)

Tolerance, 프랑스 정치사상가

마르크스

"스파르타쿠스는 自身의 족쇄足鎖를 主人에게서 풀어주기를 期待하지 않고 스스로 깨뜨림으로써 關係의 變革을 示導하였다."

스파르타쿠스("SPARTACUS", BC 73~71) 노예를 이끌고 反로마 공화정에 항쟁을 주도한 노예검투사

마르크스(Marx)

Karl Marx(1818-1883) 독일의 정치학자, 경제학자, 공산주의 창시자

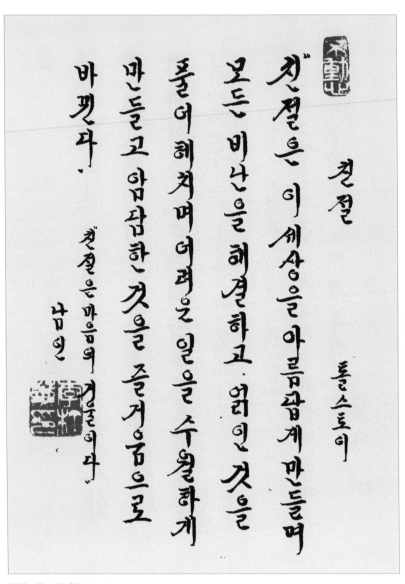

친절 - 톨스토이(Tolstoy)

LevNikolaevich Tolstoy(1829-1910) 러시아의 작가 문호

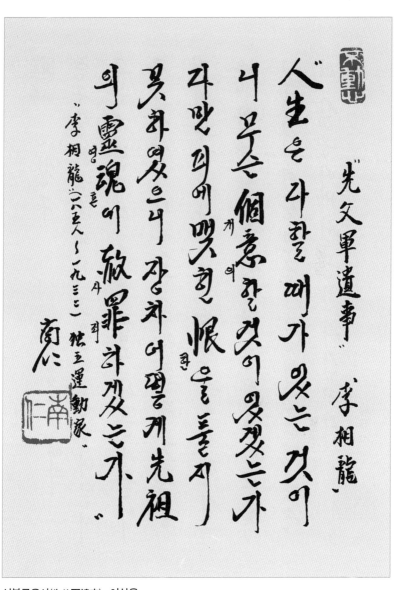

先父軍遺事 李相龍

人生은 다할 때가 있는 것이
니 무슨 個意한 것이 있겠는가
다만 뉘에 맺힌 恨을 풀지
못하였으니 장차 어떻게 先祖
의 靈魂이 赦罪하겠는가

李相龍(一八五八~一九三二) 獨立運動家

선부군유사(先父軍遺事) - 이상용

독립운동가

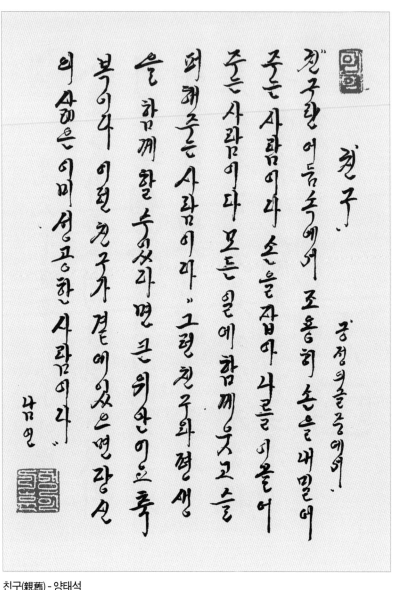

친구(親舊) - 양태석

'긍정의 한줄' 책 중에서, 양태석 저

"사소한 상처에서 벗어나려면,
- 송봉모 신부 -

"기대하지 마라. 추측하지
마라. 인정과 애정이 없이는 못
산다고 애기를 말라. 당장 당신
안에 있는 상처의 텃밭을 제거
하라. 자기 자신을 사랑하고
존중하면서 살아가라."

남인

사소한 상처에서 벗어나려면 - 송봉모 신부
'상처와 용서' 책 중에서, 송봉모 신부 저

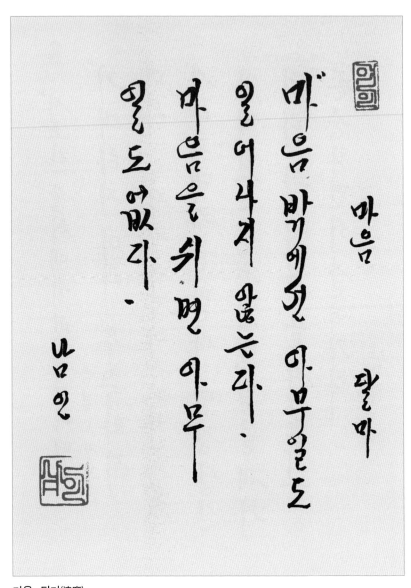

마음 - 달마(達磨)

達磨(Bodhi dharma) 중국남북조시대 선승, 선종 창시자

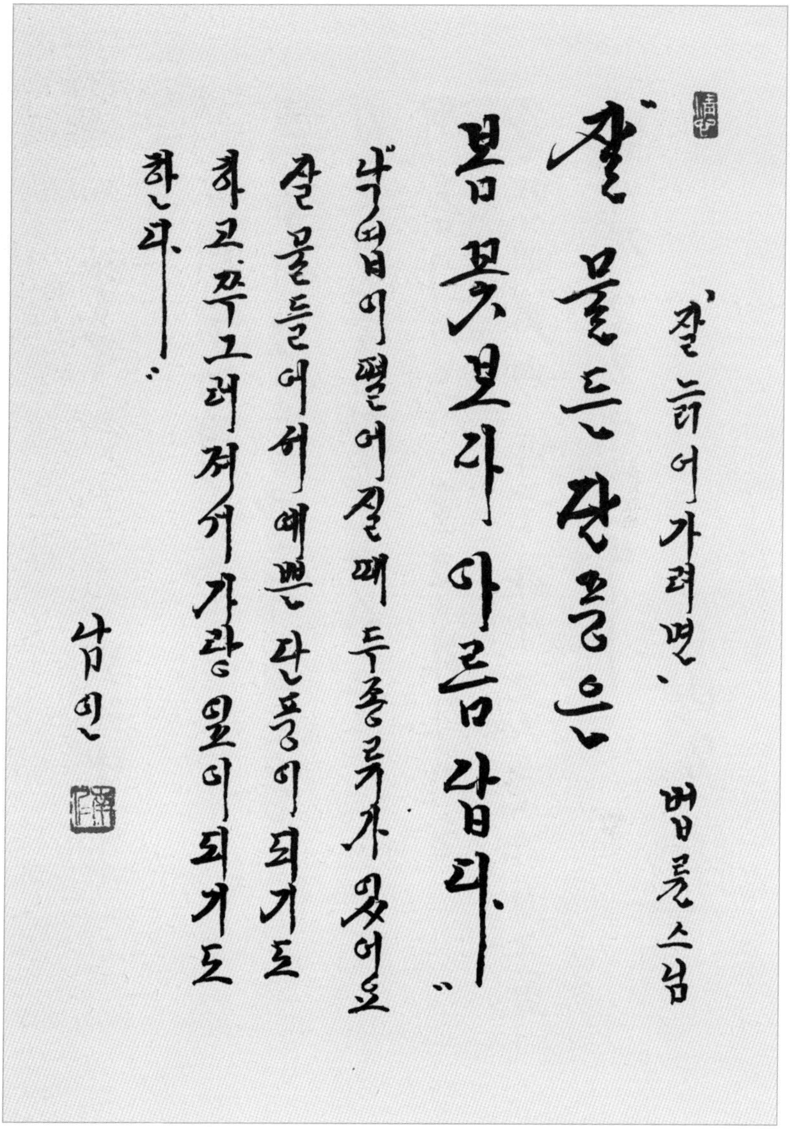

잘 늙어 가려면, 법륜스님

잘 물든 단풍은
봄 꽃보다 아름답다.

나뭇잎이 떨어질 때 두종류가 있어요.

잘 물들어서 예쁜 단풍이 되기도

하고 쭈그러져서 가랑잎이 되기도

한다.

남인

잘 늙어 가려면 - 법륜스님
한국의 승려, 사회운동가, 환경운동가

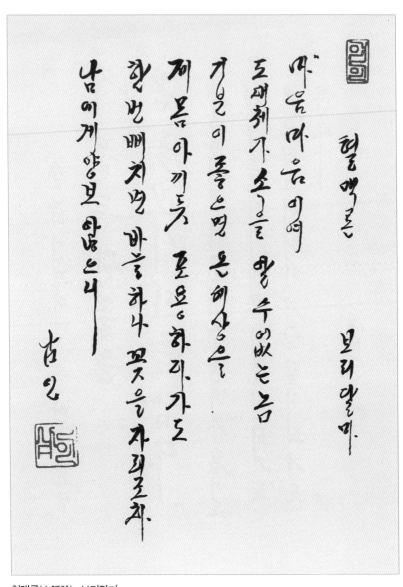

혈맥론(血脈論) - 보리달마
菩提達磨(Bodhi dharma), 중국남북조시대 선승, 선종 창시자

선물에 숨겨진 세 가지 행복

행복한 사람은 모든 것을 선물로 보고, 불행한 사람은 모든 것을 짐으로 본다. 행복은 현재에 충실할때 가능하다. 행복해지려면 자신의 삶의 목적과 의미에 대해 정리하고 자신만의 행복관을 발표해 본다.

남인

선물에 숨겨진 세 가지 행복 - 최인철

'프레센트' 책 저자, 서울대학교 심리학과 교수

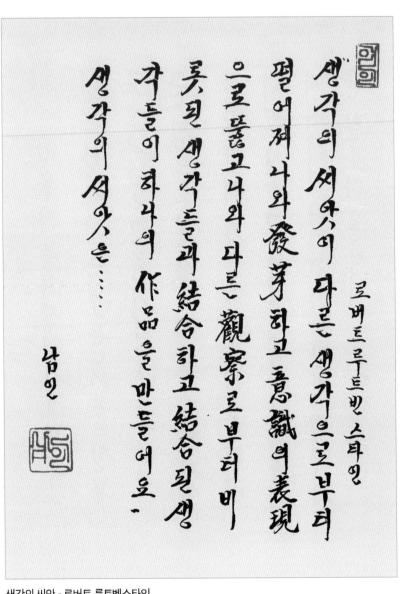

생각의 씨앗 - 로버트 루트벤스타인

Robert Root Bernstein, 미국 미시간 대학교 교수

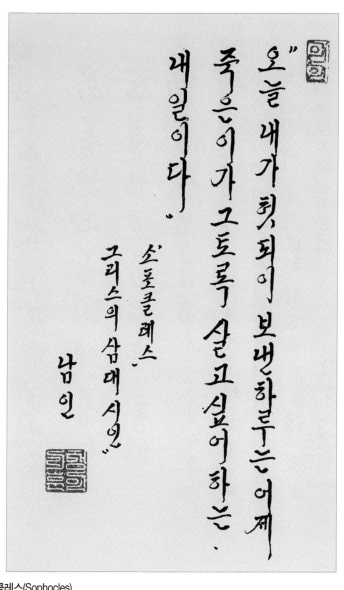

"오늘 내가 헛되이 보낸 하루는 어제 죽은 이가 그토록 살고 싶어하는 내일이다."

소포클레스,
그리스의 삼대시인

남인

소포클레스(Sophocles)

Sophocles, 그리스의 3대 시인 중 한 사람

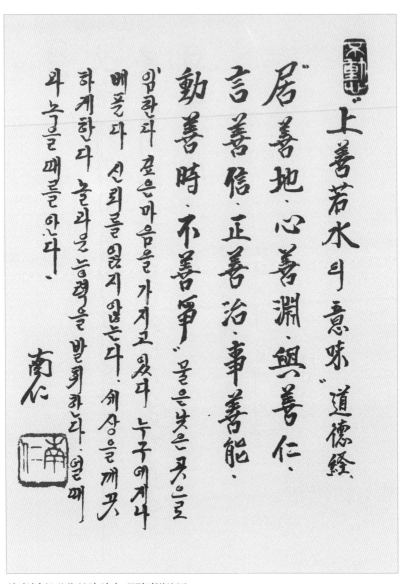

上善若水의 意味、道德経、

居善地、心善淵、與善仁、

言善信、正善治、事善能、

動善時、不善争、물은낮은곳으로

임한다 깊은마음을 가지고 있다 누구에게나

배푼다 신뢰를 잃지 않는다、세상을 깨끗

하게한다 흐름을 능력을 발휘하다、일때

와 느긋을 때를 안다、

南仁

상선약수(上善若水)의 의미 - 도덕경(道德經)

중국 도가(道家) 철학의 시조 노자(老子)

거선지 심선연 여선인 언선신 정선치 사선능 동선시 불선쟁

光山片雲、　仙女　朝鮮太宗時

遠客沉營喚不聞
水荷搖月舞沒紋
今宵佳會天應惜
留與光山一片雲

조선시대 전영달의 책 읽는
소리 듣고 하늘의 선녀가 와서
써 놓고 가는 설화 詩

南仁

광산편운(光山片雲) - 선녀(仙女)

조선왕조 태종(太宗)시대 시
원객침영 환불문 수하요월 무파문
금초가회 천응석 유여광산 일편운

華福 다섯가지 質問 최인철 교수 서울대

"당신은 사람들에게 尊重 받고 있습니까·

당신은 信賴할 수 있는 家族이나 親舊가 있습니까· 당신은 새로운 것을 배우고 있습니까, 당신은 잘하는 일을 最善을 다해서 하고 있습니까, 당신은 당신의 時間을 自由롭게 使用할 수 있습니까—

"이 다섯 가지 核心 欲求에 주기적 質問을…"

南仁

행복(幸福)의 다섯 가지 질문(質問) - 최인철
'프레센트' 책 중에서

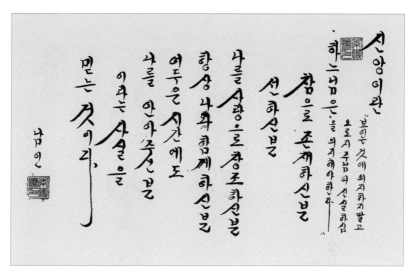

신앙(信仰)이란 - 옮겨온 글

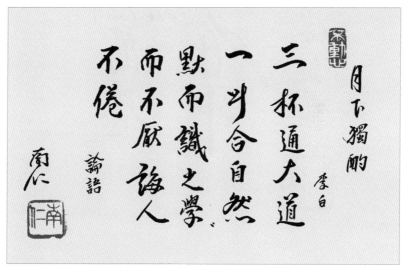

이백(李伯)의 시 - 월하독작(月下獨酌)

이백(李伯, 701-762) 중국 당나라 현종때 천재 시인, 자는 태백
삼배통대도 : 주(술) 삼배면 큰 도를 통하며, / 일두합자연 : 주(술) 한 말 마시면 자연도 하나된다.
묵이식지학 : (공자에 이르기를) 묵묵히 그것을 판별하여 배움에 싫증내지 않으며,
이불염회인불권 : 남을 가르침에 미워하지 말고 게으르지도 말아라.

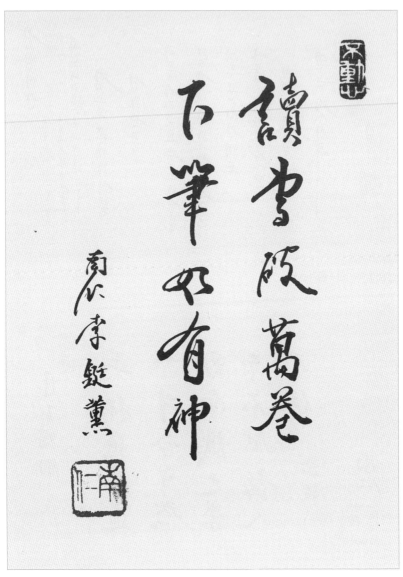

독서(讀書) - 두보(杜甫)

두보(杜甫, 712-770) 당나라의 시성(詩聖)
독서파만권 : 만권의 책을 다 읽고나니
하필여유신 : 붓을 들면 신이 들린 듯 하네

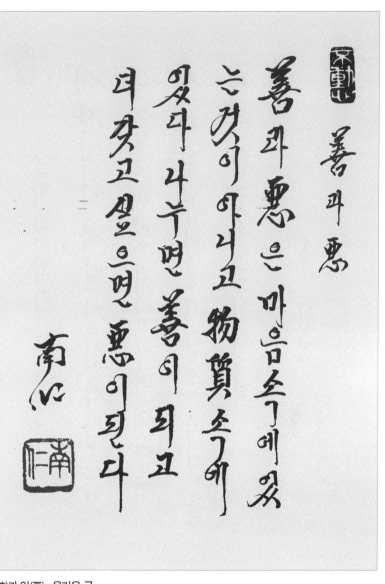

선(善)과 악(惡) - 옮겨온 글

마음을 열어주는 지혜, 영혼에 빛을!

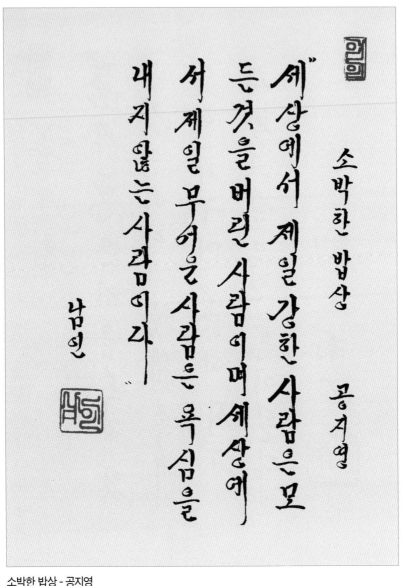

소박한 밥상 - 공지영
대한민국 작가, 소설가

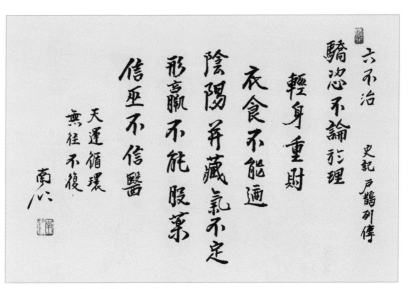

육불치(六不治) - 사기편작열전(史記扁鵲列傳)

편작(扁鵲, BC.401-BC.310) 춘추전국시대의 명의
교자불윤어리 경신중재 의식불능적 음양병장 기부정 형리불능 복약 신무 불신의
첫째: 환자가교만하고 방자하여 내 병은 내가 안다고 주장한자(환자)
둘째: 자신의몸을 가벼히 여기고 재물을 더욱 소중히하는사람(환자)
셋째:입는것과 먹는음식을 제대로 가리지 못한사람(환자)
넷째:음 양 형편이 깨져서 오장의 기가 안정되지 못한사람(환자)
다섯째:몸이 극도록 약해서 도전히 약을 받아드릴수 없는 경우 사람 (환자)
여섯째:무당의 말만믿고 의사를 믿지 못한사람 (환자)

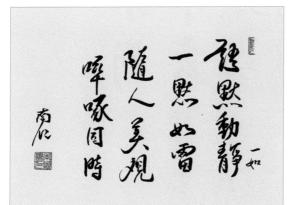

한자성어(漢字成語)
- 일여스님

본명 박기정, 박팽년 후손

어묵동정 : 고요함(침묵) 속
에 조용한 움직임.
일묵여뢰 : 한 번의 참음이
우레와 같다.
수인미관 : 사람마다 지닌 장
점을 볼 줄 알아야한다.
줄탁동시 : 안과 밖에서 동시
에 두드렸을 때 이루어진다.

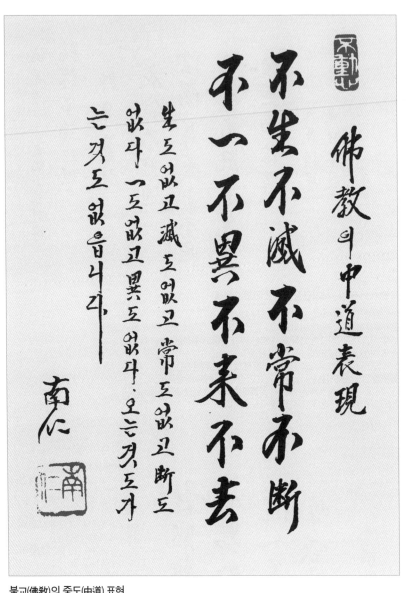

불교(佛敎)의 중도(中道) 표현

불생불멸 불상부단 불일부이 불래불거 - 불교 경전 중에서

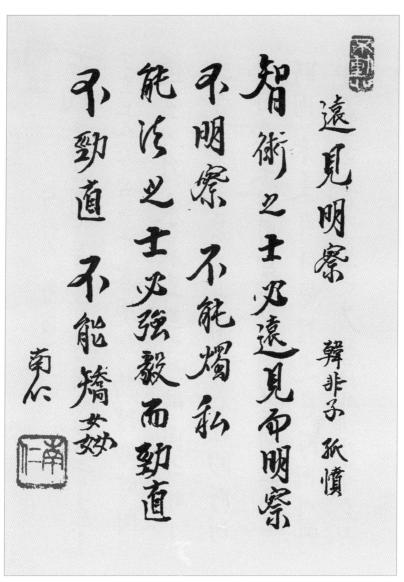

원견명찰(遠見明察) - 한비자(韓非子) 고분(孤憤)

한비자(韓非子, ?-BC.233) 중국 춘추전국시대말 법률가, 정치가

지술지사 필원견이 명찰불명찰 불능촉사 능법지사 필강의이 경직불 경직 불능교간

통치술에 정통한 인사는 반드시 멀리 보고 밝게 살핀다 밝게 살피지 못하면, 능히 사사로운 일을 밝혀 낼 수 없고 법도를 잘지키는 인재는 반드시 굳건하고 강직하다. 굳건하고 강직하지 않으면 간사한 자를 잡을 수 없다.

古代 그리스에는 두 가지 時間이 있읍니다.
크로노스 "chronos.", 客觀的 物理的 時間,
過去에서 未來로 흐르는 時間이며,
카이로스 "kairos.", 主觀的 心理的 時間
이며, 未來에서 現在로 거슬러 흐르는
時間, 未來의 어떤 指定한 時間에서
現在를 돌아보는 것입니다. 카이로스

두가지 時間、

두 가지 시간

그리스 신화에 나오는 두 가지 시간

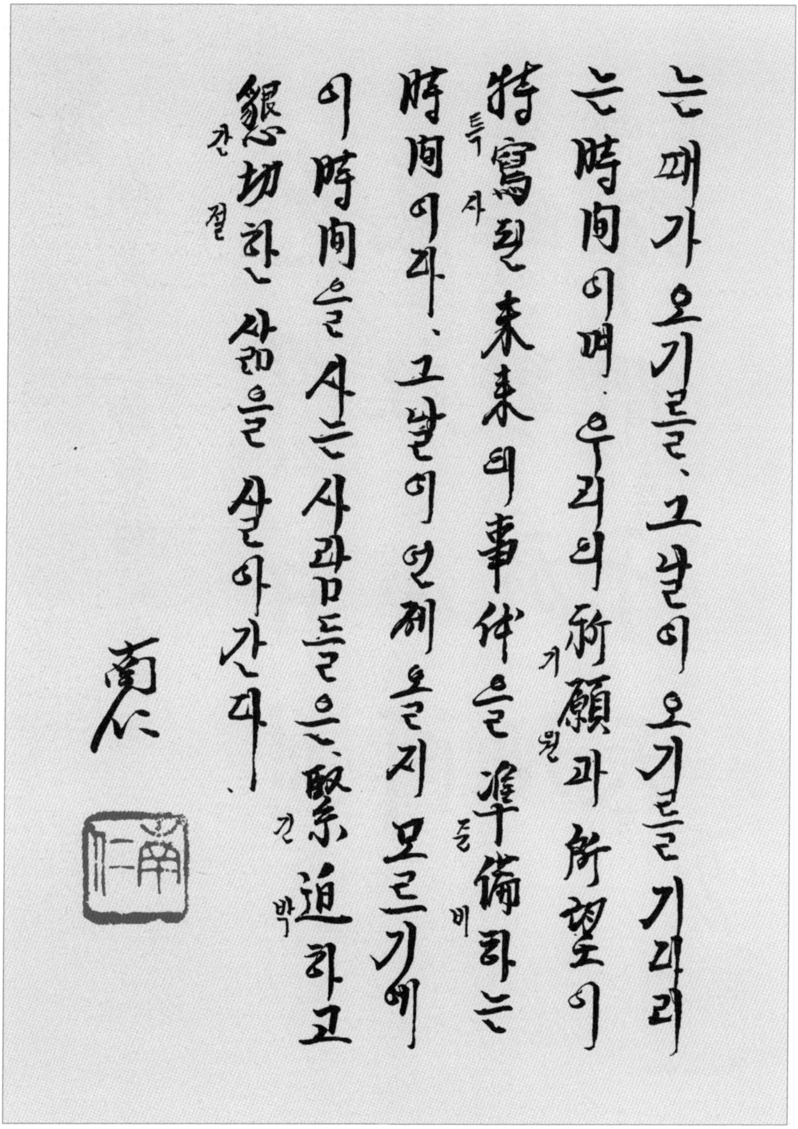

는 때가 오기를、 그날이 오기를 기리라

는 時間이며 ·우리의 所願과 所望이

特寫된 未來의 事件을 準備하는

時間이라、 그날이 언제 올지 모르기에

이 時間을 사는 사람들은 緊迫하고

懇切한 삶을 살아간다、

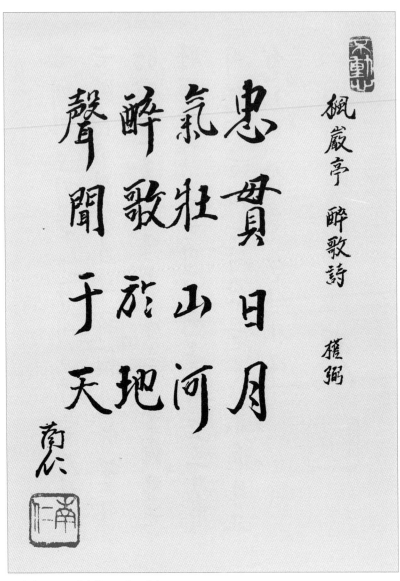

풍암정(風巖亭) 취가시(醉歌詩) - 권필

권필(權韠, 1569-1612) 조선중기 문인
충관일월 : 충이 해와 달을 품고 / 기장산하:기개는 산하에 넘치네
취가어지 : 취기는 땅에서부르나 / 성문간천 : 명성은 하늘에서 들리네

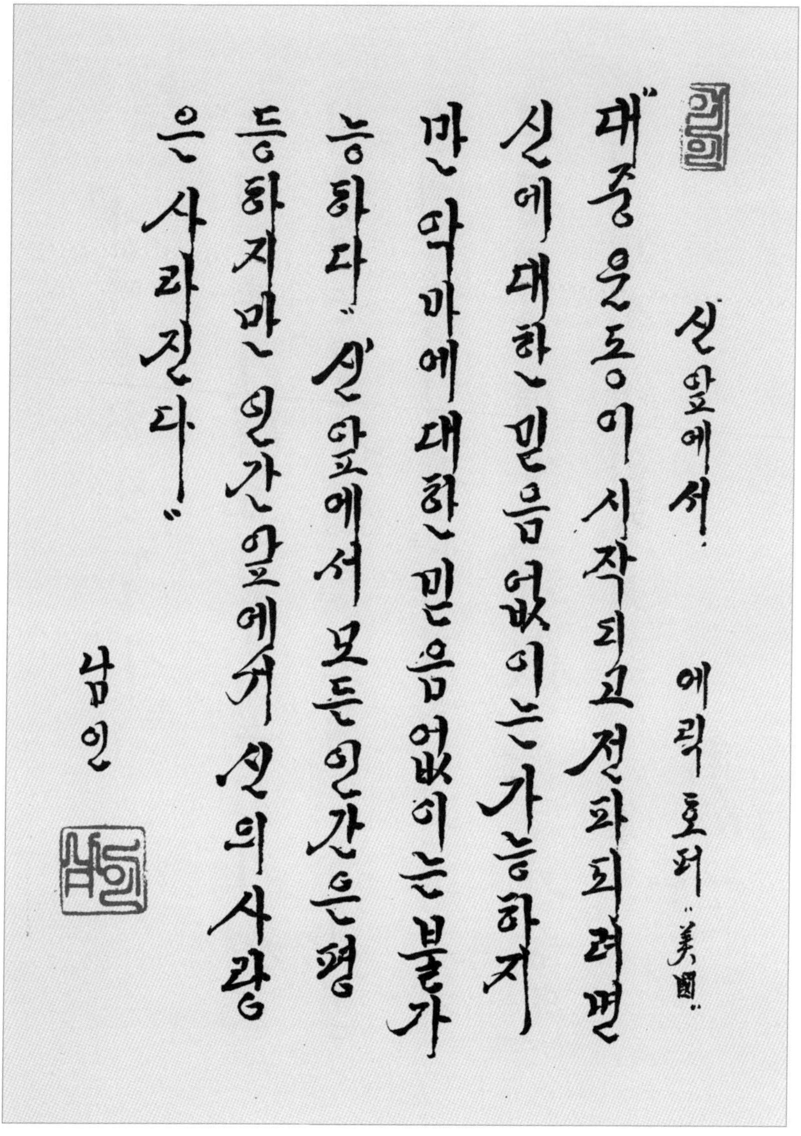

신 앞에서 에릭 호퍼 "美國"

"대중은 동이 시작되고 전파되려면 신에 대한 믿음 없이는 가능하지만 악마에 대한 믿음 없이는 불가능하다." "신 앞에서 모든 인간은 평등하지만 인간 앞에서 선의 사랑은 사라진다."

남인

신 앞에서 - 에릭호퍼
Eric Hoffer, 미국 사회 철학자

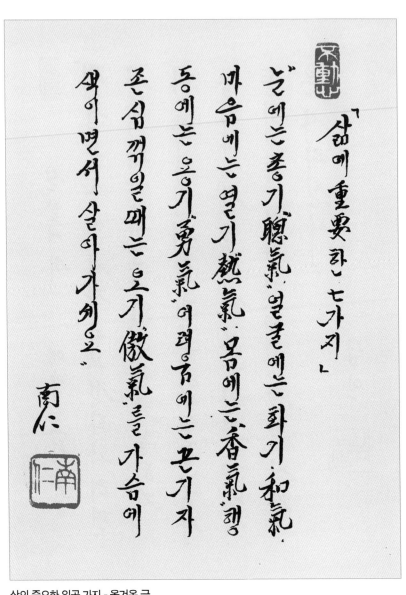

「삶에 重要한 七가지」

눈에는 총기聰氣, 얼굴에는 화기和氣,
마음에는 열기熱氣, 몸에는 香氣향
등에는 용기勇氣, 어려움에는 끈기자
존심끼일때는 오기傲氣를 가슴에
색이면서 살아가쉬오.

南仁

삶의 중요한 일곱 가지 - 옮겨온 글

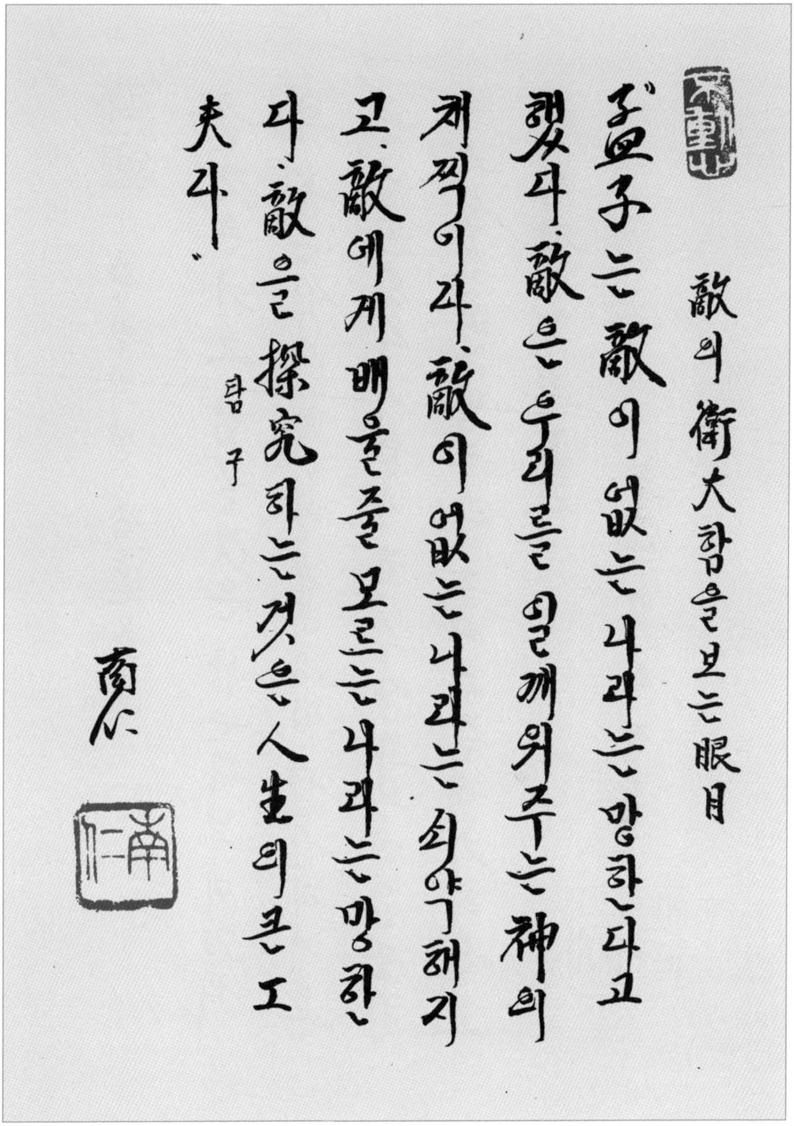

孟子는 敵이 없는 나라는 망한다고
했다. 敵은 우리를 일깨워주는 神의
채찍이다. 敵이 없는 나라는 쇠약해지
고, 敵에게 배울줄 모르는 나라는 망한
다. 敵을 探究하는 것은 人生의 큰 工
夫다.

敵의 偉大함을 보는 眼目

남子

적(敵)의 위대함을 보는 안목(眼目) - 맹자

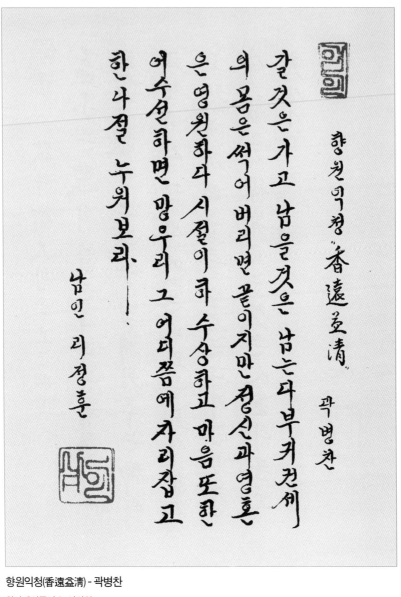

향원익청(香遠益淸) - 곽병찬

한겨레신문사 논설위원

양심 "良心" 이란

양심 "良心" 이란 자기 자신의 태도 행동이
윤리적으로 "선善" 인가 "악惡" 인가 을리
적 당위성에 적합日의가 맞는가에 관(한)의
식 "意識" 또는 소질 "素質" 로 예견적 "豫見 的"
양심과 수반적 "隨伴的" 양심, 회고적 "回顧
的" 양심으로 분류되며 양심의 기원은 기원 전
삼천 "三千" 년 경 신 "神" 의 권위로 부터 신 "神"의
명령 방사 "放射" 되는 신성 "神聖" 가치에서
부여 된 것 입니다

남인

양심(良心)이란 - 옮겨온 글

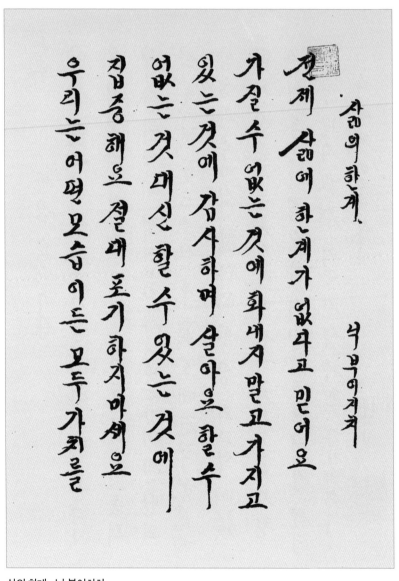

삶의 한계 - 닉 부이치치
Nick Vujicic, 오스트레일리아 선교사

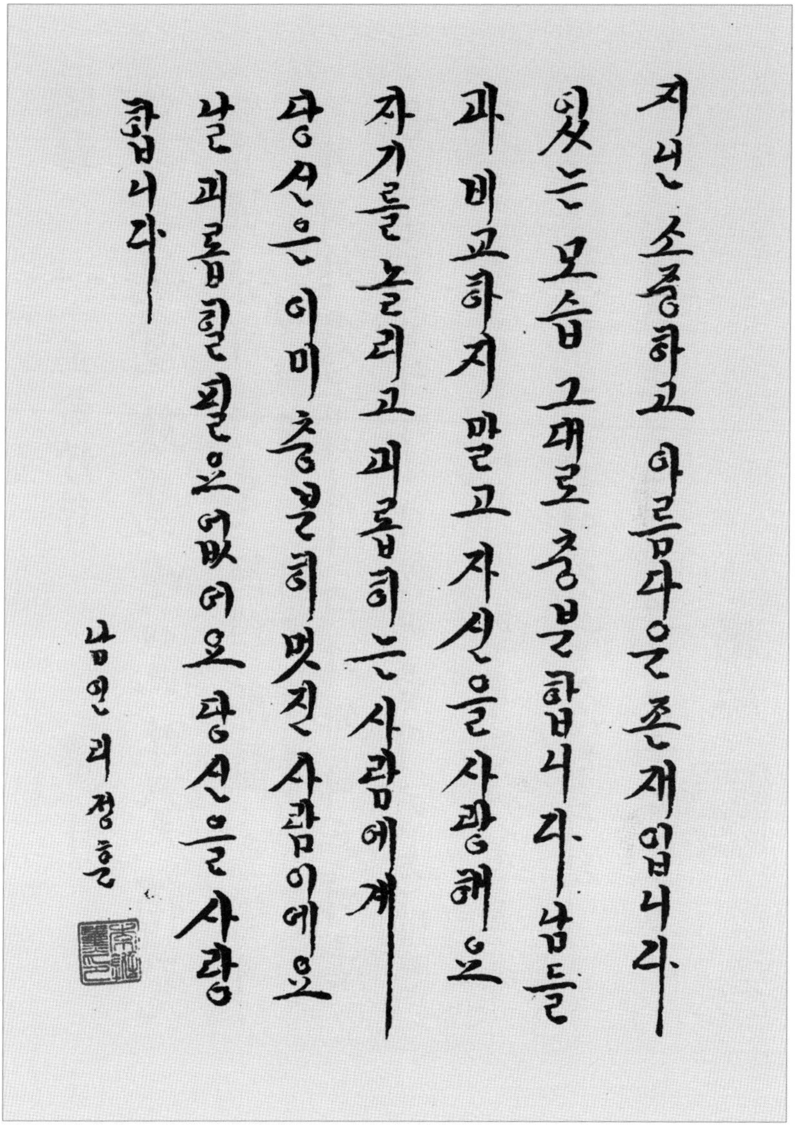

지난 소중하고 아름다운 존재입니다

있는 모습 그대로 충분합니다 남들

과 비교하지 말고 자신을 사랑해요

자기를 놀리고 괴롭히는 사람에게

당신은 이미 충분히 멋진 사람이에요

날 괴롭힐 필요 없어요 당신을 사랑

합니다

남인 리정흔

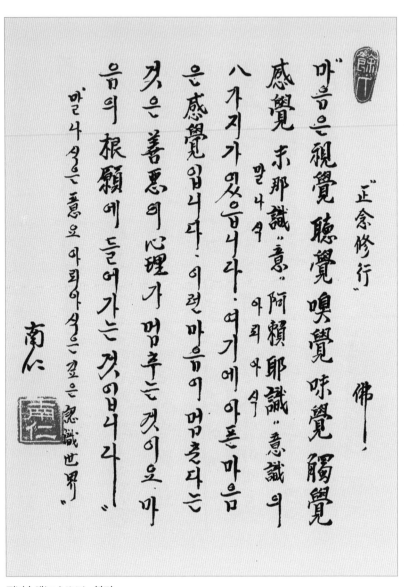

"正念修行" 佛 —

마음은 視覺 聽覺 嗅覺 味覺 觸覺

感覺 末那識"意" 阿賴耶識"意識"의

八가지가 있읍니다. 여기에 아픈 마음

은 感覺입니다. 이런 마음의 멈추다는

것은 善惡의 心理가 멈추는 것이오. 마

음의 根願에 들어가는 것입니다.

말나식은 意요 아뢰야식은 意識世界

南仁

정념수행(正念修行) - 불경
시각 청각 후각 미각 촉각 감각 말나식 아뢰아식 / 의식의 여덟 가지

"왜" 우리는 變하지 안하려 하는가! 아들러

人間은 언제나 自我를 決定하는 存在다
極斷的 表現으로 變化는 死·自體·즉自身
을 바꾼다는 것은 죽을까지 "나"를 抛棄
不足·무엇에 묻는 것을 意味한다· 現實이
아무리 不滿이 있어도 죽음을 선택할 수
있을까 "이대로 좋다" 하고 살어간 것이다.

南仁

왜 우리는 변하지 안하려 하는가 - 아들러

Alfred Adler(1870-1937) 오스트리아 심리학자

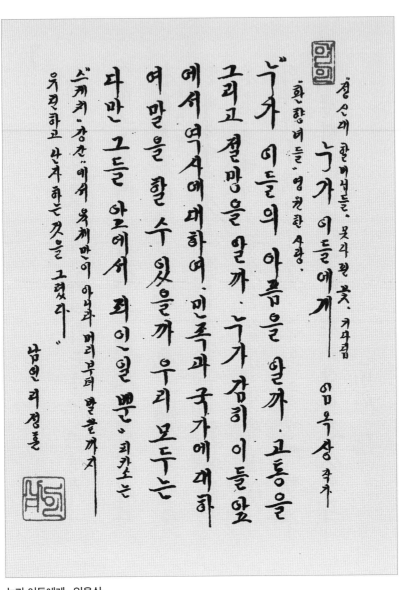

누가 이들에게 - 임옥상

정신대 할머니들 못다핀 꽃. 기다림
한국민족화백

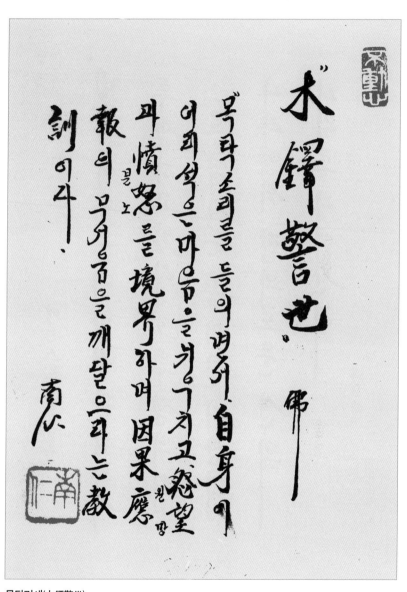

木鐸警世 佛

목탁소리를 들으며 自身의 게으름을 경계하고 發望을 억제하는 마음을 키우고 忿怒를 境界하며 因果應報의 무서움을 깨달으라는 敎訓이다.

목탁경세(木鐸警世)
불경 중에서 목탁의 의미

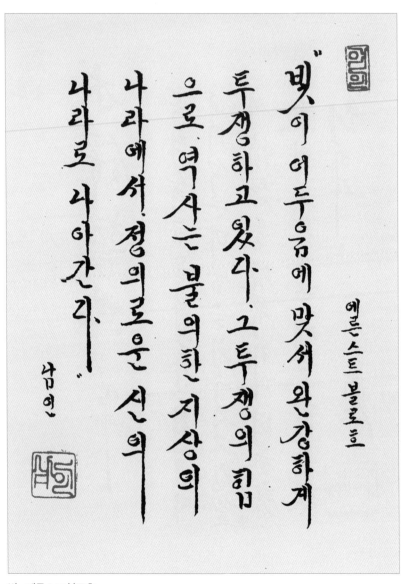

빛 - 에른스트 블로흐

Ernst Bloch(1880-1995) 스위스 출생 음악교사

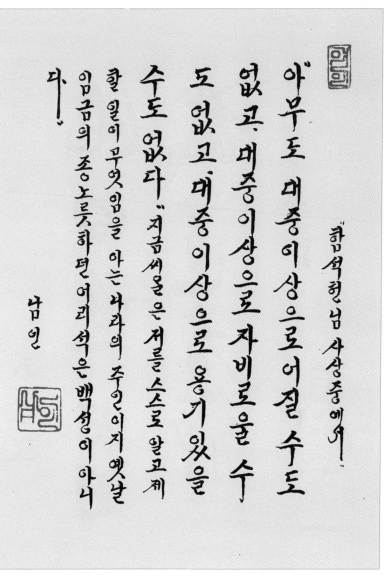

함석헌 사상 중에서

함석헌(1901-1989) 평안북도 용천 출생, 종교인, 사회운동가, 언론인 '씨의소리' 창간

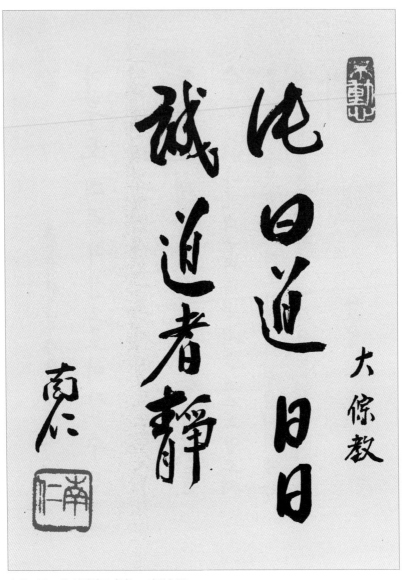

순왈도(純曰道) 일일성도자정(日日誠道者靜)

대종교(大倧敎) 한반도에 기원한 종교(1909년 나철 교주님이 조직한 종교, 단군선포)
순왈도 : 순수한 것이 도요
일일성 : 하루하루 정성을 다하라
도자정 : 도는 고요함이다.

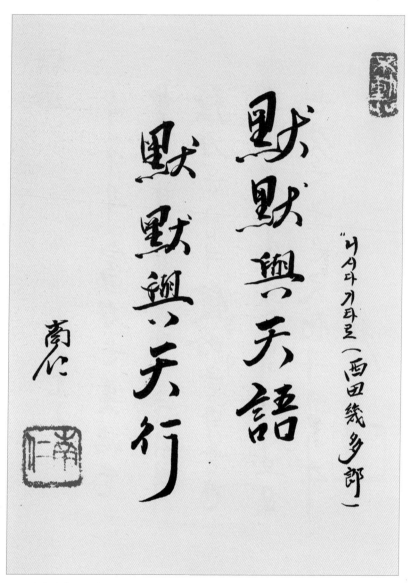

묵묵여(어)천어 묵묵여(어)천행 - 니시다기타로[西田幾多郎]

일본의 철학자(1870-1945) 일본철학, 서양철학을 동양의 정신적 전통에 동화시키려고 노력한 대표적 인물

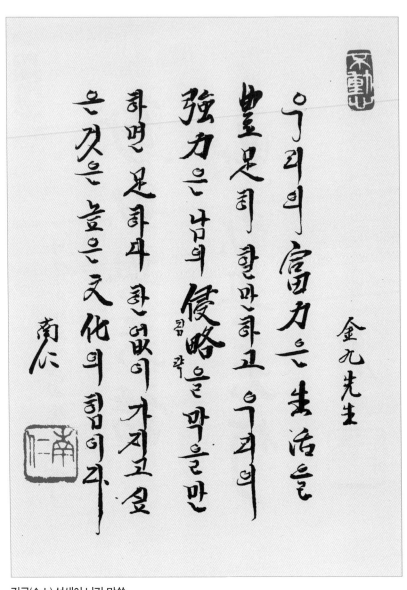

김구(金九) 선생이 남긴 말씀

김구(1876-1949) 황해도 해주 출생, 호 백범, 임시정부요인, 독립운동가, 의병항쟁, 동학농민운동 등

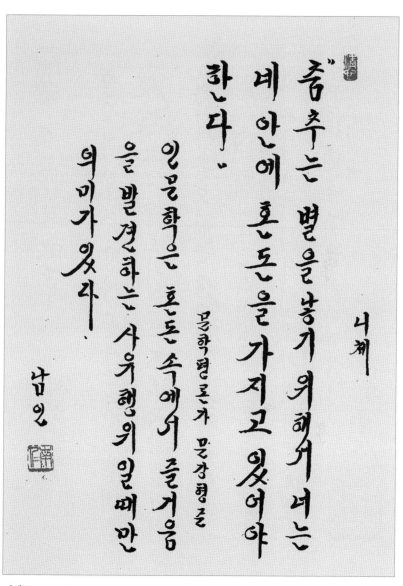

"춤추는 별을 낳기 위해서 너는 네 안에 혼돈을 가지고 있어야 한다."

인문학은 혼돈 속에서 즐거움을 발견하는 사유행위일 때만 의미가 있다.

문학평론가 문강형준

남인

니체(Nietzsche)

Friedrich Wilhelm Nietzsche(1844-1900) 독일 태생, 실존철학 선구자

마음을 열어주는 지혜, 영혼에 빛을!

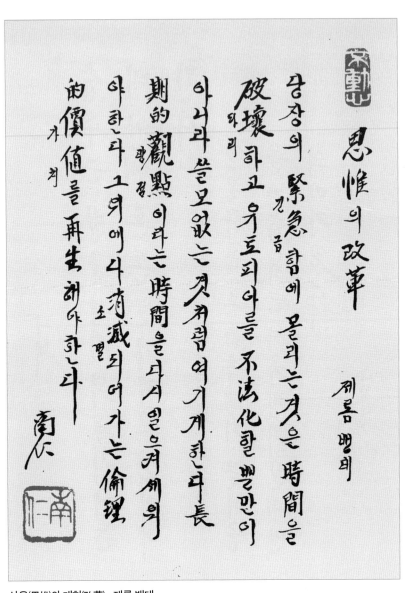

思惟의 改革   제롬 뱅테

당장의 緊急함에 몰리는 것은 時間을 破壞하고 우토피아를 不法化할 뿐만이 아니라 쓸모없는 것처럼 여기게 한다 長期的 觀點이라는 時間을 서서히 소멸되어가는 倫理的 價値를 再生해야 한다

사유(思惟)와 개혁(改革) - 제롬 뱅테

'가치는 어디로 가는가' 저자, 세계적인 지성인 49명 중 한 분

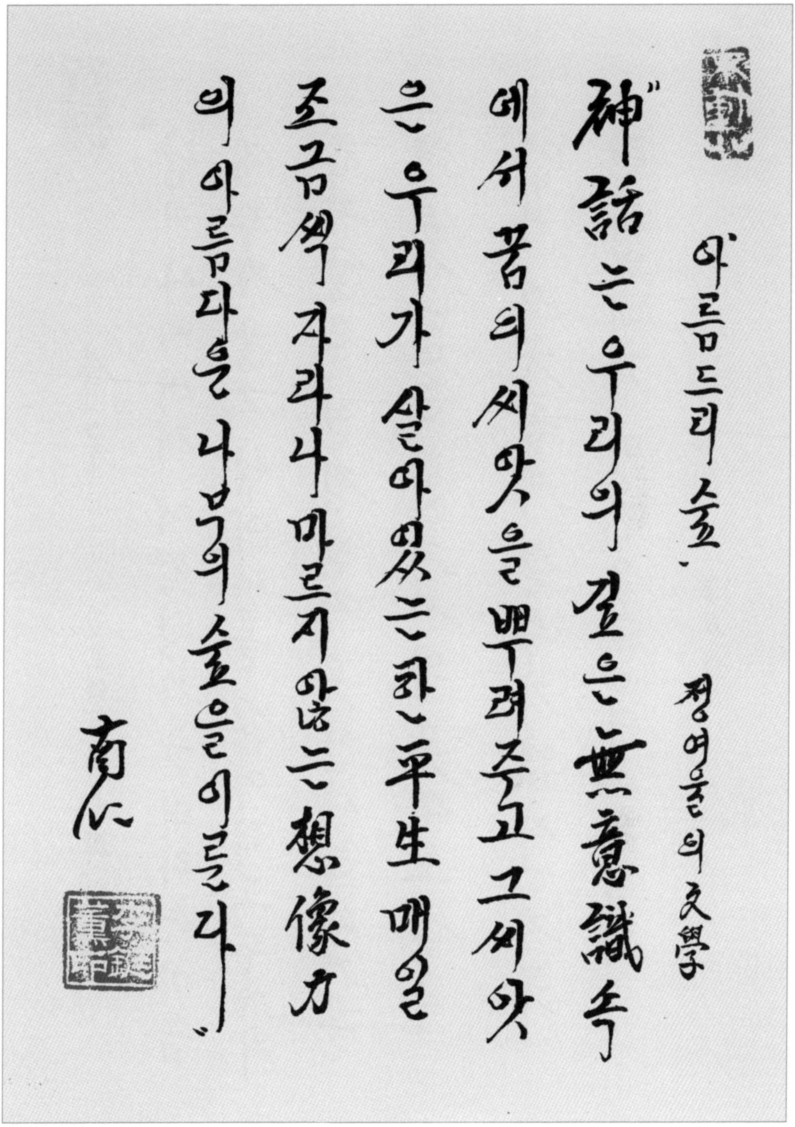

"神話는 우리의 꿈은 無意識 속에서 꿈의 씨앗을 뿌려주고 그 씨앗은 우리가 살아있는 限, 平生 매일 조금씩 자라나 마르지 않는 想像力의 아름다운 나무의 숲을 이룬다

아름드리 숲, 정여울의 文學

아름드리숲 - 정여울
문학작가, 문학평론가

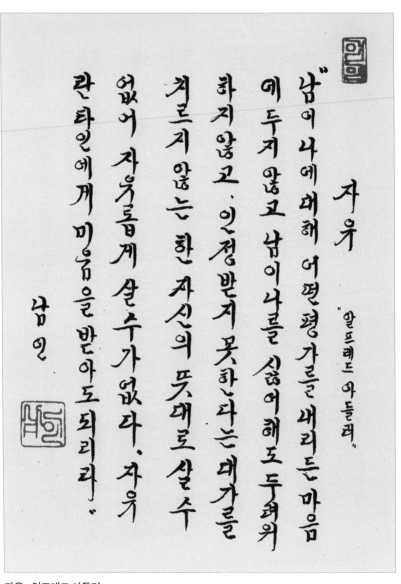

"남이 나에 대해 어떤 평가를 내리든 마음에 두지 않고 남이 나를 싫어해도 두려워하지 않고, 인정받지 못하다는 대가를 치르지 않는 한 자신의 뜻대로 살 수 없어 자유롭게 살 수가 없다. 자유란 타인에게 미움을 받아도 되리라."

자유 알프레드 아들러

남인

자유 - 알프레드 아들러

Alfred Adler(1870-1937) 오스트리아 심리학자

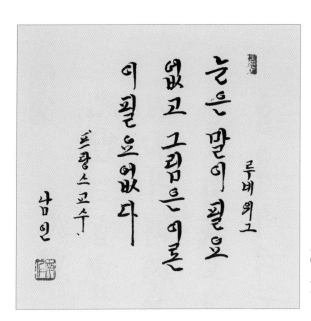

눈은 말이 필요 없고 그림은 이론이 필요 없다

루네위그

프랑스교수.

남인

르네위크
(Rene Huyghe)

프랑스 조형예술가
심리학 교수, 미술평론가

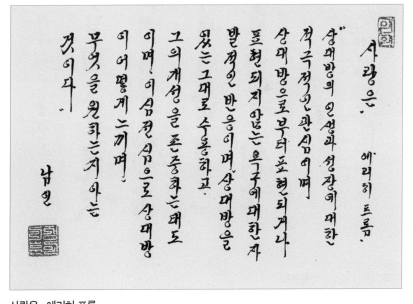

사랑은,

에리히 프롬,

상대방의 인성과 성장에 대한
적극적인 관심이며
상대방으로부터 표현되거나
표현되지 않는 욕구에 대한 자
발적인 반응이며, 상대방을
있는 그대로 수용하고.
그의 개성을 존중하는 태도
이며, 이심전심으로 상대방
이 어떻게 느끼며,
무엇을 원하는지 아는
것이다.

남인

사랑은 - 에리히 프롬

Erich Fromm(1900-1980), 유대인이자 독일계 미국인으로 사회심리학자, 인문주의 철학자

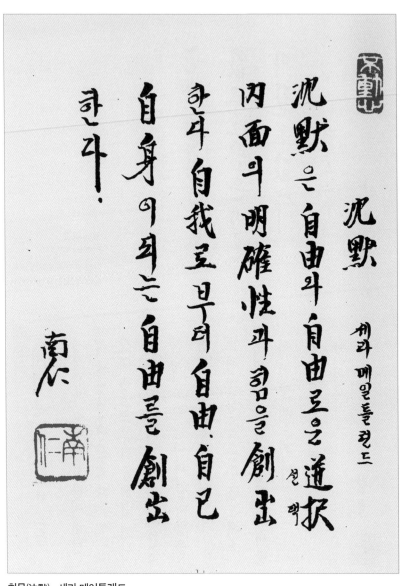

沈默

沈默은 自由와 自由로움 選択
内面의 明確性과 힘을 創出
한다 自我로부터 自由, 自己
自身이되는 自由를 創出
한다.

세라 메일틀런드

침묵(沈默) - 세라 메이틀랜드
Sara Maitland, 영국 소설가

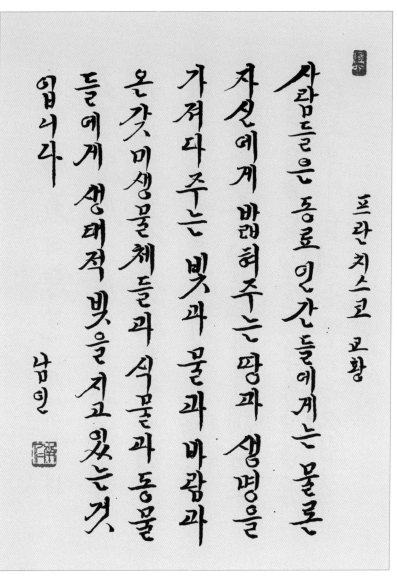

프란치스코 교황

사람들은 동료 인간들에게는 물론
자신에게 밝혀주는 땅과 생명을
가져다 주는 빛과 물과 바람과
온갖 미생물체들과 식물과 동물
들에게 생태적 빚을 지고 있는 것
입니다

프란치스코 교황

본명 호르헤 마리오 베르고글리오(Forge Mario Bergoglio)
1936년 12월 17일 아르헨티나 출생, 제266대 교황

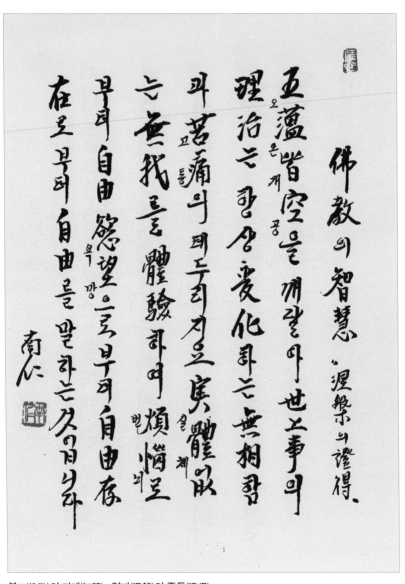

佛教의 智慧 "涅槃의 證得.

五蘊皆空을 깨달아 世上事의
理治는 끝없이 變化하는 無相함
과 苦痛의 괴로움이 實體없고
亡無我를 體驗하며 煩惱로
부터 自由 慾望으로부터 自由存
在로부터 自由를 말하는 것입니다

불교(佛敎)의 지혜(智慧) - 열반(涅槃)의 증득(證得)
불경 중에서

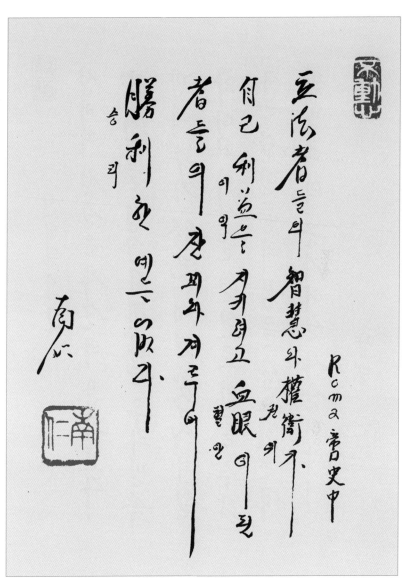

立法者들의 智慧와 權衡不
自己 利益을 개괄리고 血眼이 된
者들의 虐政과 저르에
勝利 한 믿슴이다.

Roma 帝國史中

로마제국사(ROMA帝國史)

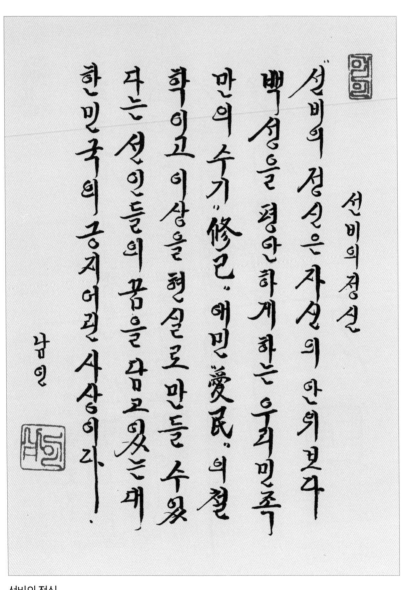

선비의 정신

"선비의 정신은 자신의 안위보다 백성을 편안하게 하는 우리민족만의 수기 "修己" 애민 "愛民"의 철학이고 이상을 현실로 만들 수 있다는 선인들의 꿈을 담고 있는데 한민국의 긍지어린 사상이라.

남인

선비의 정신

조선왕조를 관통하는 시대 정신

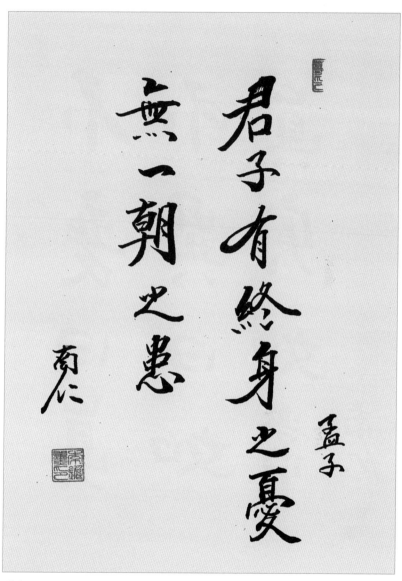

君子有終身之憂
無一朝之患

맹자

맹자(孟子)

맹자(BC.372-BC.289 추정) 중국 고대 유교철학자, 성선설
군자유종신지우 : 군자는 평생 마음에 지니는 우환은 있으나,
무일조지환 : 일조일석에 생기는 우환은 없음이니라.

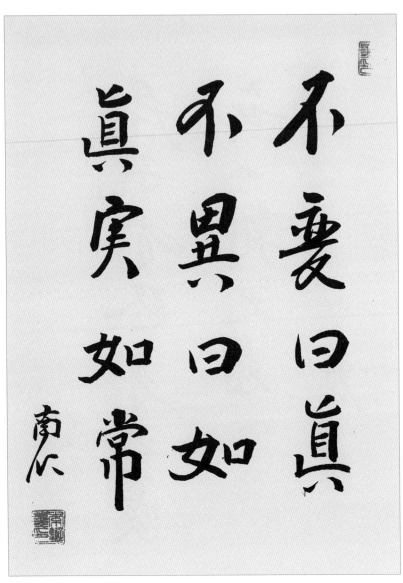

불변왈진 불이왈여 진실여상

변함이 없으니 진실이여, 다르지 않음이 같음이요, 진실함은 항상 참 이리라.

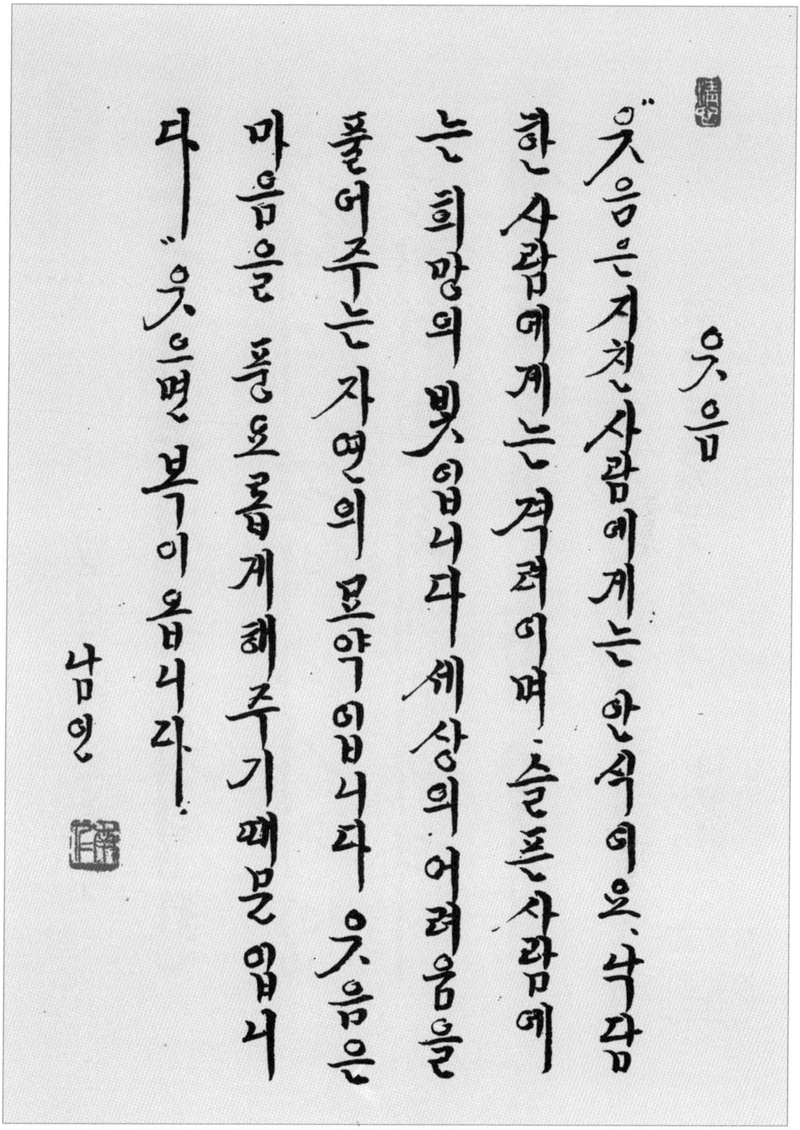

웃음

웃음은 지친 사람에게는 안식이오, 낙담한 사람에게는 격려이며, 슬픈 사람에는 희망의 빛입니다. 세상의 어려움을 풀어주는 자연의 묘약입니다. 웃음은 마음을 풍요롭게 해주기 때문입니다. 웃으면 복이 옵니다.

남언

웃음 - 옮겨온 글

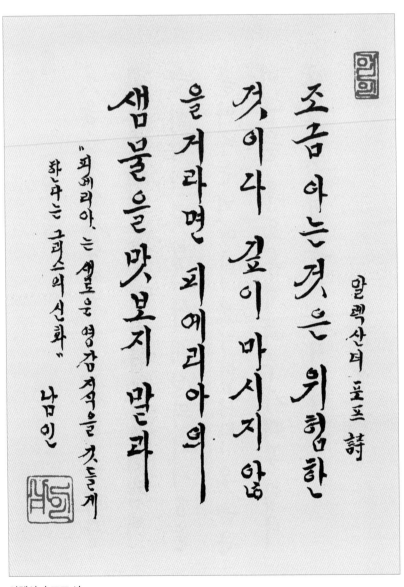

알렉산더 포프 시

Alexander PoPe(1688-1744) 영국 시인

삶의 智慧

삶의 지혜 - 로버트 제이 윅스
'멘토링(mentoring)' 책 중에서

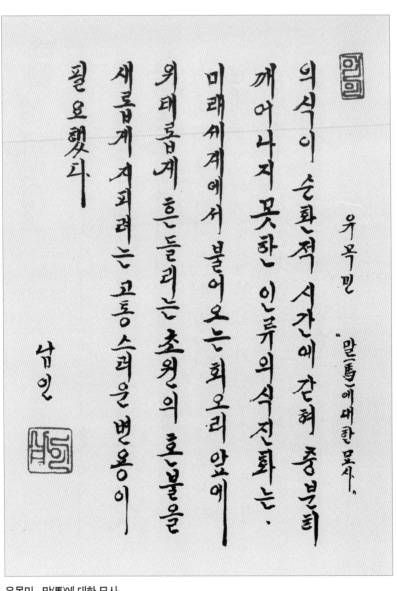

유목민 "말(馬)에 대한 묘사"

의식이 순환적 시간에 갇혀 충분히
깨어나지 못한 인류의 식진화는,
미래세계에서 불어오는 회오리 앞에
위태롭게 흔들리는 초원의 호불을
새롭게 지피려는 고통스러운 변용이
필요했다.

남인

유목민 - 말(馬)에 대한 묘사

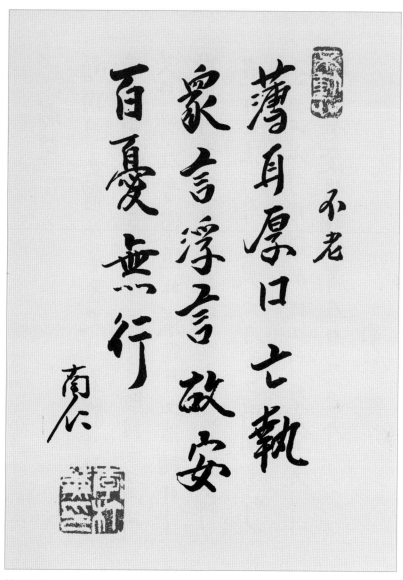

불로(不老)

박이후구망집 : 귀가 얇아서 남의 말을 듣기 싫어하고
중언부언고안 : 내용은 없고 말만 많아져 어지러운 경계(자기 말만 쏟아내는 경계)
백우무행 : 백가지 근심을 할 뿐 아무것도 행하지 않음.

時間

時間의 主體가 곧 歷史의 主體다 修理工
은 時計를 고칠 수 있다. 그러나 時月은 고치지
못한다 社會價値와 議題와 그 活動에
時間이름으로 登場할때 世上은 비로소 前
進하는 法이다. 歷史는 지금 그 時間을 呼
出하고 있다. 時計修理工이 될 것인가
時代를 發明하는 者가 될 것인가.

南仁

시간(時間) - 옮겨온 글

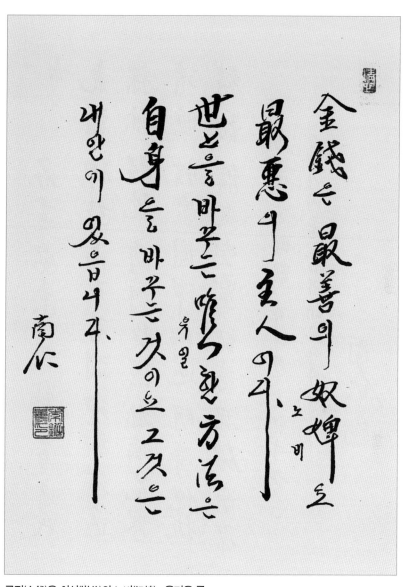

金錢(금전)은 최선(崔善)의 노비(奴婢) - 옮겨온 글

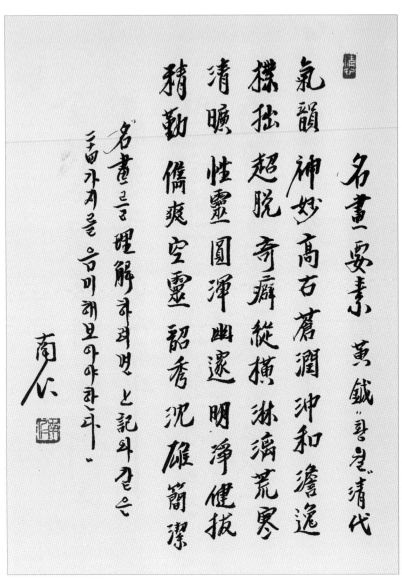

名畫要素 黃鉞 "황월 清代

氣韻 神妙 高古 蒼潤 沖和 澹逸
撲拙 超脫 奇癖 縱橫 淋漓 荒寒
清曠 性靈 圓渾 幽遠 明淨 健拔
精勤 儁爽 空靈 韶秀 況雄 簡潔

名畫를 理解하려면 と 記와 같은

名畫가지를 읍미해보아야 한다.

南仁

명화(名畫)의 요소(要素) - 황월(黃鉞)

황월(黃鉞) 중국 청나라 시대 인물
기운 신묘 고석 창윤 충화 담일 접출 초탈 기벽 종횡 임리 황한 청광 성령 원혼 유수 명쟁 건발 정근 준
협 공령 소수 침웅 간결 : 해설은 고객의 몫

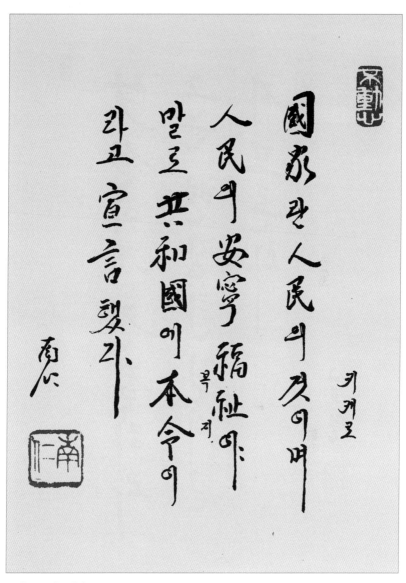

국가(國家)란 - 키케로

Marcus Tullius Cicero(BC.106-BC.43) 로마시대 정치가, 철학자, 문학자, 웅변가

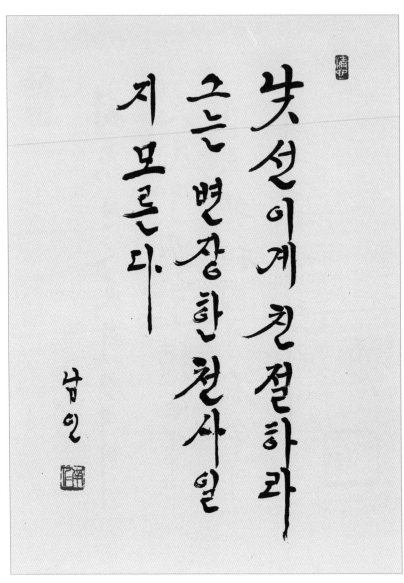

낯선 이에게 친절하라 - 옮겨온 글

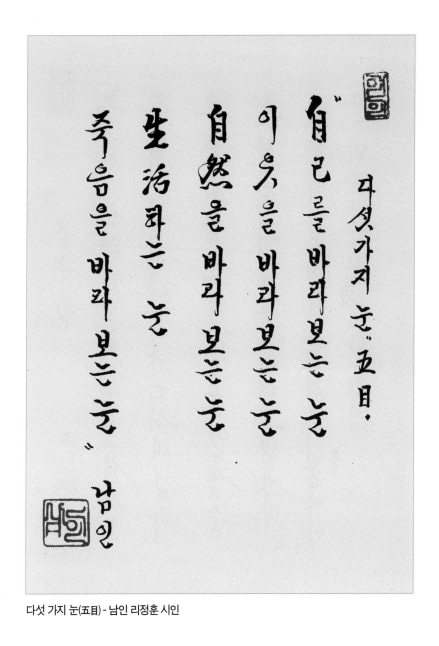

다섯 가지 눈(五目) - 남인 리정훈 시인

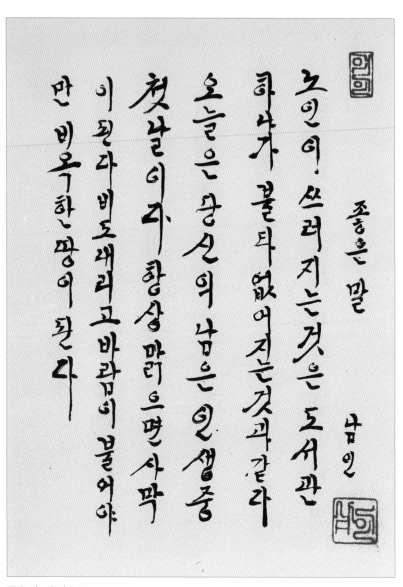

좋은 말   남인

노인이 쓰러지는 것은 도서관
하나가 불타 없어지는 것과 같다
오늘은 당신의 남은 인생중
첫날이자 항상 땀 흘려야 사막
이 된다 비도 내리고 바람이 불어야
만 비옥한 땅이 된다

좋은 말 - 옮겨온 글

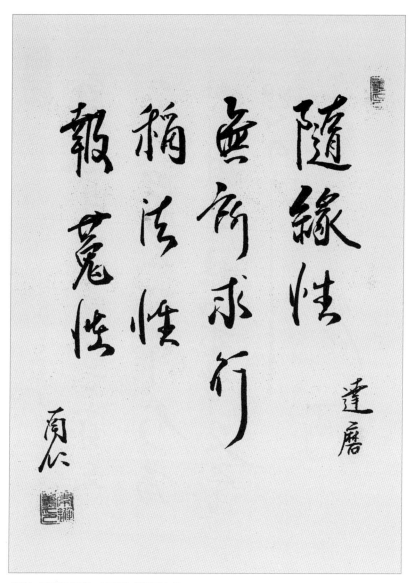

隨緣行
無所求行
稱法性
報冤法

達磨

사행(四行)의 가르침 - 보리달마(菩提達磨)

수연성 : 세상의 모든 것은 연에 따라 변한다.
무소구행 : 생각이 구속된 것을 멀리하고 무위견지에서 실천해야 한다.
칭법성 : 진여(眞如, 참)의 평등(平等) 보편하여 상주불변한 만유일체, 만유일체의 진성이요 이성에 맞게 행위함.
보토성: 부처님의 정토. 부처와 보살이 머무는 세계로 오탁의 번뇌가 없는 청정한 극도.

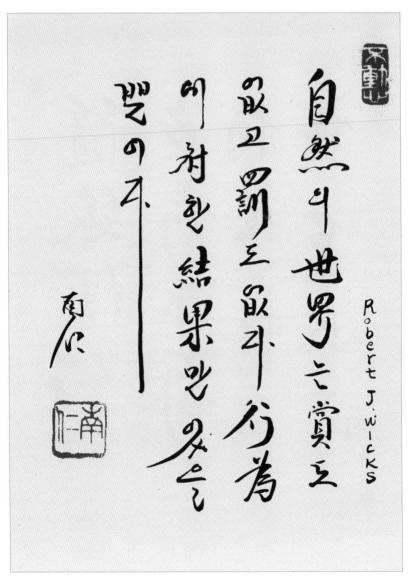

자연의 세계 - 로버트 제이위크스

Robert.J.Wicks, 미국 뉴욕 출신 임상심리학자

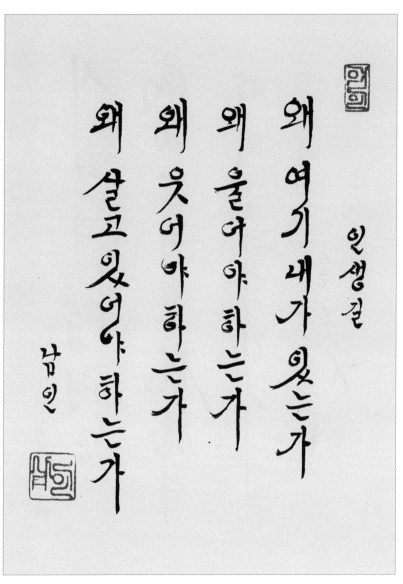

인생길 - 남인 리정훈 시인

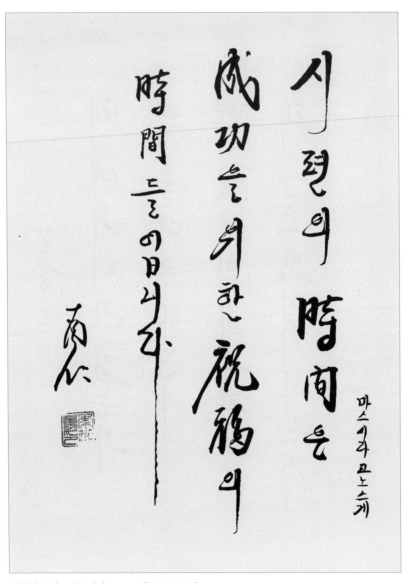

시련의 시간 - 마스시타 고노스케[松下幸之助]

마쓰시타 고노스케(松下幸之助, 1894-1989) 일본의 '경영의 신'으로 추앙 받는 자

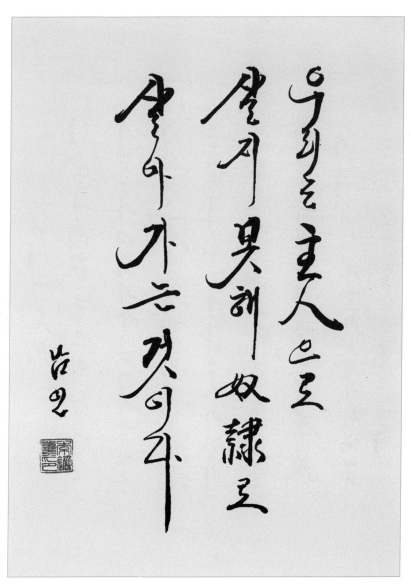

우리는 주인(主人) - 옮겨온 글

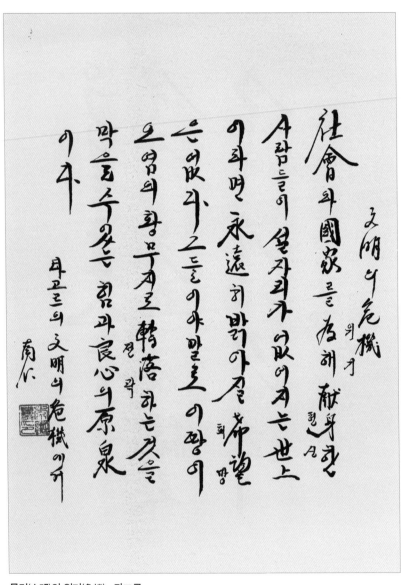

文明의 危機

社會와 國家를 爲해 獻身한 사람들이 설자리가 없어지는 世上이라면 永遠히 밝아질 希望이 없다. 그들이 마땅으로 이 땅이 오늘의 황무지로 轉落하는 것을 막을 수있는 힘과 良心의 原泉이다.

타고르의 文明의 危機에서

문명(文明)의 위기(危機) - 타고르

Rabindranath Tagore(1861-1941), 근대 인도의 철학자, 종교개혁자, 노벨문학상 수상

傷處와 憤怒는 삶을 갉아먹는 毒이다

容恕는 맘을 爲해야가 아니라 自身을 爲

해 打破해야한다 憤怒가 나를 죽이는

진짜 敵이라고 깨닫고 容恕 해주어야 한다

容恕는 남의 命令이다 憤怒와 不信

에 잠겨 사는것보다 容恕 하는게 훨씬 낫다

왜 容恕는 해야하는가、 목사 아놀드

왜 용서(容恕)는 해야 하는가 - 아놀드 목사

Arnold ALborf VanRuler(1908-1970) 네덜란드 신학자

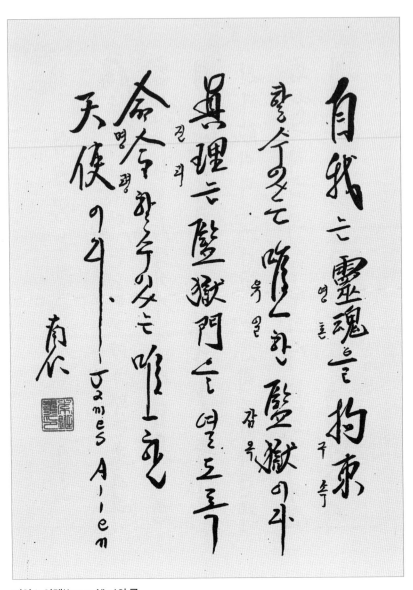

自我는 靈魂을 拘束
하는것으로 唯一한 牢獄
이루 唯一한 牢獄이다
真理는 牢獄門을 열도록
命令하는것은 唯一한
天使이니. ─ James Allen

제임스 알렌(James Allen)의 글

James Allen, 영국출생 작가, 노벨문학상, 옥스퍼드대학교 명예박사, 작품도서 644건

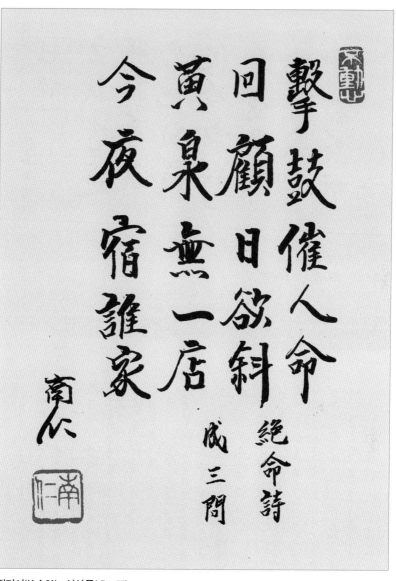

擊鼓催人命
回顧日欲斜
黃泉無一店
今夜宿誰家

絶命詩

成三問

南仁

절명시(絶命詩) - 성삼문(成三問)

성삼문(1418-1456) 조선 초기 문신, 사육신의 한 분
격고최인명 : 북 두드리는 소리 목숨을 재촉하는데, / 회고일욕사 : 머리 돌려 돌아보니 해는 이미 기울었네.
황천무일점 : 황천길에는 주막하나 없네그려. / 금야숙수가 : 오늘밤엔 뉘 집에서 재워줄꼬.

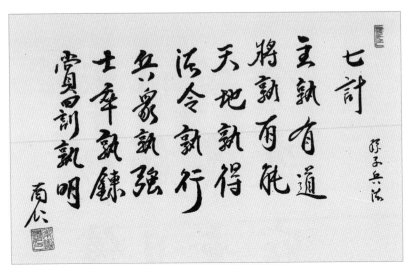

칠계(七計) - 손자병법(孫子兵法)

BC.480년에 만들어진 병법책, 중국 춘추정국시대 제나라출신 병법가 손무(손자의 본명)가 지음
첫째 주숙유도, 군주는 도를 잘 지키는가. / 둘째 장숙유능, 장수의 능력이 충분한가.
셋째 천지숙득, 지리적 요인을 잘 얻었는가. / 넷째 법령숙행, 법련집행이 잘 되고 있는가.
다섯째 병중숙강, 병사들이 대단히 강한가. / 여섯째 사절숙련, 병사훈련이 잘 되어있는가.
일곱째 상벌숙명, 상벌규정을 바르게 지키는가.

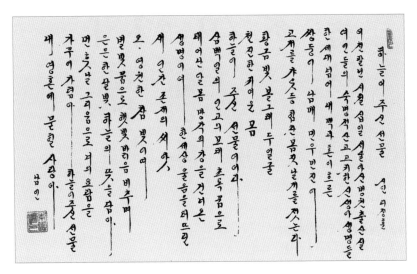

하늘이 주신 선물 - 남인 리정훈 시인

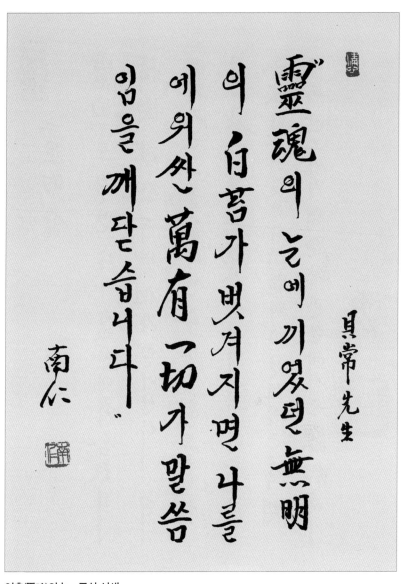

영혼(靈魂)의 눈 - 구상 선생

구상(具常, 1919-2004) 경북 출생, 시인 세계200대 문인 반열에 오름.

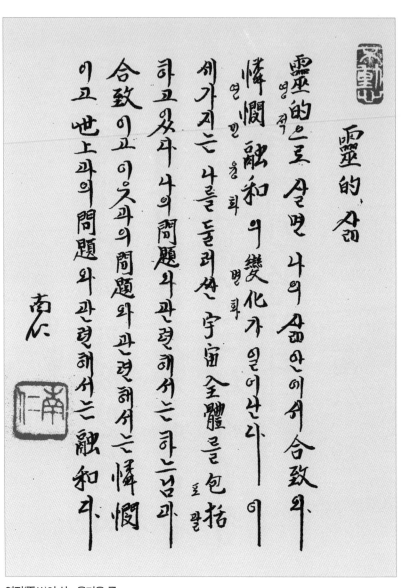

靈的 삶

靈的으로 살면 나의 삶이란 어게 하느님과의 위合致와
憐憫融和의 變化가 일어난다. 이
세가지는 나를 둘러싼 宇宙全體를 包括
하고 있다. 나의 問題와 관련해서는 하느님과
合致이고 이웃과의 問題와 관련해서는 憐憫
이고 世上과의 問題와 관련해서는 融和다.

南仁

영적(靈的)인 삶 - 옮겨온 글

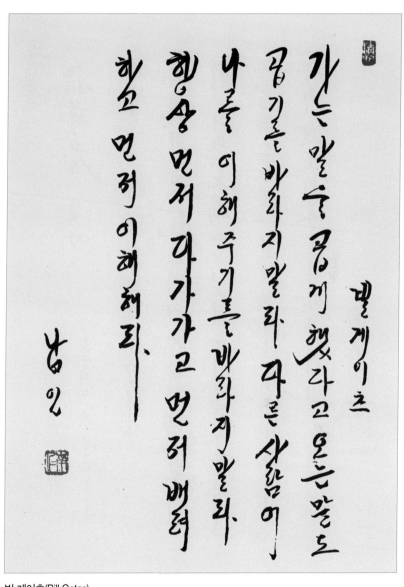

빌 게이츠(Bill Gates)

William Henry Gates, 1955년 10월 28일 미국 출생, 마이크로소프트 창업자

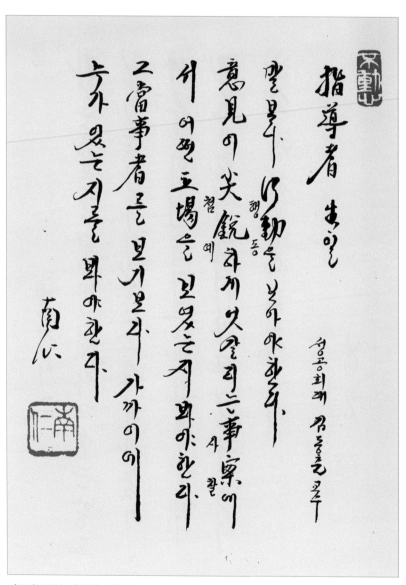

지도자(指導者)의 생일 - 김동춘

서울성공회 대학교 교수

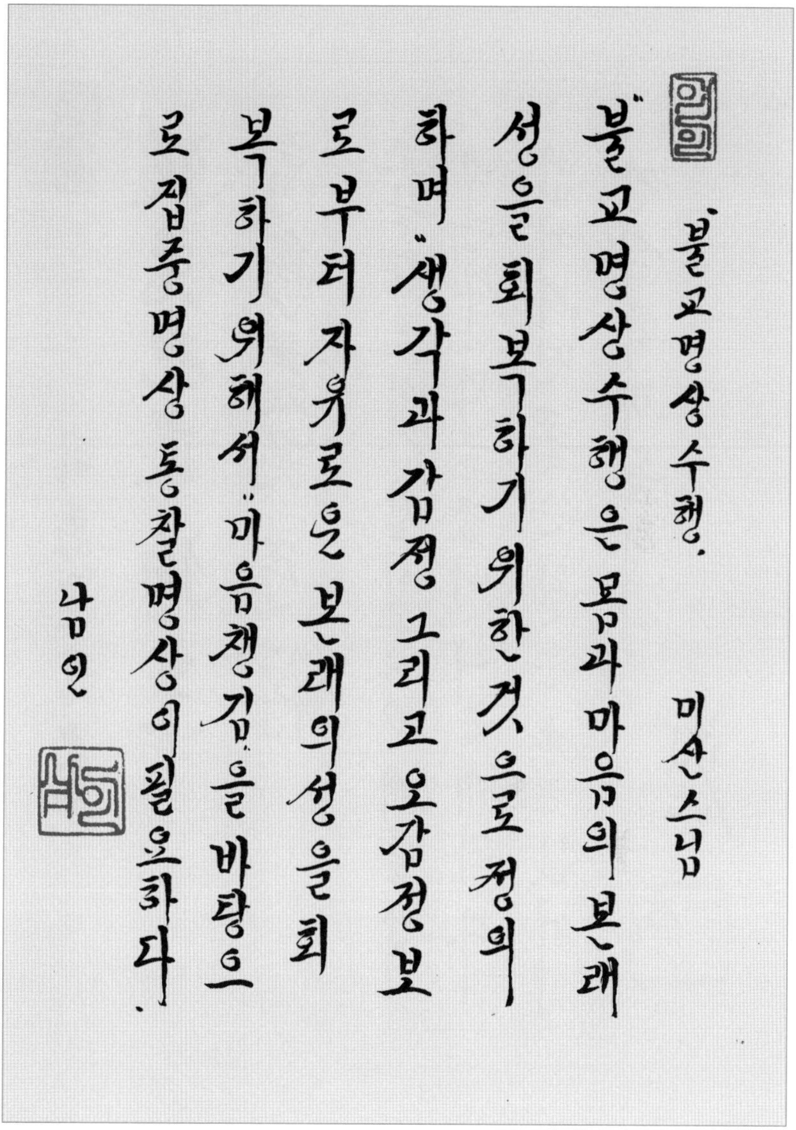

'불교명상 수행.' 미산스님

불교명상 수행은 몸과 마음의 본래성을 회복하기 위한 것으로 깨의화며, 생각과 감정 그리고 오감정보로부터 자유로운 본래의성을 회복하기 위해서, 마음챙김을 바탕으로 집중명상 통찰명상이 필요하다.

남인

불교명상 수행 - 미산스님
경상남도 통영시 미래사 스님

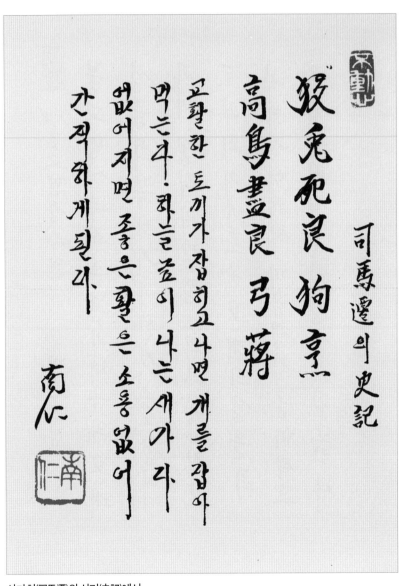

狡兔死良 狗烹
高鳥盡良 弓蔣

司馬遷의 史記

교활한 토끼가 잡히고 나면 개를 잡아
먹는다. 하늘 높이 나는 새가 다
없어지면 좋은 활은 소용 없어
간직하게 된다.

사마천(司馬遷)의 사기(史記)에서

사마천(司馬遷, BC.145-BC.85) 중국 전한시대의 역사가, 사기의 저자
교토사랑구팽 고조진랑궁장

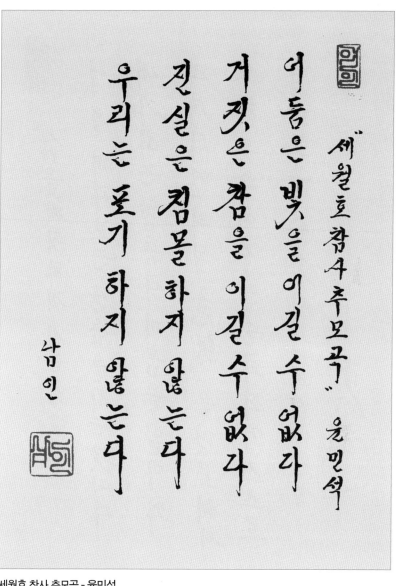

세월호 참사 추모곡 - 윤민석

경북 출생, 운동권, 민중가요 작사 및 작곡가

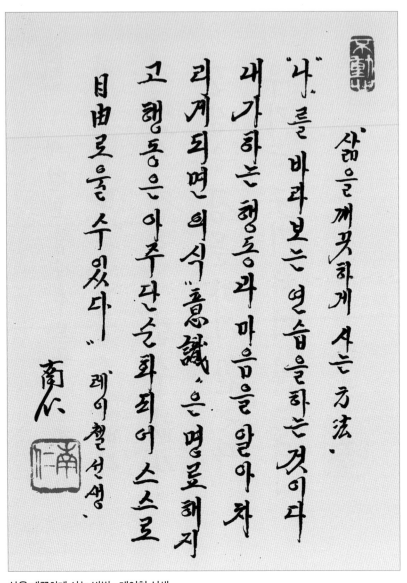

삶을 깨끗하게 사는 방법

"나"를 바라보는 연습을 하는 것이다

내가 하는 행동과 마음을 알아 차

리게 되면 의식 "意識"은 명료해지

고 행동은 아주 단순화 되어 스스로

目由로울 수 있다." 레이철 선생.

삶을 깨끗하게 사는 방법 - 레이철 선생

'할아버지 기도' 책 중에서

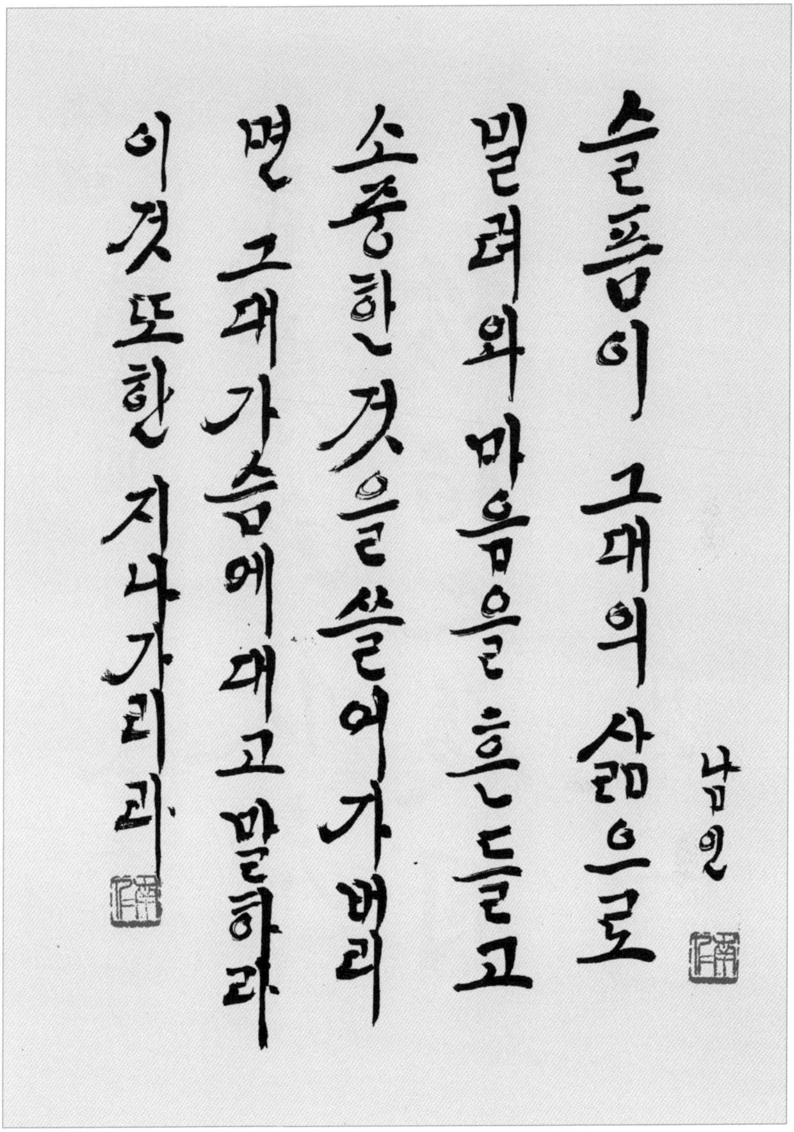

슬픔이 그대의 삶으로
빌려와 마음을 흔들고
소중한 것을 쓸어가버리
면 그대 가슴에 대고 말하라
이것 또한 지나가리라

나그인

슬픔이 그대의 삶으로 - 옮겨온 글

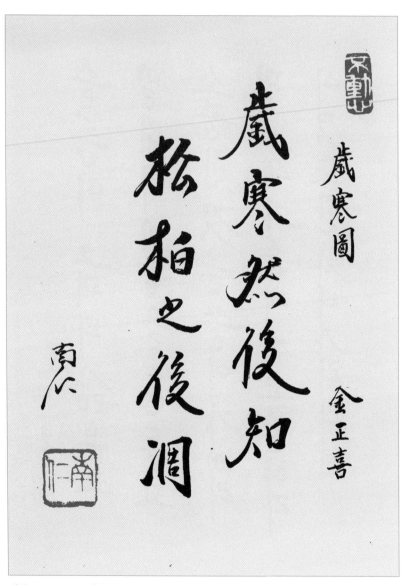

세한도(歲寒圖) - 김정희

김정희(金正喜, 1786-1856) 조선시대 실학자, 서예가, 추사체 완성
세한연후지 송백지후조 : 겨울이 되어서야 소나무와 잣나무가 시들지 않는다는 사실을 알게된다.

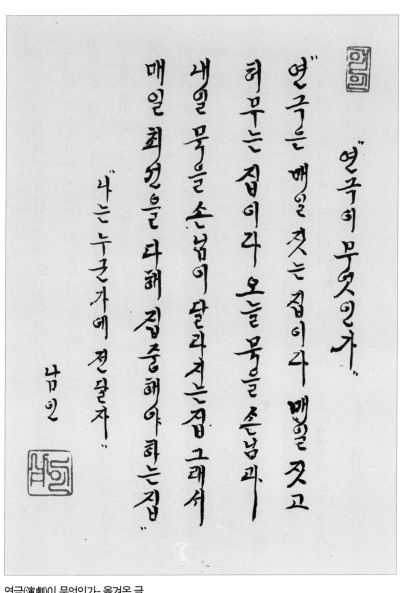

연극(演劇)이 무엇인가- 옮겨온 글

"나라의 독립 獨立을 위하여, 도산 안창호,

"독립을 동 협으로 체포된 도산 안창호 선생님과
일본 검사가 취조했다. 이때 도산 안창호 선생님은
말하였다. 나는 밥을 먹어도 우리나라 독립 잠을
자도 독립을 위해 잤다. 이것은 내 목숨이 다할 때
까지 변함이 없다. 검사가 실소하면서 그러면 조선
의 독립이 가능하다고 생각하는가? 당신은 아시아
를 지배한 일본의 힘을 모르는가? 나는 일본의 힘
을 잘 안다. 그러나 일본이 무력이 강하지만 그만큼
도덕력을 겸하여 갖기를 원한다. 그건 무슨 뜻인가?
나는 일본이 망하기를 원치 않는다 좋은 나라 되기를

나라의 독립을 위하여- 도산 안창호

안창호(安昌浩, 1878-1938) 호 도산(道山), 독립운동에 일생을 받치신 분(독립협회, 신민회, 흥사단 등에서 활동)

원한다." 우리나라를 우린한 것은 결코 일본에 이익

이 되지 않는다. 이 천만의 원한을 품게 하는 것보다 매

천만을 이웃으로 두는 게 일본에 훨씬 이득이 될 것이

다. 그러므로 내가 우리나라 독립을 주장하겠은, 동양

의 평화와 일본의 복리에도 도움이 되는 것이라."

이에 상치 못한 대답에 일본 검사는 말문이 막혔싸

다." 도산 안창호 선생은 "서로 사랑하면 살것이오

서로 싸우면 죽을 것이라." 하신 말씀."

남인

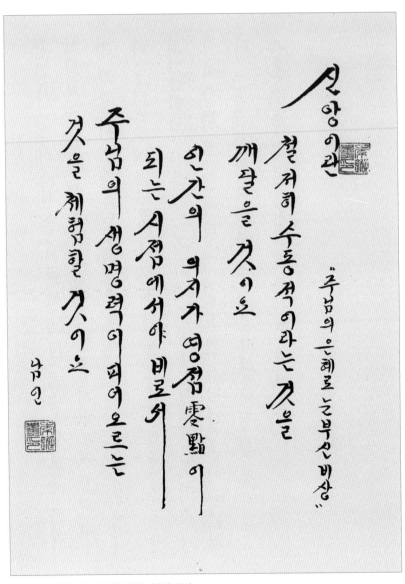

신앙(信仰)이란 - 주님의 은혜로 눈부신 비상

송봉모 신부, 예수회 소속 신부, 서강대학교 외래 교수

공무도하가(公無渡河歌) - 작자 미상

중국 진나라 때 최표(崔豹)가 명물을 고증하여 엮은 최고 고전 고금주(古今注) 에 실린 우리나라에 전해
내려오는 가장 오래된 노래
공무도하 공경도하 타하이사 장내공하

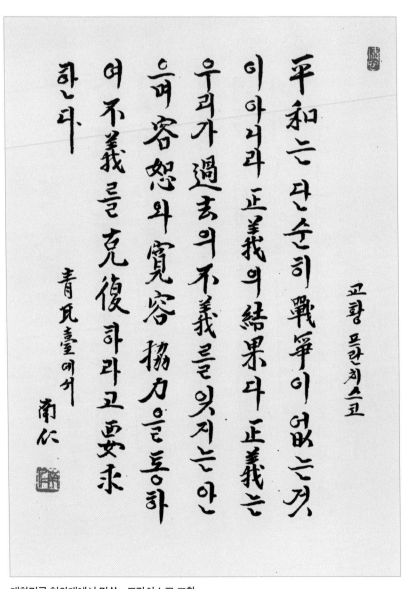

教皇 프란치스코

平和는 단순히 戰爭이 없는 것
이 아니라 正義의 結果다 正義는
우리가 過去의 不義를 잊지는 안
으며 容恕와 寬容 協力을 통하
여 不義를 克復하라고 要求
한다

靑瓦臺에서
南仁

대한민국 청와대에서 말씀 - 프란치스코 교황

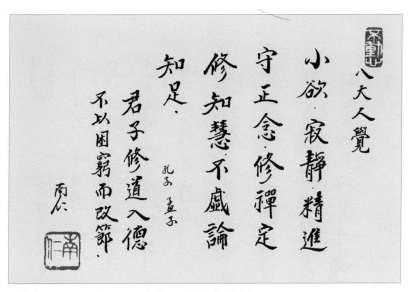

팔대인각(八大人覺) -공자(孔子), 맹자(孟子), 법화경(法華經)

소욕 : 욕심이 적어 약간의 것에 만족하고 있는 것 / 숙정 : 엄숙하고 침묵 속에 고요함(적정한 곳을 좋아한 생각)
정진 : 사물에 정성을 드려 나아가는 것 / 수정념 : 올바른 생각을 일심으로 생각
수선정 : 선정을 수행 하는데 그치지 않는 생각 / 수지혜 : 지혜를 닦아감에 멈추지 않음
불희론 : 무익의 논(論)을 하지 않는 것 / 지족 : 이미 얻는 것으로 만족해 하는 것

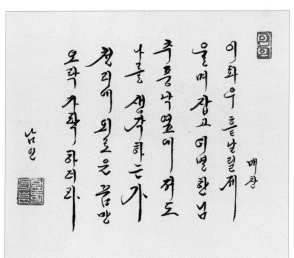

**매창(梅窓)의 시조
'이화우(梨花雨)'**

이매창(1573-1610)
전북 부안 출생, 조선중기
여류시인

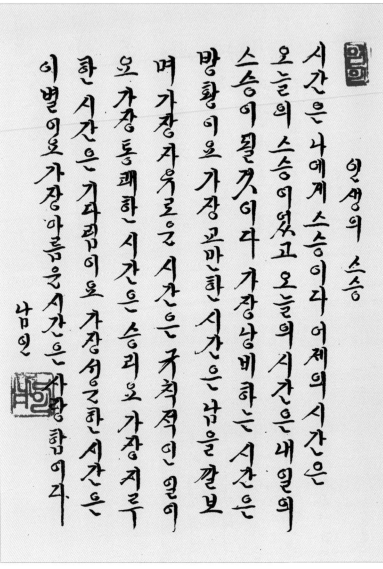

인생의 스승 - 옮겨온 글

阿含經

苦痛과 죽음 속에서 禪과 三昧는 衆生
에 對한 慈悲의 마음과 實踐이 없다면
靈魂主義者의 헛된 觀念 들음에
지나지 않는다 解脫은 輪廻의 끈을 없
애는 일 곧 죽음을 맞어나 삶의 實相을
봄으로써 現實의 桎梏을 깨뜨나가는 삶의
解放 삶의 解放이다

아함경(阿含經) - 학담스님
대한불교 조계종 대표 선승

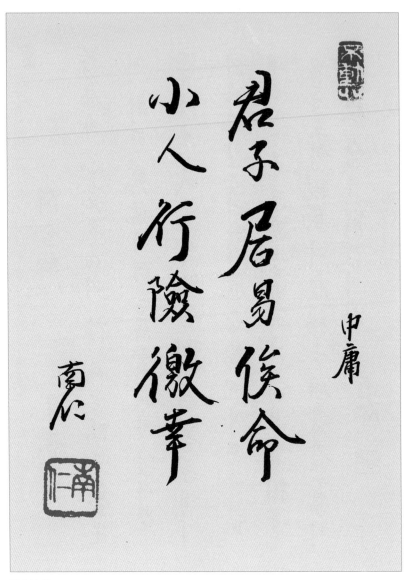

중용(中庸)

군자거이후명 소인행험요행
군자는 하늘의 명령을 기다리며 소인은 요행을 따라서 행함이니라.

하여가(何如歌) - 이방원 / 단심가(丹心歌) - 정몽주

이방원(李芳遠, 1367-1422) 조선 3대왕 태종(재위 1400-1418), 태조 이성계의 다섯째 아들
포은 정몽주(圃隱 鄭夢周, 1337-1392) 고려 말기 충신
여차역여하 여피역여하성황 당후단퇴락역여하 오배약차위 불사역하여
이런들 어떠하며 저런들 어떠하리. 만수산 드렁칡이 얽힌들 어떠하리. 우리도 이같이 얽어져 백년쇠지 누리리라.
차신사료사료 일백번갱사료 백골위진토 혼귀유야무 향주일편단심 영유개리여지
이 몸이 죽고죽어 일백번 고쳐죽어 백골이 진토되어 넋이라도 있고 없고 임 향한 일편단심이야 변할줄 있으랴

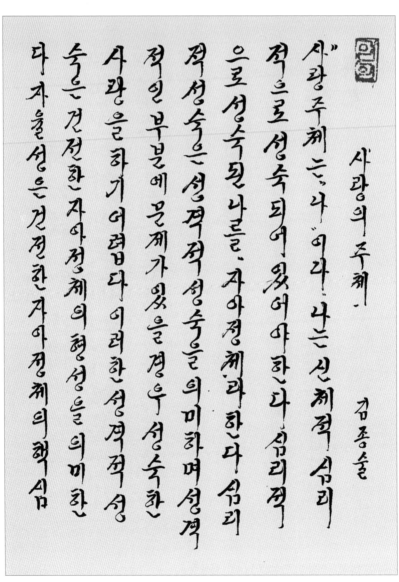

"사랑주체는 나 이다. 나는 신체적 심리적으로 성숙되어 있어야 한다. 심리적으로 성숙된 나를, 자아정체라 한다. 심리적 성숙은 성격적 성숙을 의미하며 성격적인 부분에 문제가 있을 경우 성숙한 사랑을 하기 어렵다. 이러한 성격적적 성숙은 건전한 자아정체의 형성을 의미한다. 자율성은 건전한 자아정체의 핵심

사랑의 주체   김종술

사랑의 주체 - 김종술
서울대학교 의과대학 명예교수

요소다. 긍정적 자아정체를 형성한 사람
이라야 건강한 자아개념을 형성하고 자신
을 사랑할 수 있으며 자율성을 발휘할
수 있기 때문이다. 자율성은 책임감을 의
미한다. 우리 사랑이 어려울 때 자신에게
어떤 문제가 있는지 한번쯤 생각을 해 보
아야 한다 —

남인

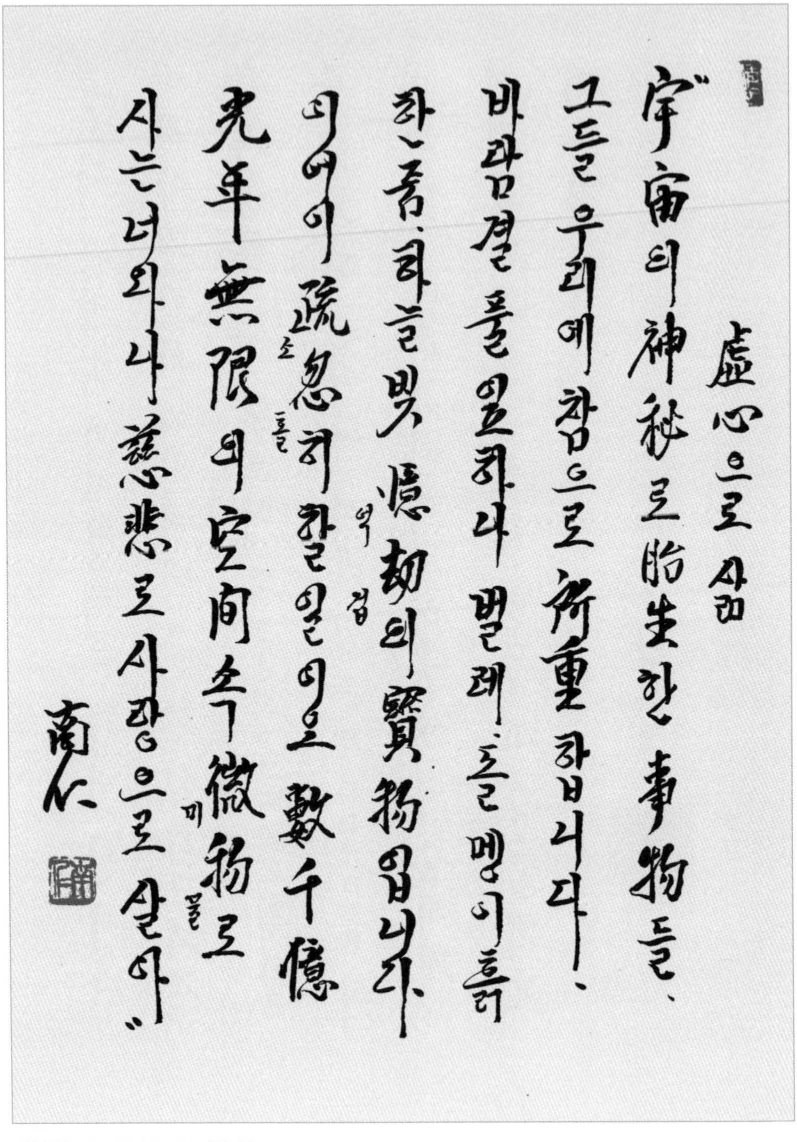

虛心으로 삶

宇宙의 神秘로 胎生한 事物들、

그들 우리에 참으로 所重합니다、

바람결 풀잎좌나 빨래줄 메아리

좌、흗、司言빛 恨劫의 寶物됩니다

의에의 疏忽히 할뻔미로 數千億

光年無限의 空间속 微物로

사는 너외나 慈悲로 사랑으로 살다、

南仁

허심(虛心)으로 삶 - 옮겨온 글

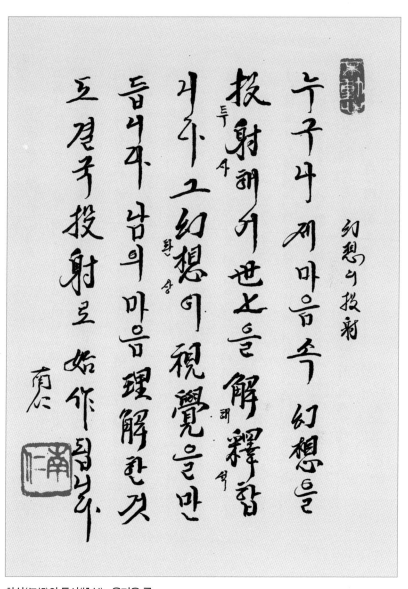

환상(幻想)의 투사(投射) - 옮겨온 글

오늘을 위한 기도

덧없어버린 것들에 애달파하지 아니하며 살아있는 것들에

연연하지 아니하며 살아가는 일에 탐욕하지 아니하며

나의 나됨을 버리고 오직 주님만 내안에 살아있는

오늘이 되게 하소서 가난해도 비굴하지 아니하며 부귀

해도 오만하지 아니하며 모두가 나를 떠나도 외로워하지

아니하며 억울한 일을 당해도 원통해하지 아니하며

소중한 것을 상실해도 절망하지 아니하며 오늘 살아있

음에 감사하고 격려하는 하루가 되게 하소서 누더기를

걸쳐도 디오게네스처럼 당당하며 가진 것이 없어도 욕심

러기하고도 찬양하며 찬미하를 언고도 다윗처럼 엎드려

회개하는 넓고 큰 폭의 인간으로 박박히 사랑나누며

오늘 하루 살게 하소서 ———— 남인

오늘을 위한 기도 - 옮겨온 글

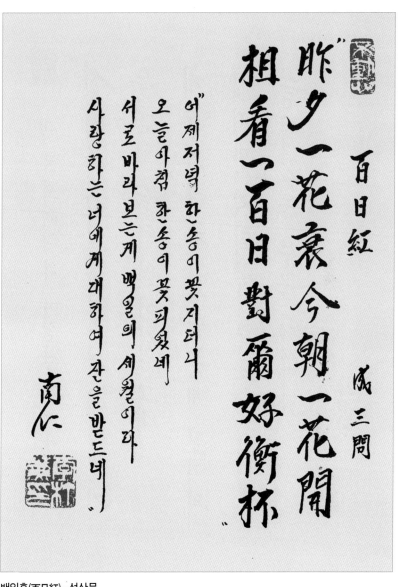

昨夕一花衰 今朝一花開
相看一百日 對爾好衡杯

百日紅　　成三問

어제저녁 한송이꽃지더니
오늘아침 한송이꽃피었네
서로바라보는게 백일의 세월이라
사랑하는 너에게 대하여 잔을받드네

南仁

백일홍(百日紅) - 성삼문

조선초기 문신, 사육신 중 한 분
작석일화쇠 금조일화개 상간일백일 대이호형배

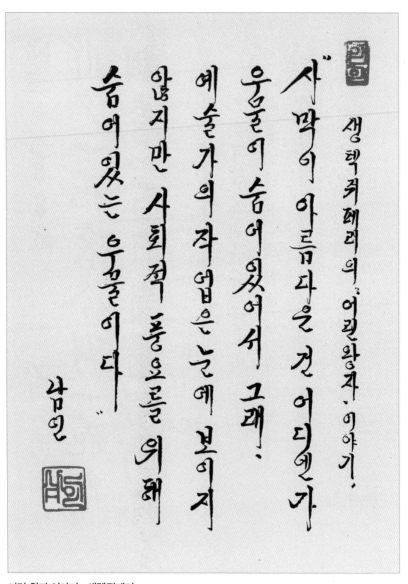

생텍쥐페리의 "어린왕자" 이야기.

"사막이 아름다운 건 어딘가
우물이 숨어있어서 그래,
예술가의 작업은 눈에 보이지
않지만 사회적 풍으로를 위해
숨어있는 우물이다.

남인

어린 왕자 이야기 - 생텍쥐페리

Antoine(-Marie-Roger) de Saint-Exupéry(1900-1944) 프랑스 작가, 프랑스 리옹 출신

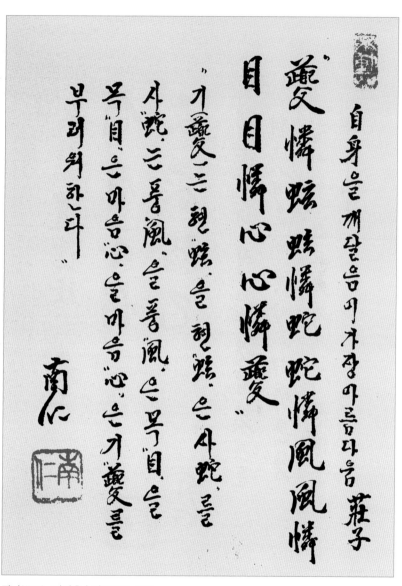

장자(莊子) - 장자추수편(莊子秋水篇)

본명 장주, 도가 사상가, 중국 춘추전국시대 송(宋)나라 사상가

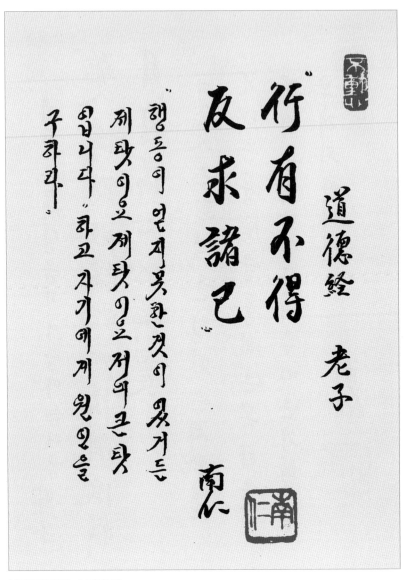

行有不得 反求諸己

道德經　老子

南仁

"행동에 얻지못한것이 있거든
제탓이오 제탓이오 저의큰탓
입니다." 하고 자기에게 원인을
구하라.

도덕경(道德經) - 노자(老子)

노자(老子) 기원전 6세기 경 중국 제자백가 중 한 분, 도가의 창시자
행유부득 반구제기

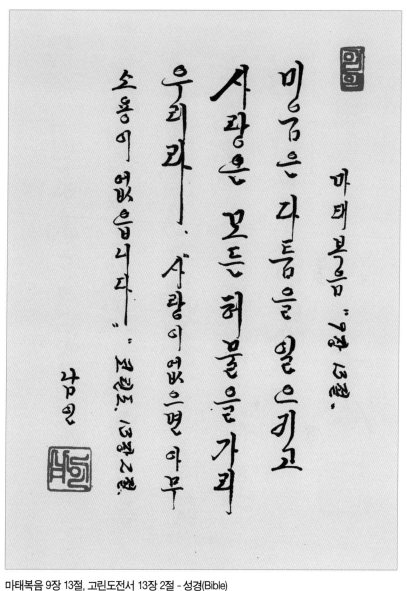

마태복음 "9장 13절.

밍금은 다툼을 일으키고

사랑은 모든 허물을 가리
우리라.

사랑이 없으면 아무
소용이 없읍니다." 고린도. 13장 2절.

남인

마태복음 9장 13절, 고린도전서 13장 2절 - 성경(Bible)

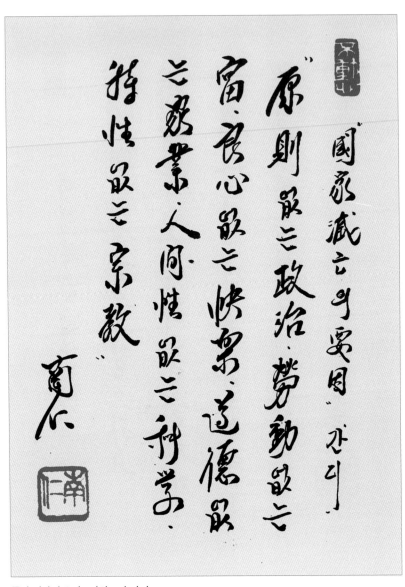

국가 멸망의 요인 - 마하트마 간디

Mahatma Gandhi(1869-1948) 인도의 독립운동가, 법률가, 정치인
원칙 없는 정치, 노동 없는 부, 양심 없는 쾌락, 도덕 없는 기업, 인간성 없는 과학, 특성 없는 종교

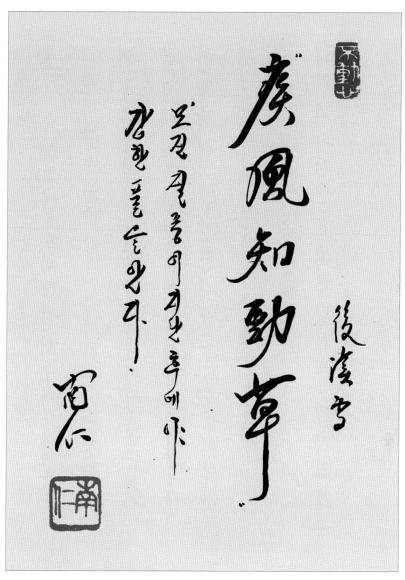

후한서(後漢書)에서 - 범엽(範曄)

질풍지경초
중국 남조(南朝)시대 범엽(範曄) 지음

"어린이 같은 경이감을 유지하라. 관찰하라. 세부사항부터 시작하라. 보이지 않는 것을 보라. 복잡한 문제를 피하고 들어라. 산만해져라. 엄연한 사실을 존중하라. 미적거려라. 한 분야에 갇혀 있지 마라. 닿지 않는 곳까지 손을 뻗어라. 후원자가 아니라 자기자신을 위해 일하라. 협력하라."

레오나르도에게서 배움 - 아이잭슨

Walter Isakson, 미국 작가

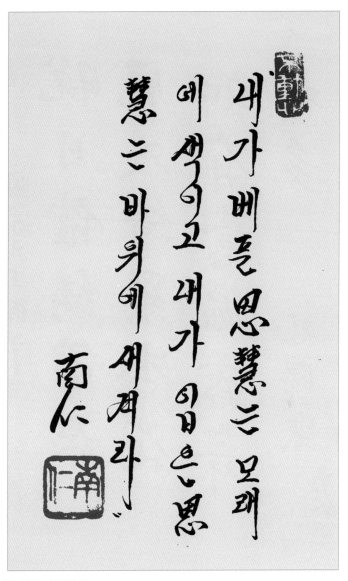

내가 베푼 은혜 - 옮겨온 글

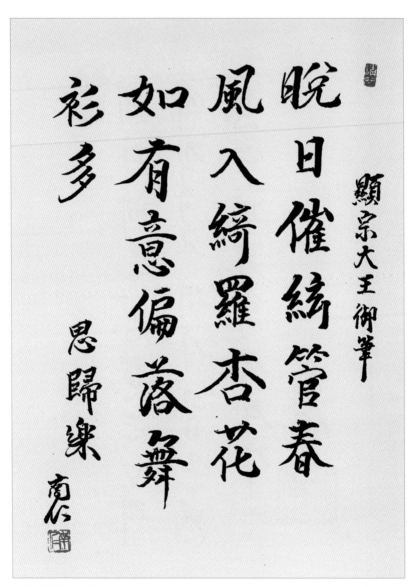

현종(顯宗)대왕 어필 - 필사(筆寫)

현종대왕께서 당나라 한악의 사귀락(四歸樂) 시를 쓰심
현종(顯宗) 조선 18대 왕(1641-1674) 재위 1659-1674, 예송논쟁, 숙종의 아버지
만일최현관 춘풍입기라 : 저물녁 음악을 재촉하니, 봄바람이 비단 장막에 들어오네.
행화여유의 편락무삼다 : 살구꽃잎 마치 뜻이 있는 듯, 춤추는 소매에 많이 지네.

o Only sky is the limit? :   옮긴 글.

네게는 한계가 없어 오직 하늘
만이 한계일 뿐, 무엇이든 원
하는 걸 가질 수 있고 원하는 데로
될 수가 있어.

" Sky is the limit and you know that you can have
what you want, be what you want, have what you
want, be what you want."

Namin

Only Sky Is The Limit - 옮겨온 글

성공   시인 에머슨

"자주 그리고 많이 웃는 것
현명한 이에게 존경을 받고
아이들에게 사랑을 받는 것
정직한 비평가의 찬사를 듣고
친구의 배반을 참아 내는 것
아름다움을 식별할 줄 알며
다른 사람에게 최선의 것을 발견하는 것
건강한 아이를 낳든 한 뙈기의 정원을 가꾸든
사회 환경을 개선하든
자기가 태어나기 전보다
세상을 조금이라도 살기 좋은 곳으로
만들어 놓고 떠나는 것
자신이 한때 이곳에 살았음으로 해서
단 한 사람의 인생이라도
행복해 지는 것
이것이 진정한 성공이다.

남인

성공(成功) - 시인 에머슨

Ralph Waldo Emerson(1803-1882) 미국의 시인, 사상가

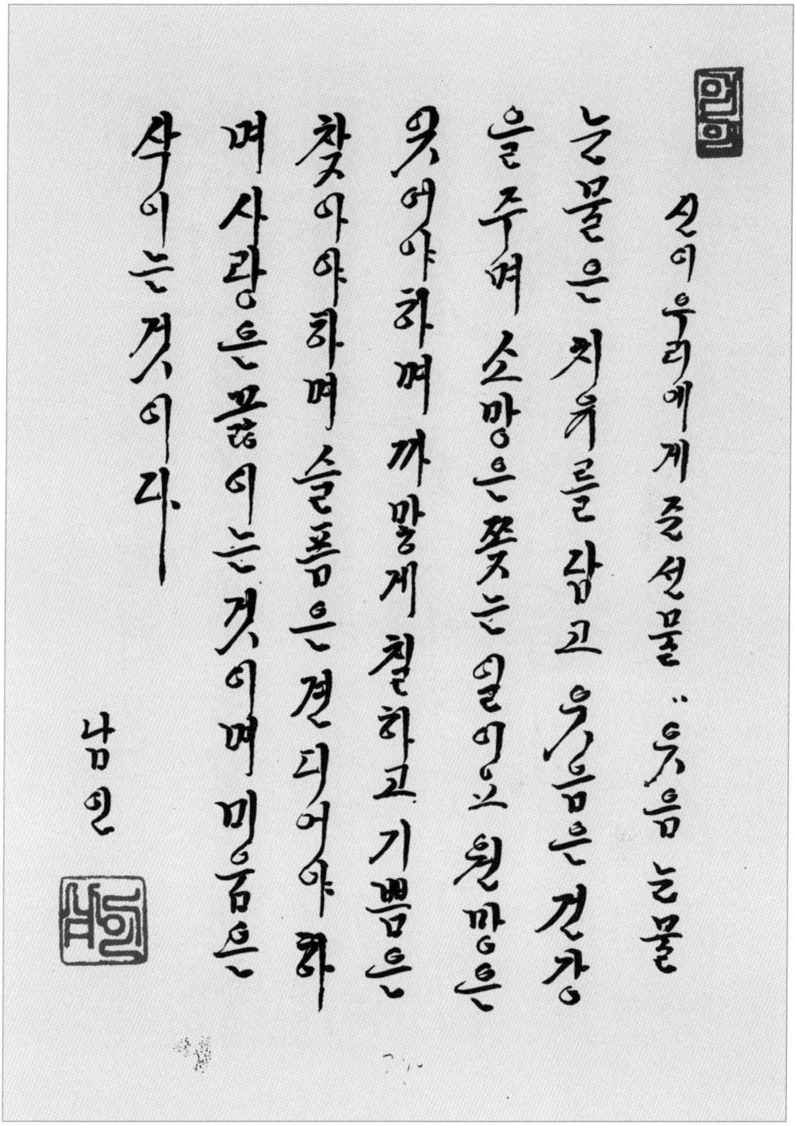

신이 우리에게 준 선물 "웃음 눈물

눈물은 치유를 담고 웃음은 건강

을 주며 소망은 꿈꾸는 열매요 원 꿈은

잊어야 하며 까맣게 칠하고 기쁨은

찾아야하며 슬픔은 견디어야 하

며 사랑은 품어는 것이며 미움은

삭이는 것이다.

남인

신이 우리에게 준 선물 - 옮겨온 글

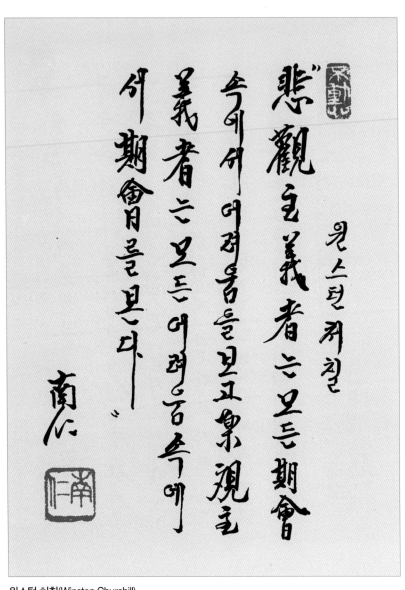

悲觀主義者는 모든 期會 속에서 어려움을 보고 樂觀主義者는 모든 어려움 속에서 期會를 본다.

윈스턴 처칠

南人

윈스턴 처칠(Winston Churchill)

Sir Winston Churchill(1874-1965) 영국 총리를 지낸 정치가, 저술가, 웅변가

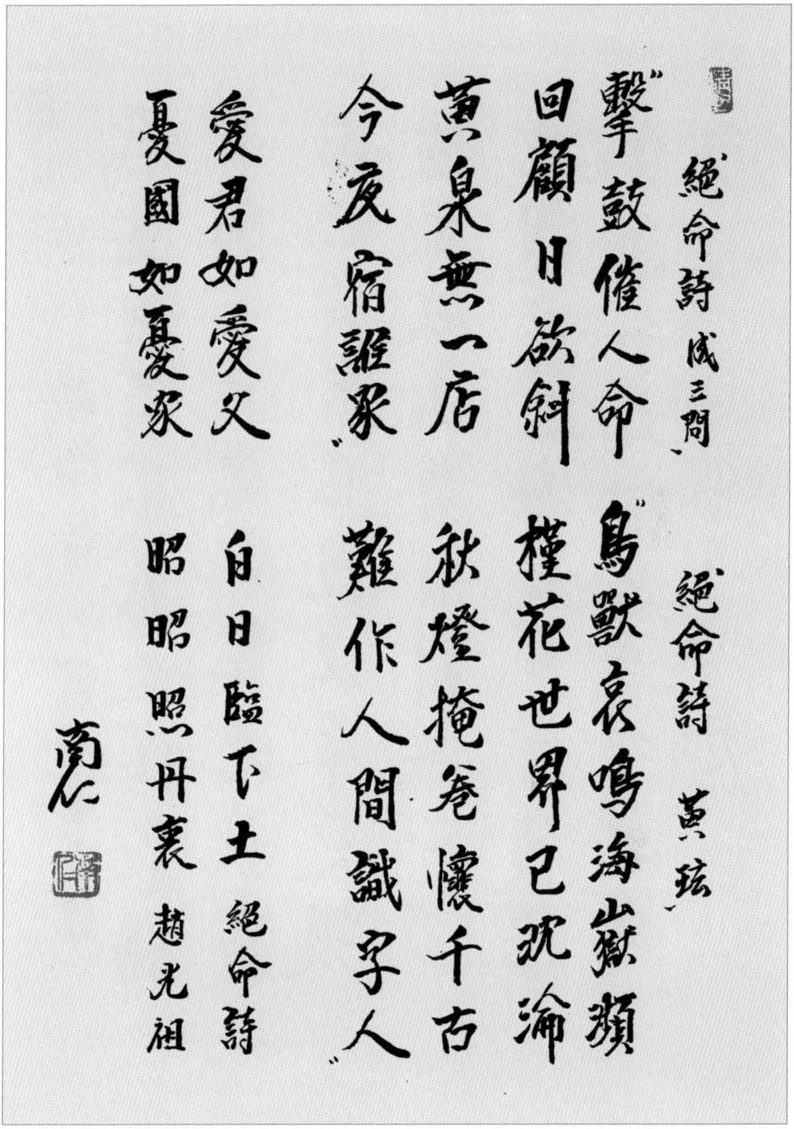

絶命詩 成三問　　　　絶命詩 黃玹

擊鼓催人命　鳥獸哀鳴海岳嚬
回顧日欲斜　槿花世界已沈淪
黃泉無一店　秋燈掩卷懷千古
今夜宿誰家　難作人間識字人

愛君如愛父　白日臨下土　絶命詩
憂國如憂家　昭昭照丹衷　趙光祖

절명시(絶命詩) - 성삼문(成三問), 황현(黃玹), 조광조(趙光祖)

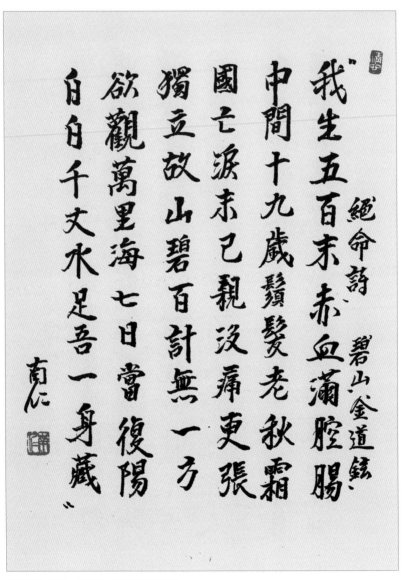

絕命詩　碧山金道鉉

我生五百末　赤血滿腔腸
中間十九歲　鬚髮老秋霜
國亡淚未己　親沒痛更張
獨立故山碧　百計無一方
欲觀萬里海　七日當復陽
白白千丈水　足吾一身藏

절명시(絕命詩) - 벽산(碧山) 김도현(金道鉉)

절명시(絶命詩) - 성삼문(成三問)

성삼문(成三問, 1418-1456) 조선 초기 문신, 사육신의 한 분

격고최인명 : 북 두드리는 소리 목숨을 재촉하는데
회고일욕사 : 미리돌려 돌아보니 해는 이미 기울었네.
황천무일점 : 황천길에는 주막하나 없으려니
금야숙수가 : 오늘밤엔 뉘 집에서 재워줄꼬.

절명시(絶命詩) - 황현(黃玹)

황현(黃玹, 1855-1910) 호는 매천(梅泉), 조선 말기 순국지사

조수애명 해악빈 : 새와짐승도 슬피울고 강산도 찡그리네.
근화세계 이침륜 : 무궁화의 온 세상이 이제는 쓰러져 가노라.
추등엄권 회천고 : 가을등불 아래서 책을덮고 지난날생각하니,
난작인간 식자인 : 인간세상에서 글을아는 사람의 노력 어렵기만하구나.

절명시(絶命詩) - 조광조(趙光祖)

조광조(趙光祖, 1482-1519) 조선 전기의 문신, 학자, 중종때 개혁정치 실시

애군여애부 : 임금을 아버지처럼 사랑하고,
우국여우가 : 나라를 집안처럼 걱정하였네.
백일임하토 : 밝은해가 아래땅을 내려다보니,
소소조단충 : 충심을 환희 비추어 주겠지.

절명시(絶命詩) - 김도현(金道鉉)

김도현(金道鉉, 852-1914) 의병장

야생오월말 : 오백년 조선왕조 끝에 태어나
적혈만공장 : 붉은피 창자 속에 펄펄 끓었네.
중간십구세 : 의병 일으킨 후 십구년 동안
수발노추상 : 머리털이 서리처럼 희어버렸네.
국망루미이 : 나라가 망하다니 눈물이 줄줄
친몰통갱장 : 어버이 떠나시니 마음 아파라.
독립고산벽 : 고향산 푸른데 홀로 우뚝 서
백계무일방 : 아무리 생각(백계)해도 다른 수 없네(무일방).
욕관만리해 : 넓고 넓은 바다 보고 싶어서
칠일당복양 : 바로 오늘 동짓달 바다에 섰네.
백백천장수 : 희디흰 저천길 동해 바다가
족오일신장 : 내 한 몸 갈무리할 무덤이라네.

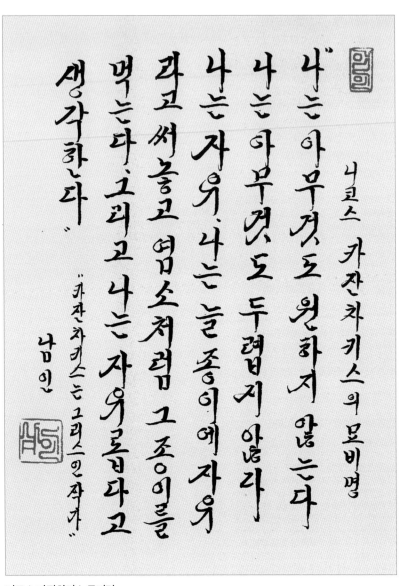

니코스 카잔차키스의 묘비명

"나는 아무것도 원하지 않는다
나는 아무것도 두렵지 않다
나는 자유. 나는 늘 종이에 자유
라고 써놓고 염소처럼 그 종이를
먹는다. 그리고 나는 자유롭다고
생각한다."

"카잔차키스는 그리스인 작가"

남인

니코스 카잔차키스 묘비명

Nikos Kazantzakis(1883-1957) 그리스의 작가

나는 무엇을 할 것인가

자신에게 거짓말을 않는다
여성이 계시하는 참다운 길로 가라

다른 사람에 대한 자신의 정의
우월 특권 따위를 거부하고
자신이 무죄임을 인정하라

자신의 존재를 움직임으로써
의심할 수 없는 영원불멸의
인간계율을 실행하라

톨스토이

나는 무엇을 할 것인가 - 톨스토이(Tolstoy)
Lev Nikolaevich Tolstoy(1829-1910) 러시아의 문호, 대표작 '전쟁과 평화', '안나카레니나'

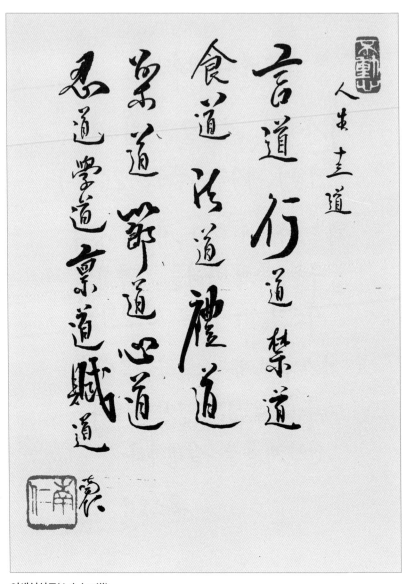

인생십삼도(人生十三道)

언도 행도 금도 식도 법도 예도 락도 절도 심도 인도 학도 품도 부도
총 13가지 지킬 도리

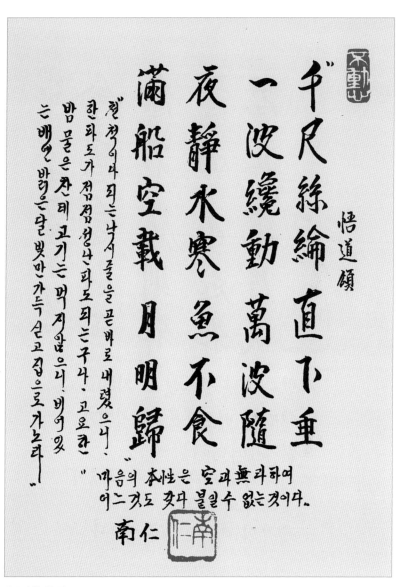

오도송(悟道頌)

고승이 자신의 깨달음을 읊은 선시를 이르는 말, 게송으로 노래함, 게송은 불교에서 시(詩)의 한 형식
천척사륜 직하수 일파재동 만파수 야정수한 어불식 만선공재 월명귀
마음의 본성은 공(空)과 무(無)라 하여 어느 것도 갖다 붙일 수 없는 것이다.

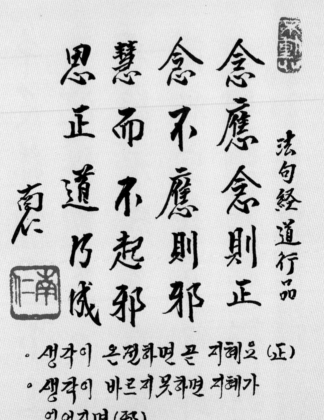

念應念則正
念不應則邪
慧而不起邪
思正道乃成

法句経 道行品

- 생각이 온전하면 곧 지혜요 (正)
- 생각이 바르지 못하면 지혜가
  없어지며 (邪)
- 지혜가 온전하면 간사스러움이
  솟아나지 않는다.
- 생각이 바르면 도를 이룬다.

법구경(法句經) 도행품(道行品)

염응염칙정 염불응칙사 혜이불기사 사정도내성

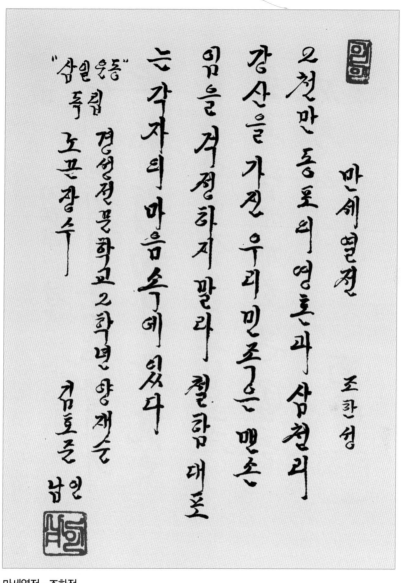

만세열전   조한성

오천만 동포의 영혼과 삼천리
강산을 가진 우리민족은 맨손
임을 걱정하지 말라 철갑 대포
는 각자의 마음 속에 있다

"삼일운동"
독립

경성전문학교 2학년 양재술

노끈장수

김호근 남인

만세열전 - 조한성
2019년 3.1운동 100주년을 삼아 만든 저자의 책

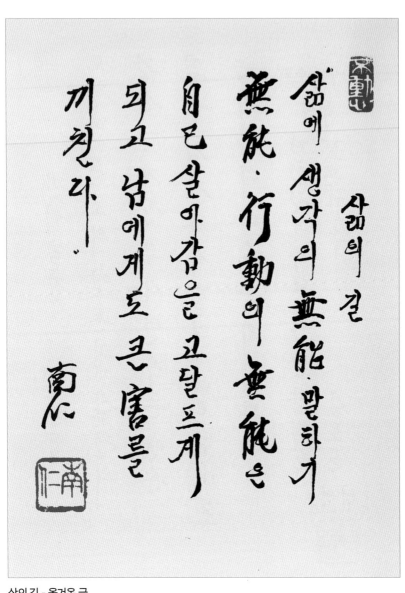

삶의 길 - 옮겨온 글

어떤 性格이 幸福한가.

"現代科學이 밝혀낸 性格에 는 開放性·誠實性·外向性·友好性·情緖不安定性.

君서들이 전형

情緖不安定性.은 대 이中 幸福에 가장 結定的 特性은 外向性과 情緖不安定性이다. 幸福에 가장 큰 性格은 外向性입니다."

南仁

어떤 성격(性格)이 행복한가 - 최인철
'프레센터' 책 중에서, 서울대 심리학과 교수

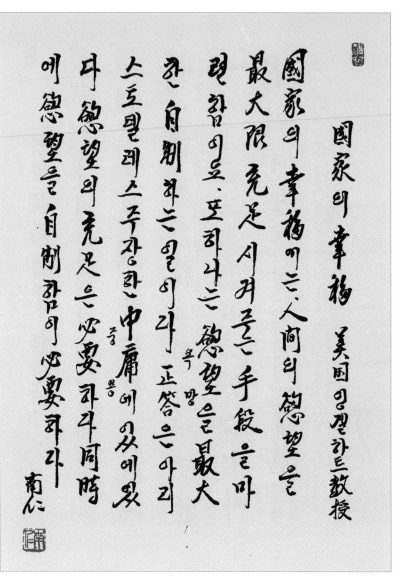

국가의 행복 - 잉겔하트(Inglehart)

Ronald Inglehart, 미국 교수, 언론인

인생의 질문. 톨스토이

인생은 우리가 던지는 질문에 의해
결정된다 매 순간 까지 나에게
보석같이 빛나는 질문이 있어야
한다. 부에 대끌림 보다 페 증오
한 것은 질문의 대끌림 일 것이
다. 나만의 질문을 만들어내는
것이 행복을 추구하는 것

남인

인생의 질문 - 톨스토이(Tolstoy)

Lev Nikolaevich Tolstoy(1829-1910) 러시아의 문호, 대표작 '전쟁과 평화', '안나카레니나'

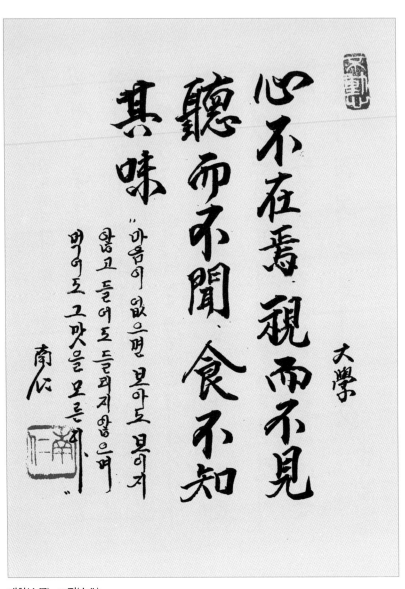

心不在焉 親而不見
聽而不聞 食不知
其味

大學

"마음이 없으면 보아도 보이지
않고 들어도 들리지 않으며
먹어도 그 맛을 모른다"

南仁

대학(大學) - 고전(古典)

심불재언 시이불견 청이불문 식불지기미

행복하게 살기위한 조건 플라톤

첫째는 먹고 입고 살기에 조금은 부족하ㄴ
재산, 둘째는 모든 사람이 칭찬하기에는
약간 부족한 외모 셋째는 자신이 생각
하기보다 절반밖에 인정받지 못한 명
예, 넷째는 남과 겨루어 이겼을 때 한 사람은 이
기고 두사람에게 지는 체력 다섯째는 연설
했을 때 절반만 박수보다 말솜씨이리라

행복하게 살기 위한 조건 - 플라톤(Platon)

Platon(BC.428(427)-BC.348(347)) 고대 그리스 철학자, 관념론 창시자

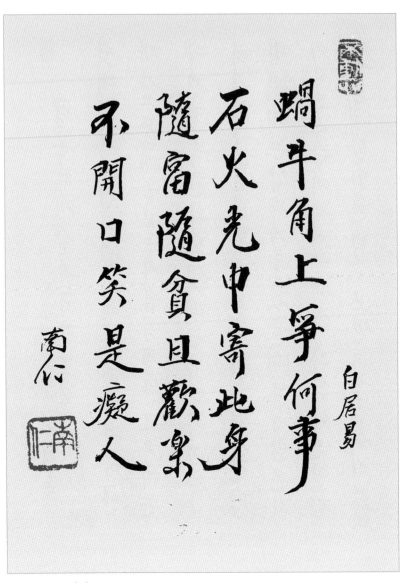

蝸牛角上爭何事
石火光中寄此身
隨富隨貧且歡樂
不開口笑是癡人

白居易

백거이(白居易)의 시

중국 당나라 시인(772-846) 호 향산거사
와우각상쟁하사 : 달팽이 뿔 위에서 무얼 다투는가 / 석화광중기차신 : 부싯돌 불꽃처럼 짧은 순간 사는데
수부수빈차환락 : 풍족한 대로 부족한 대로 즐겁게 살면 되는 것
불개구소시치인 : 크게 웃지 않는다면 당신만 어리석음이여.

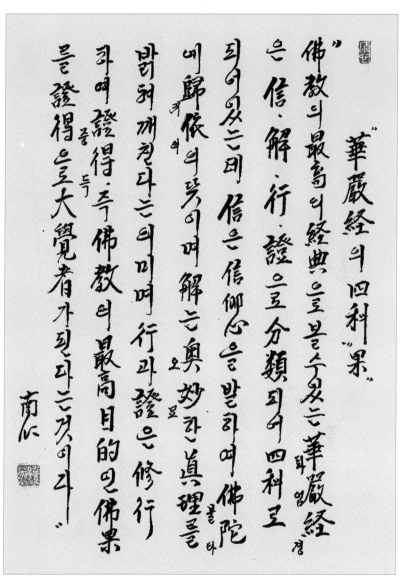

"華嚴經의 四科(果)"

佛敎의 最高의 經典으로 볼 수 있는 華嚴經은 信·解·行·證으로 分類되어 四科로 되어 있으되 信은 信仰心을 말하며 佛陀에 歸依의 뜻이며 解는 奧妙한 眞理를 밝혀 깨친다는 의미며 行과 證은 修行을 하며 證得·즉 佛敎의 最高目的인 佛果를 證得으로 大覺者가 되는 것이다."

南仁

화엄경(華嚴經)의 사과(四科(果)) - 초기 불교의 경전

수행단계 : 수다원(須陀洹), 사다함(斯多含),아나함(阿那含),아라한(阿羅漢)
수다원 : 처음으로 성도에 들어간다. / 사다함 : 한 번만 바뀌어서 태어나 깨달은 자
아나함 : 이제 미혹한 세계로 돌아오지 않는다는 이미(욕계의 번뇌를 끊는 성자 이름)
아라한 : 수행을 완성한 사람(존경받을 만한 사람)

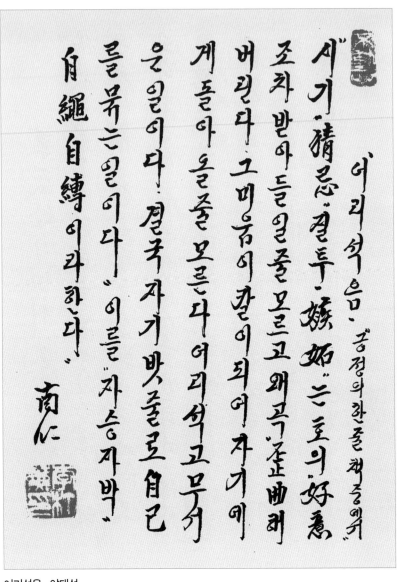

어리석음 - 양태석
'긍정의 한 줄' 책 저자

어리석음、긍정의 한줄 책중에서

시기(猜忌)·질투(嫉妬)·嫉妬는 호의(好意)

조차 받아들일 줄 모르고 왜곡(歪曲)되어

버린다. 그 미움이 칼이 되어 자기에

게 돌아 올줄 모른다 어리석고 무지

운 일이다. 결국 자기 밧줄로 自己

를 묶는 일이다. 이를 "자승자박"

自繩自縛이라 한다.

南仁

두 개의 人生   댈러웨이 부인의 꽃

우리는 누구나 두 개의 人生을 산다. 하나는 나 있는 내 人生·나의 現在的 삶이고·다른 하나는 "나 없는 내 人生· 내가 存在하지 않게 될 死後의 삶 이다." 만일 두 개의 人生이 오로지 나와 내 集團의 利害關係 안에기만 살아 갈때 그 人生은 利己的 삶의 限界拘 束性을 벗어나지 못할 것이다."

南仁

두 개의 인생(人生) - 델러웨어 부인의 꽃

버지니아 울프(Virginia Woolf, 1882-1941)의 자전적 소설인 '델러웨어 부인'을 영화한 작품

"사랑받는 여러 가지 사람 유형.

잘난 사람보다 따뜻한 사람, 멋진 사람보다 다정한 사람, 똑똑한 사람보다 친절한 사람, 훌륭한 사람보다 편안한 사람, 대단한 사람보다 마음이 고운 사람, 모든 것 갖추어진 사람보다 진실한 사람, 말을 잘하는 사람보다 말을 잘 들어주는 사람." 남인

사랑받는 여덟 가지 사람의 유형 - 옮겨온 글

살아 있는 것은 다 행복하라 - 법정스님

행복의 비결은 필요한 것을 얼마
나 갖고 있는 것이 아니라 불필요
한 것에서 얼마나 자유로 워져 있
는가에 있다. 위에 견주면 모자라고
아래에 견주면 남는다. 라는 말이
있듯 행복을 찾는 오묘한 방법
은 내안에 있다.

남인

살아있는 것은 다 행복하다 - 법정스님
조계종 길상사 스님, 송광사 수련원장

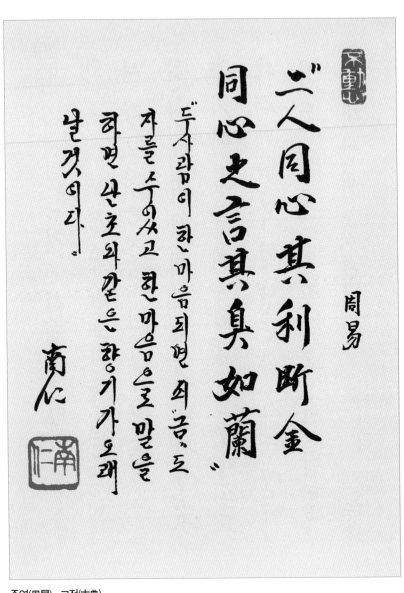

주역(周易) - 고전(古典)

이인동심 기이단금 동심지언 기후여란

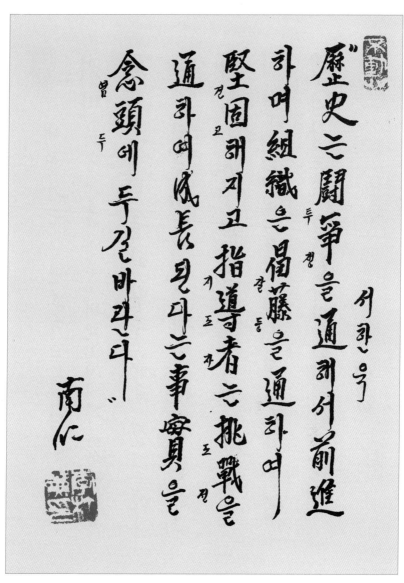

歷史는 鬪爭을 通해서 前進하며 組織은 葛藤을 通하며 堅固해지고 指導者는 挑戰을 通하며 成長된다는 事實을 念頭에 두길 바란다.

南仁

역사(歷史)는 투쟁(鬪爭) - 서한욱

대구 출신, 법조인

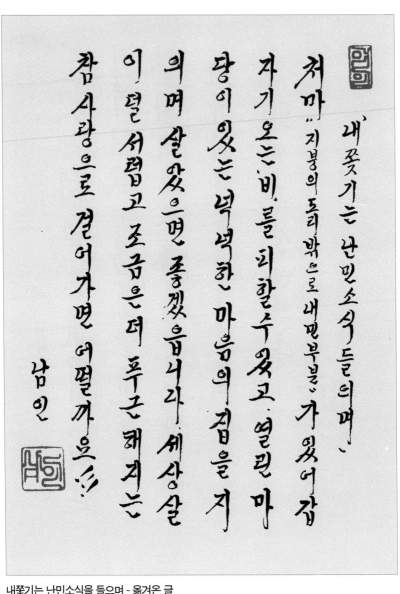

내쫓기는 난민소식을 들으며 - 옮겨온 글

어느 신문 기고문에서

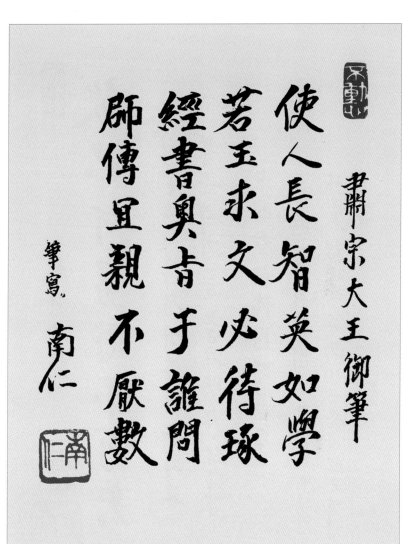

肅宗大王御筆

使人長智英如學
若玉求文必待琢
經書奧旨于誰問
師傳旦親不厭數

筆寫 南仁

숙종(肅宗)대왕 어필

조선 19대 임금, 현종과 명성왕후 김씨의 유일한 아들로 14세 왕위계승, 46년 재위.
사인장지영여학 : 지혜를 기름은 배움만한 것이 없으니 / 약옥구문필대탁 : 옥에 문양을 얻으려면 쪼아 다듬어야 하듯
경서오지간수문 : 경서의 깊은뜻을 누구에게 물으랴 / 사전의친불염수 : 스승을 친이하여 자주 물어야 한다

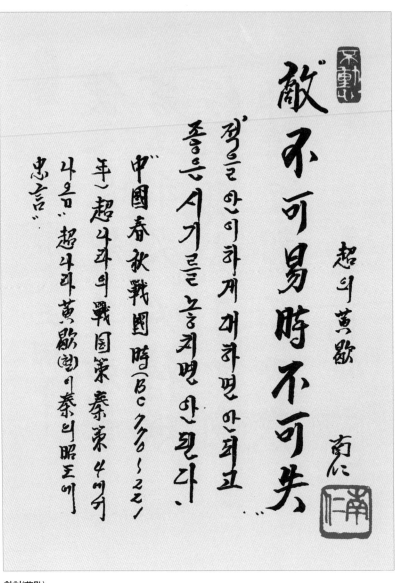

敵不可易時不可失

超의 黃歇

南仁

적을 만만히하게 대하면 안되고
좋은 시기를 놓치면 안된다.

中國春秋戰國時(BC 770~221
年) 超나라의 戰國策 秦策 4에서
나오며, 超나라 黃歇(혈)이 秦의 昭王에게
忠言.

황헐(黃歇)

황헐(黃歇) 중국 전국시대 초(楚)나라의 대신, 정치가
적불가이 시불가실

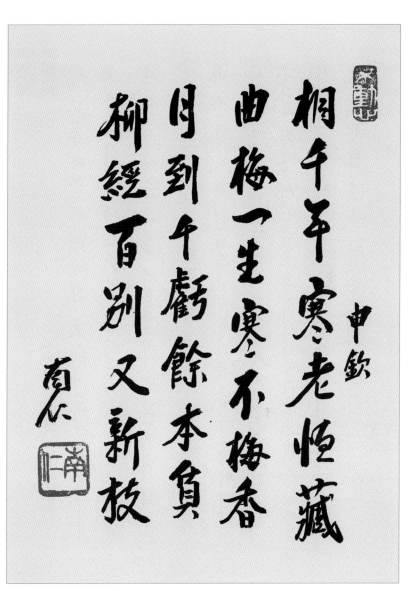

신흠(申欽) - 조선중기 문신

동천년한노항장곡 : 오동나무는 천년을 살아도 곡조를 잃지 않고
매일생한불매향 : 매화나무는 일생을 추워도 향기를 팔지 않으며
월도천휴여본질 : 달은 천 번 어즈러져도 본질이 남아 있으며
유경백별우신기 : 버드나무는 백번을 꺾여도 가지가 새로 돋는다.

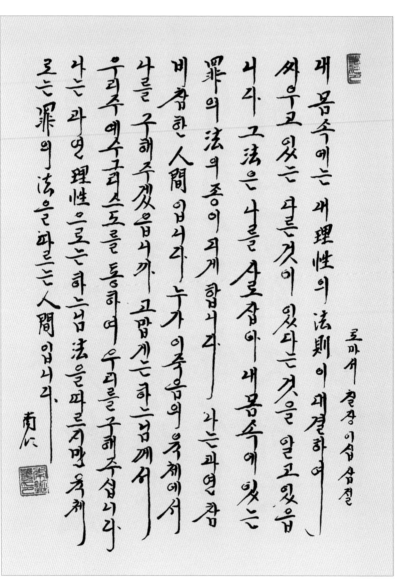

로마서 7장 23절 - 성경(Bible)

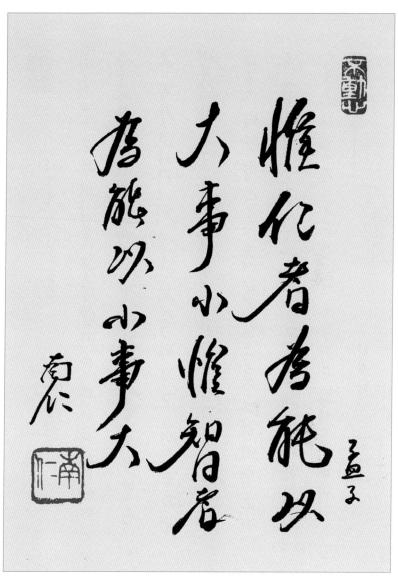

유인자(惟仁者) - 맹자(孟子)

공자(孔子)의 정통유학 계승, 전국시대 노(魯)나라 유교 사상가
유인자위능이대사소 : 오직 어진 자만이 큼에도 불구하고 작은 것을 섬길 수 있고
유지자위능이소사대 : 오직 지혜로운 자만이 작으면서도 큰 것을 섬길 수 있다.

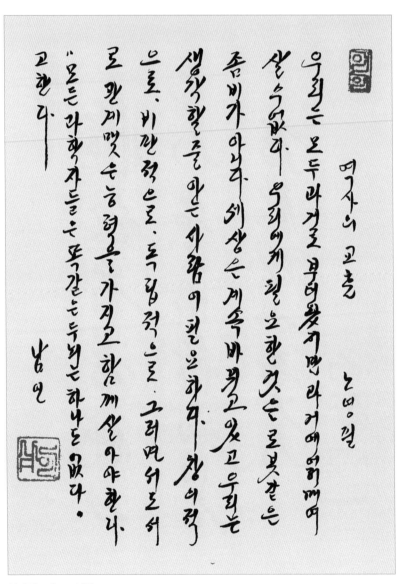

역사의 교훈

우리는 모두 과거로부터 왔지만 과거에 얽매여
살 수 없다. 우리에게 힘으로 한 것으로 볼 것은
좀비가 아니라 세상은 계속 바뀌고 있고 우리는
생각할 줄 아는 사람이 되어야 한다. 창의력
으로, 비판적으로, 독립적으로. 그러면 쉬도서
로 왔지 몇 수 능력을 가지고 함께 살아야 한다.
"모든 과학자들은 똑같은 두뇌는 하나도 없다."
고한다.

남인

역사의 교훈 - 노영필
신문에 기고한 글 중에서

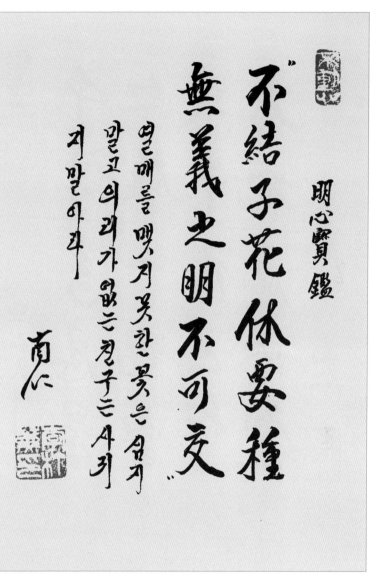

명심보감(明心寶鑑) - 교우편(交友篇)

불결자화휴요종 : 열매를 맺지 않는 꽃은 심을 필요 없으며
무의지붕불가교 : 의리가 없는 벗은 사귀어서는 안 된다.

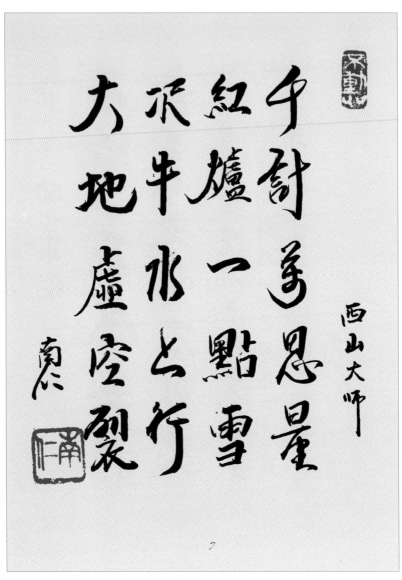

千計萬思量
紅爐一點雪
泥牛水上行
大地虛空裂

西山大師

서산대사(西山大師)

서산대사(西山大師, 1520-1604) 법명 휴정(休靜)스님, 평안남도 안주 출생, 조선 선조시대 의병장
천개만사량 : 천 가지 계략과 만 가지 생각은 / 홍로일점설 : 불타는 화로에 한 점 눈이로다.
도우수상행 : 진흙밭 소가 물 위를 걸으니 / 대지허공열 : 대지와 허공이 찢어지도다.

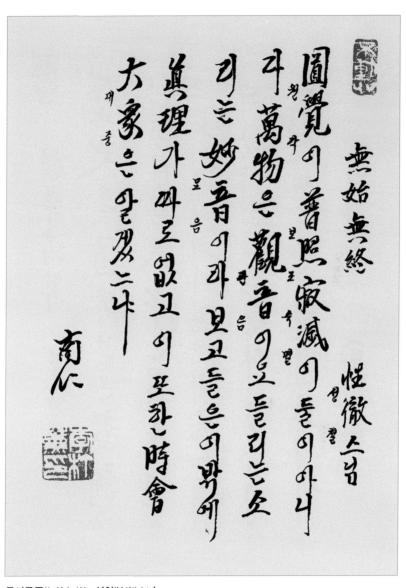

無始 無終　　性徹 스님

圓覺이 普照寂滅이 둘이아니
라 萬物은 觀音이오 들리는소
리는 妙音이라 보고들음이밖에
眞理가 따로없고 이또한 時會
大衆은 알것가

무시무종(無始無終) - 성철(性撤)스님

성철(性徹, 1912-1993) 경남 산청 출신, 대한민국 승려, 속명 이영주, 아호 퇴옹(退翁)

마음을 열어주는 지혜, 영혼에 빛을!

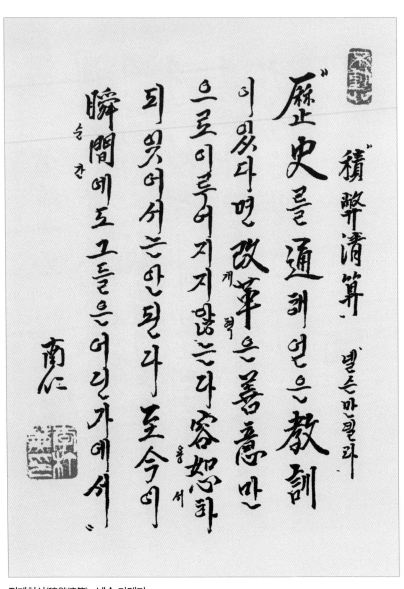

적폐청산(積弊淸算) - 넬슨 만델라

Nelson Rolihlahla Mandela(1918-2013) 남아프리카공화국 대통령 인종차별투쟁

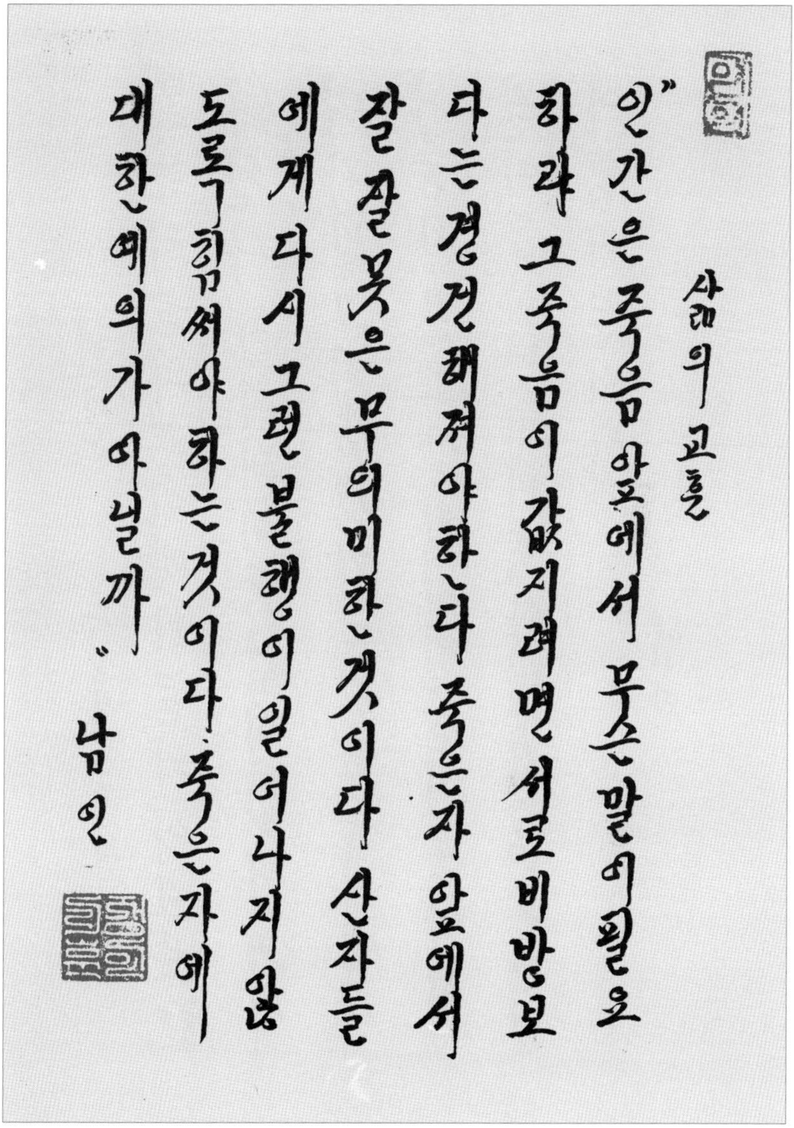

삶의 교훈

"인간은 죽음 앞에서 무슨 말이 될요
하랴 그 죽음이 값지려면 서로비방보
다는 겸건해져야 하랴 죽으자 앞에서
찰 잘못은 무의미한 것이다 산자들
에게 다시 그런 불행이 일어나지 않
도록 힘써야 하는 것이다. 죽은 자에
대한 예의가 아닐까." 남인

삶의 교훈 - 옮겨온 글

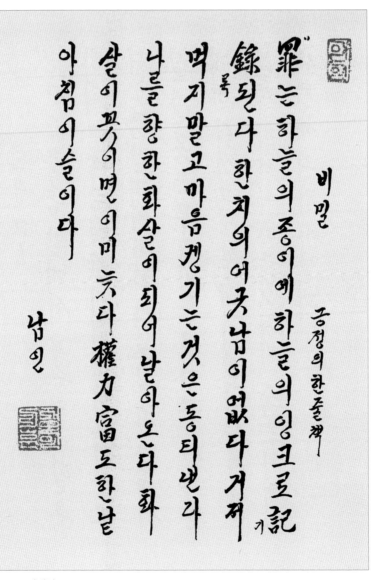

비밀(秘密) - 양태석
'긍정의 한 줄' 책 중에서

구세주 救世主 의 능력

一 일체의 진리에 막힘이 없어야 한다、되는

의 왕이어야 한다、인간을 평정으로 갈르쳐야

야 한다、인간에게 진리를 갈르쳐야 한다、인

간에게 천지인 天地人 을 합일、合一、사상

으로 가르쳐야 한다、인간의 죄업、罪業、을

벗겨주어야 한다、세상、世上、의 일체、一切、를

다 열반、涅槃、시켜 개체、個體、가 없게 해

여 모두를 하나 되게 해야 한다、

남인

구세주(救世主)의 능력

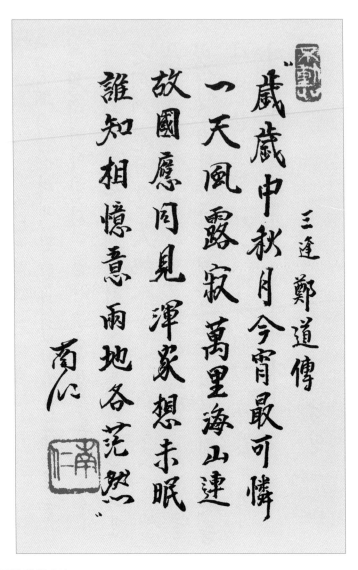

정도전(鄭道傳)의 시

정도전(鄭道傳, 1342-1398) 호는 삼봉(三峯), 조선의 건국공신, 성리학적 이상국가를 꿈꾼 인물
세세중추월금소최가연 : 해마다 보는 한가위 달이지만 오늘밤은 더욱 애틋하고 아름답다.
일천풍로숙만리해산연 : 하늘과 땅은 온통 고요한데 만리 먼 바다와 산은 한 빛이로다
고국응동견훈가상미민 : 당연히 고향에도 밝은 달이 똑같이 보이려니 온 가족이 아마도 잠 못이루리.
수지상억의양지각망연 : 그누가 알리오 서로 그리워함을 옛날이나 이제나 모두 까마득하네.

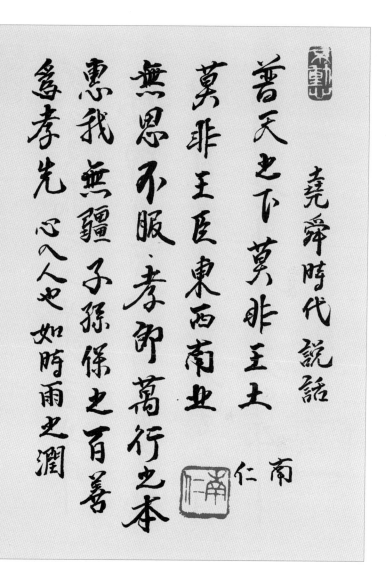

普天之下莫非王土
莫非王臣東西南北
無思不服 孝即萬行之本
惠我無疆 子孫保之百善
爲孝先 心入也 如時雨之潤

堯舜時代 說話

南
仁

요순시대(堯舜時代) 설화 - 중국 삼황오제(三皇五帝)의 신화 중 하나

보천지하막비왕토 : 넓은 하늘 밑 임금땅이 아닌 데가 없으니
막비왕신동서남북 : 세상 모두(동서남북) 왕의 신하 아닌 사람없고
무사불복 효즉만행지본 : 생각이 없으면 굴복 안하고 효는 모든 행위 근본이며
혜야무강 자손보지 백선위효선 : 지혜로우면 강함이 없고 자손들만 보호하려면, 백가지 선행 중 효가 제일이며
심입인야 여시우지윤 : 사람들이 마음 속에 새긴 것이 비를 불러 젖은 것과 같으니라.

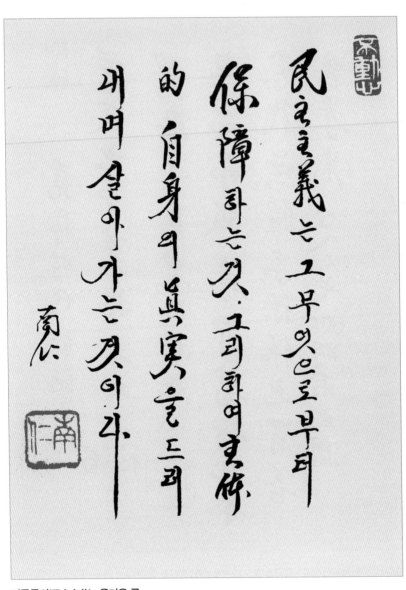

민주주의(民主主義) - 옮겨온 글

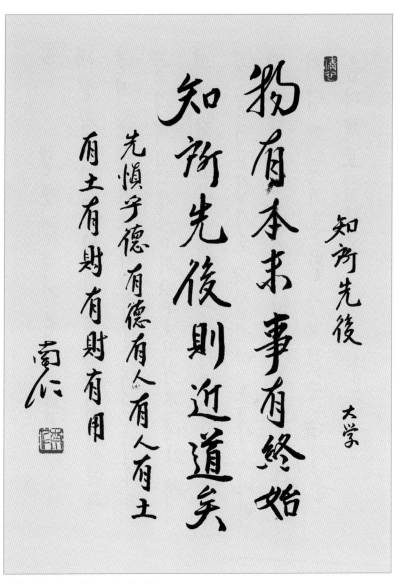

知所先後　大学

物有本末 事有終始
知所先後 則近道矣

先愼乎德 有德有人 有人有土
有土有財 有財有用

대학(大學) - 공자 대학 제1편 경문 3장

물유본말사유종시 : 모든 만물은 근본적인 것과 말단적인 것이 있고
소지선후측근도의 : 선후를 알면 도에 근접할 수가 있다

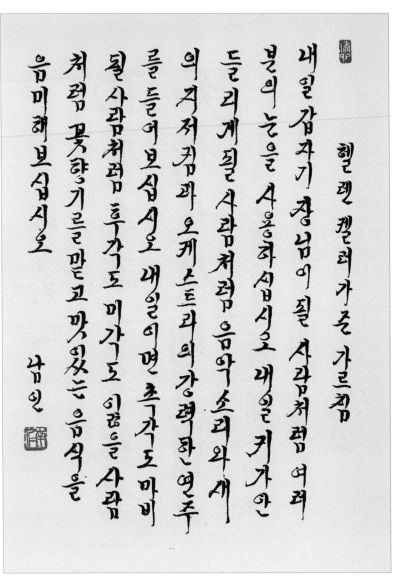

헬렌켈러가 준 가르침

Helen Adams Keller(1880-1968) 미국 앨라버마주 출생, 미국 작가, 세계 최초 대학 교육을 받은 시청각 장애인, 사회복지 사업가

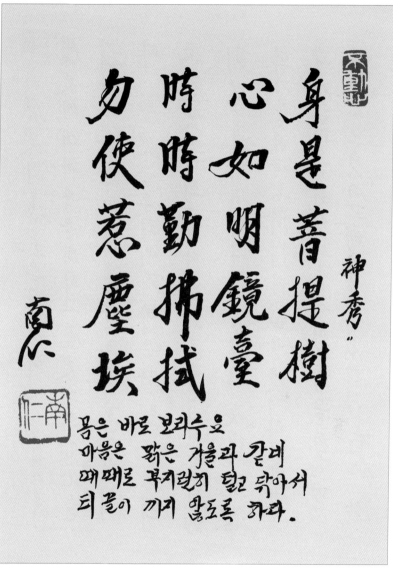

身是菩提樹
心如明鏡臺
時時勤拂拭
勿使惹塵埃

神秀"

몸은 바로 보리수오
마음은 맑은 거울과 같네
때때로 꾸지런히 털고 닦아서
티끌이 끼지 말도록 하라.

신심(身心) - 신수(神秀)

신수(神秀) 중국 당나라 시대의 선승(禪僧)
신시 보리수 심여명경대 시시근불식 물사야진애

역사의 향기를 찾아서 - 네루(Nehru)

Pandit Motilal Nehru(1861-1931) 인도의 독립운동가

'다름'이 '같음'의 품안에 드는 순간.

관찰보다는 애정이. 애정보다는 실천적 연대가. 실천적 연대보다는 입장의 동일함이. 관계의 최고라.
'다름'이 '같음'의 품안에 드는 순간은 '다름'이 '나'로 대체가 가능한 존재라는 입장의 동일함에서 비롯될 것이라 그럴때 어느곳가든 파편화된 '나의 공간'이 아닌 진정 '우리 모두의 공간'으로 존재할 수 있다.

2015. 4.30
한겨레신문에서
문정빈 글 인용

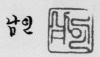

'다름'이 '같음'의 품 안에 드는 순간 - 문정빈 글

한겨레신문에서 옮겨옴

「우리의 리더상」　"사회적경제센터장"
조현경

"바람직한 리더상은 통제와 관리를 최
대한 억제하며, 동시에 적당한 카리스마를
가지고 불가능을 가능으로 만들어내는
성과 관리에 능수능란해야한다. 나아
가 열린자세로 소통하며 구성원의 성
장을 위해 노력하고 전문성을 기반으
로 지혜롭게 업무 복지에 애쓰는 사람."

남인

우리의 리더 - 조현경
사회적경제센터장

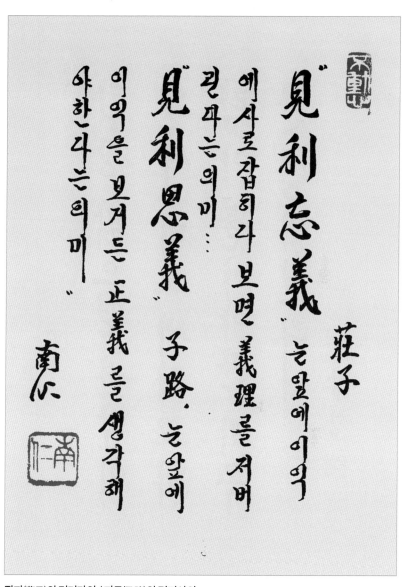

見利忘義　莊子

見利思義　子路

장자(莊子)의 견리망의 / 자로(子路)의 견리사의

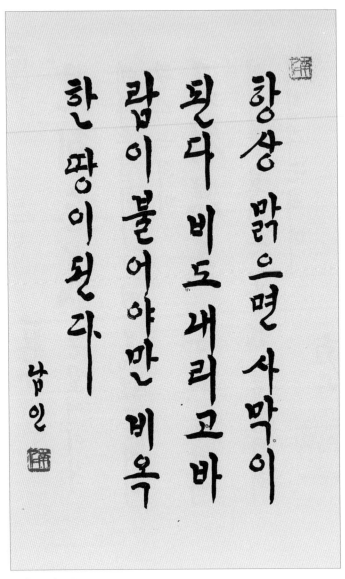

항상 맑으면 - 옮겨온 글

"적폐 청산 · 프랑스 지성"

지금까지도 나치 협력자들을 척결
중인 프랑스 지성 알베르 까뮈는 일
찍이, 어제의 犯罪를 罰하지 않음
은 내일의 犯罪에 勇氣를 주는 것
과 똑같은 어리석음이다, 고 갈파
했다. "우리의 촛불혁명은 무엇을
뜻하는가···

남인

적폐청산(積弊淸算) - 프랑스 지성

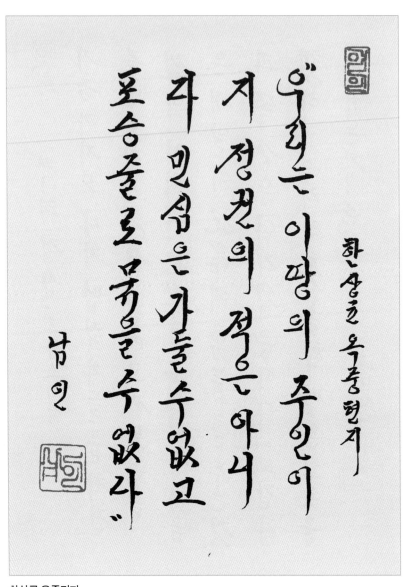

한상균 옥중편지

"우리는 이땅의 주인이
지정껏의 적은아나
각 민섭은 가둘수없고
포승줄로 묶을수없다"

남인

한상균 옥중편지
대한민국 노동운동가, 전국민주노동조합총연맹 11대 위원장

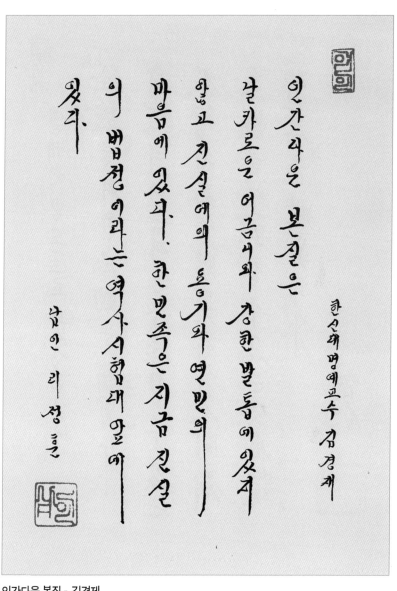

인간다운 본질 - 김경제

한신대 명예교수

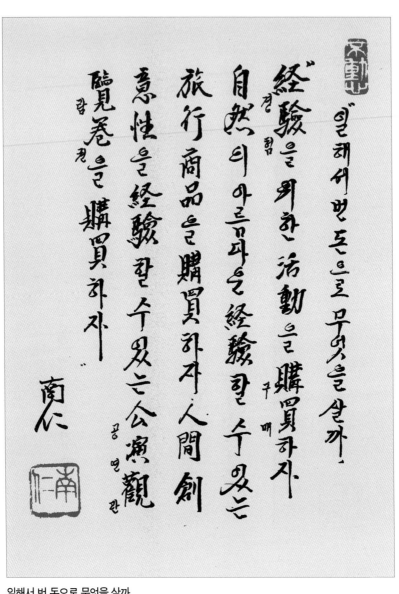

일해서 번 돈으로 무엇을 살까

'프레젠트' 책 중에서

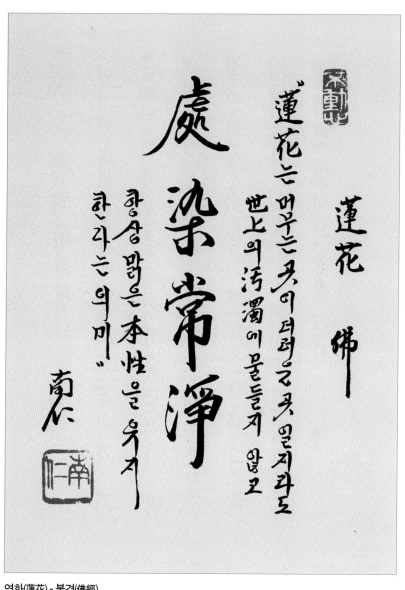

蓮花 佛

蓮花는 머무는 곳이 더러운 곳 일지라도
世上의 汚濁에 물들지 않고

處染常淨

항상 맑은 本性을 유지
한다는 의미

연화(蓮花) - 불경(佛經)

처염상정

'삶의 대화법'

"여기바, 대화법, 어, 사실대로 말하기, 기

바라는 것을 말하기 "STC 감정조절"

상대방의 기분을 생각하고 말하기 "바

일단멈추고(Stop) 생각을한뒤(Think)

선택하라(Choose) 는 의미로 감정을 조

절하면 삶이 평온해진다"

남인

삶의 대화법

'프레젠트' 책 중에서

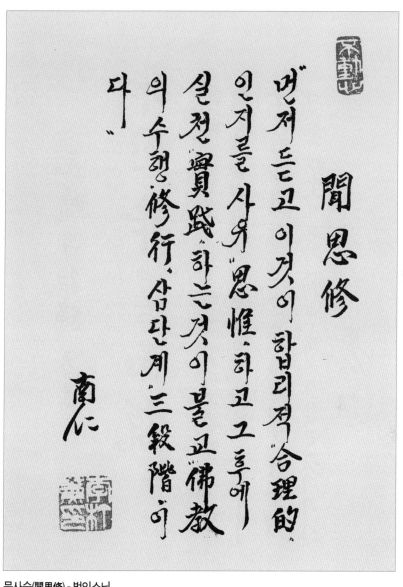

聞思修

먼저 듣고 이것이 합리적 合理的
인지를 사유 思惟하고 그 후에
실천 實踐하는 것이 불교 佛敎
의 수행 修行, 삼단계 三段階이
다.

南仁

문사수(聞思修) - 법인스님

대흥사 일지암 스님, 불교신문 주필

마음을 열어주는 지혜, 영혼에 빛을!

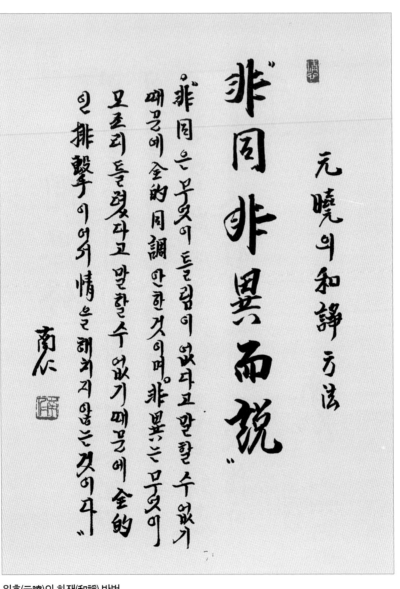

원효(元曉)의 화쟁(和諍) 방법

비동비이이설

오하기문 "梧下記聞" 황현 유서

"새가 죽어야 할 의리는 없다. 다만 나라에서 선비를 양성한지 오백년인데 나라가 망하는 날에 한 사람도 나라를 위해 죽어가는 사람이 없다면 어찌 통탄스럽지 않으랴." 가을 등불 아래 책덮고 지난날 생각하니 인간세상 글 아는 사람노릇 엷기만 하구나—

"梅泉野錄"

남인

오하기문(梧下記聞) - 황현(黃玹) 유서

황현(黃玹) 조선말기 시인, 문장가, 유교적 지식인
매천야록(梅泉野錄)

채근담(菜根譚) - 홍자성

채근담은 중국 명나라 말기 문인 환초도인(還初道人) 홍자성(홍응명, 洪應明)이 저작한 책임(잠언집)
오유운수류임급경상 정락화수빈의자문인
상지차의이응사접물 신심하등자재

"雪, 西山大師, 漢詩,

踏雪野中去, 不須胡亂行,
今日我行跡, 遂作後人程

"눈 덮인 들판을 걸어갈 때
어지러이 걷지 말라
오늘 내가 디딘 발자국은
뒷날 뒷사람의 길이 되리니"

"이 漢詩는 金九先生님이 1948年
安重根義擧 記念日에 쓰셨음, 南仁"

서산대사(西山大師) 한시 '답설(踏雪)'

서산대사(西山大師, 1520~1604) 법명은 휴정(休靜), 조선중기 의병장
답설야중거 불수호난행 / 금일아행적 수작후인정

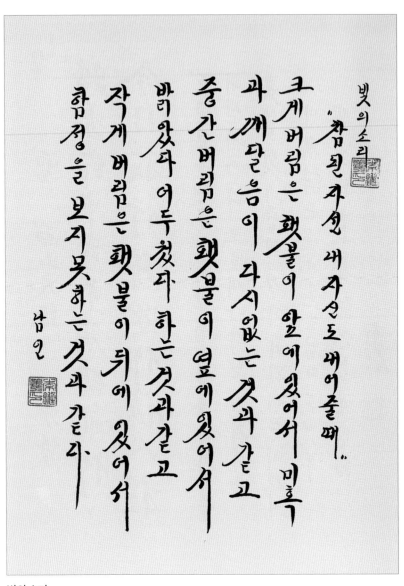

빛의 소리

"참된 자선 내 자신도 버어줄때.."

크게 버림은 햇불이 앞에 있어서 미혹과 깨달음이 가시없는 것과 같고

중간버림은 햇불이 옆에 있어서 밝았다 어두웠다 하는 것과 같고

작게 버림은 햇불이 뒤에 있어서 함정을 보지못하는 것과 같다.

남인

빛의 소리
어느 성당 주보에서 옮겨온 글

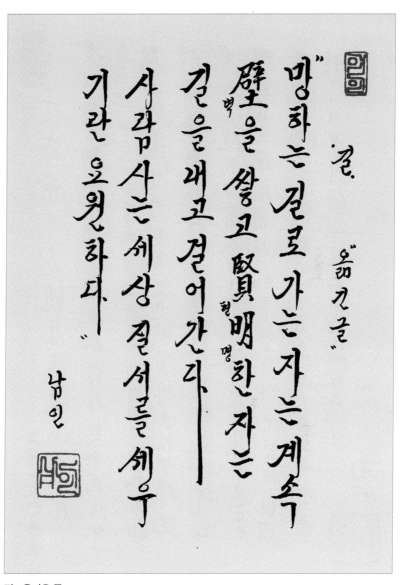

"길.   옮긴글"

"망하는 길로 가는 자는 계속
壁(벽)을 쌓고 賢明(현명)한 자는
길을 내고 걸어간다.

사람사는 세상 질서를 세우
기란 오윈하다."

남인

길 - 옮겨온 글

마음을 열어주는 지혜, 영혼에 빛을!

三·一革命의 九九 週年 意味   前 獨立記念館長   金三雄

"첫째는, 國恥 九年만에 親日 殘除 外勢 全民族의 自主獨立 宣言들로써 君主制를 폐지하고 近代 共和制로 還一섯째, 近代歷史現場에 女性登場 및째·身分解放. 다섯째 非暴力 鬪爭에 섯째 世界 被壓迫民族 解放 鬪爭의 烽火 역할·일곱째 國民主權 國家時代를 열었다·여덟째 國內外 韓民族 正體性 이룸·아홉째 獨立의 當為性과 日帝의 侵細性을 指摘 한다."

南仁

3·1혁명의 99주년의 의미 - 김삼웅
전 독립기념관 관장

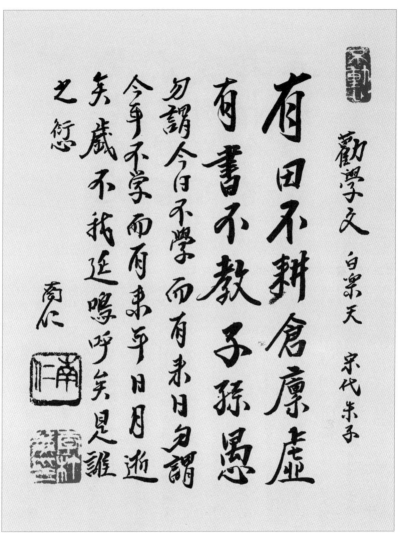

권학문(勸學文) - 백거이(白居易)

중국 민중파 시인, 자는 낙천(樂天)
육전불경창름허 : 밭이 있어도 경작 안하면 창고가 텅 비고
유서불교자손우 : 책이 있어도 가르치지 않으면 자손들이 우매해진다.
물위금일불학이유내일 : 오늘 배우지 않고 내일이 있다고 하지 말라.
물위금년불학이유래년 : 금년 배우지 않고 내년이 있다고 하지 말라.
일월서언세불아연명호언시수지간 : 날과 달이 가고 나 역시 그러니, 아 늙었구나 이 누구의 허물인고.

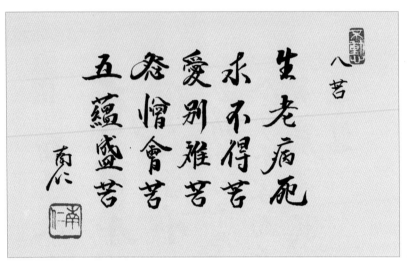

生老病死
永不得苦
愛別離苦
怨憎會苦
五蘊盛苦
八苦

팔고(八苦) - 불교의 5계(戒), 생로병사(生老病死, 4고)

구부득고 : 얻고 싶은데 다 얻지 못한 고통　　애별이고 : 사랑한 사람과 떨어져야만 한 고통
원증회고 : 원한이 있는 사람과 함께 있는 고통　　오온성고 : 오온(色受想行識)에 집착하는 고통

쪽빛의 노래 - 백기완

황해도 은율 출생, 재야운동가, 유신헌법철폐 시위, '임을 위한 행진곡' 작사

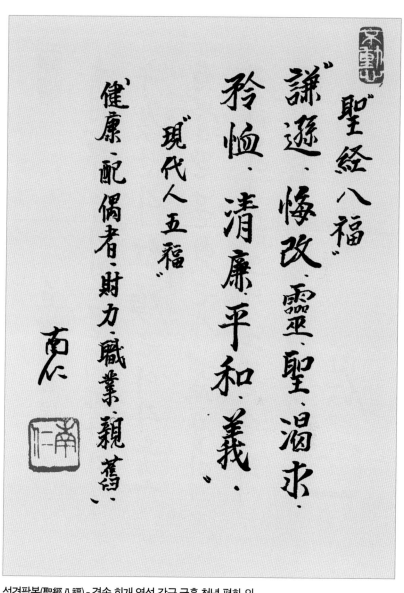

聖経 八福
"謙遜、悔改、靈聖、渴求、
矜恤、清廉平和、義、"
現代人五福
健康、配偶者、財力、職業、親舊、

성경팔복(聖經八福) - 겸손 회개 영성 갈구 긍휼 청념 평화 의
현대오복(現代五福) - 건강 배우자 재력 직업 친구

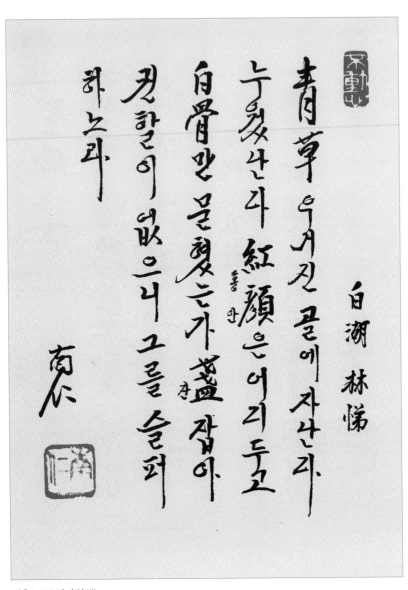

青草 우거진 골에 자난다 누엇난다

紅顔은 어듸 두고 白骨만 무쳣난가

盞 잡아 勸할이 업스니 그를 슬퍼하노라

白湖 林悌

백호(白湖) 임제(林悌)

임제(林悌 1549-1587) 호는 백호(白湖), 조선의 문인

性徹스님의 깨달음

山是山兮水是水兮
日月星辰 一時黑
慾識箇中 深玄意
火裏木馬 步步行

南仁

산은 산이요 물은 물이니 해와 달과 별이 일시
예와 옛이 아주 깊은 뜻을 알고
저 차면 불속의 나무말이 걸음걸음 가는 도다.

성철(性撤)스님의 깨달음

경남 산청군 출생, 본명 이영주, 제7대 조계종 종정
산시산혜 수시수혜 일월성진 일시묵 욕식개중 탐현의 화이목마 보보행

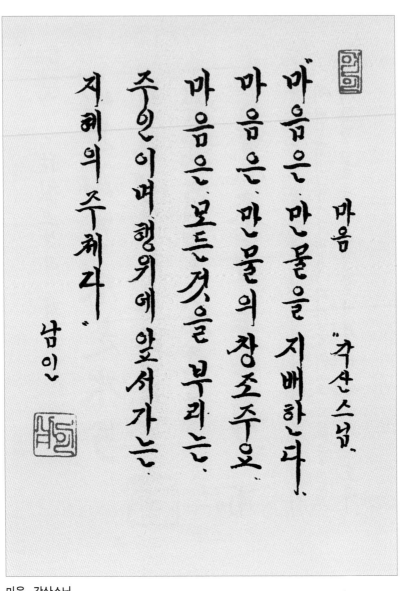

마음 - 각산스님

대한불교조계종 참불선원장, 한국명상총협회 회장(2019-)

大學 中에서

物有本末 事有終始 知所先後 則近道矣 古之欲明明德於天下者 善治其國 知在格物

"만물에는 근본과 끝과 끝이 있으니 선후를 알면 도에 가깝다 자고로 밝음을 밝히고자 하는 자는 먼저 그 나라를 잘 다스려야 하고 지식을 담으려면 만물의 이치를 연구해야 한다."

南仁

대학(大學) 중에서

물유본말 사유종시 지소선후 측근도언 고지욕명명덕 어천하자 선치기국 지재격물

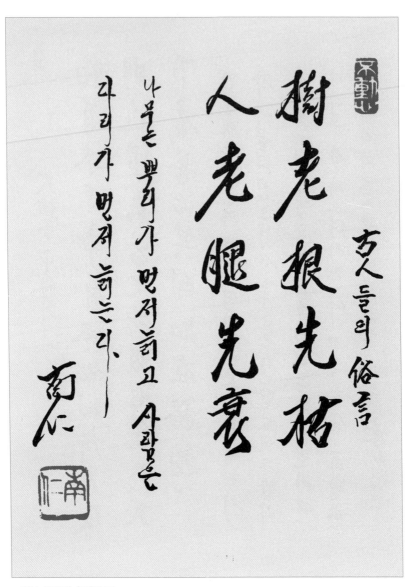

樹老根先枯
人老腿先衰

古人들의 俗言

나무는 뿌리가 먼저 마르고 사람은
다리가 먼저 늙는다

고인(古人)들의 속언(俗言)

수노근선고 인노퇴선쇠

상처 주지 않는 말
어느 신문 기고문에서 옮겨온 글

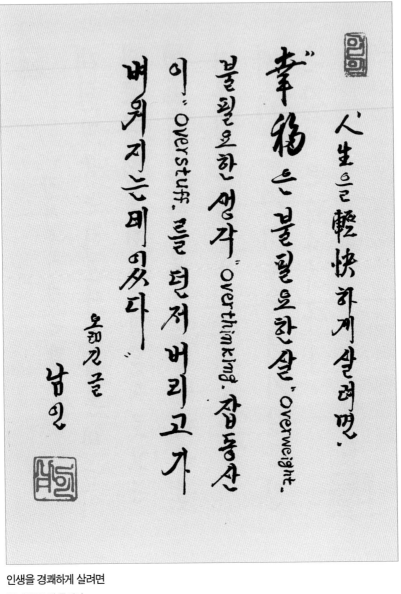

人生을 輕快하게 살려면,

"幸福은 불필요한 삶" Overweight.

불필요한 생각 Overthinking. 잡동산

이 Overstuff. 를 던저 버리고가

벼워지는데에 있다.

옮긴글

남인

인생을 경쾌하게 살려면
'프레센트' 책 중에서

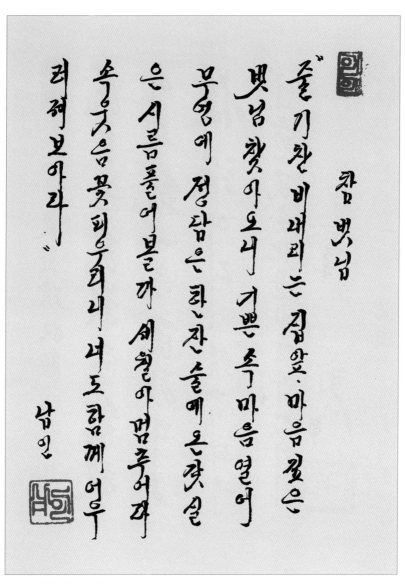

남인 리정훈 시 '참 벗님'

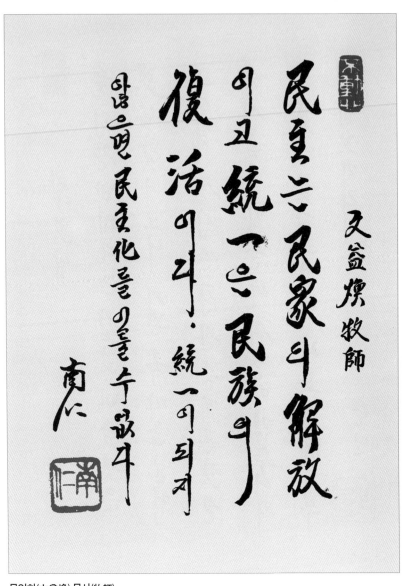

문익환(文益煥) 목사(牧師)

문익환(文益煥, 1918-1994) 만주 출생, 한국기독교장로회 목사, 통일운동가, 사회운동가

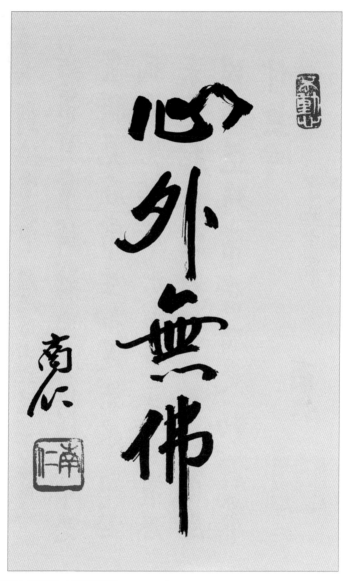

심외무불(心外無佛) - 남인 리정훈

마음 속에 부처님이 계신다. 마음 밖에는 부처님이 안 계신다.

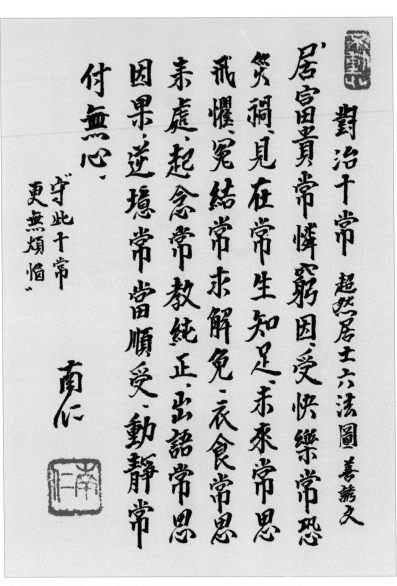

對治十常　超然居士六法圖　善誘文

居官貴常懍窮困，受快樂常恐
咎禍，見在常生知足，未來常思
飛懼，冤結常求解免，衣食常思
來處，起念常教純正，出語常思
因果，逆境常當順受，動靜常
付無心，
　　　守此十常
　　　更無煩惱、

南仁

대치십상(對治十常) - 초연거사(超然居士) 육법도(六法圖) 선수문(善修文)
놓인 처지나 상황에 따라 항상 염두에 두어야 할 열가지 덕목

거부귀상연궁인 : 부귀하게 살 때는 곤궁한 사람을 불쌍히 여긴다.
수쾌낙상공재화 : 즐거움이 있을 때 항상 재앙과 화근이 염려한다.
견재상생지족 : 현재는 늘 이만하면 족하다고 생각한다.
미래상사계구 : 미래는 늘 경계하고 두려워할 것을 생각한다.
원결상구해면 : 원망을 맺었거든 항상 풀어서 면할 것을 구한다.
의식상사말처 : 입고 먹는 것을 늘 온 곳을 생각해라.
기념상교순정 : 생각을 일으킴은 언제나 순수하고 바르게끔 한다.
출어상사인과 : 말할 때는 언제나 원인과 결과를 생각한다.
역경상당순수 : 역경을 언제나 순수히 받아들여야 한다.
동정상부 무심 : 동정은 언제나 무심하게 한다.

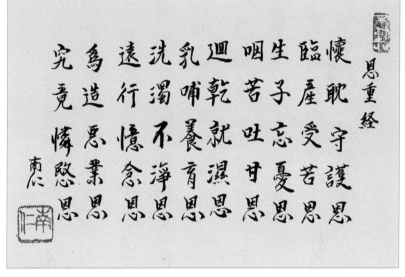

은중경(恩重經)

조선시대 불교 경전으로 '부모은중경' 혹은 '은중경'이라 한다. 이 '은중경'은 인도의 불경을 중국 구마라집(鳩摩羅什)이 한역한 것을 바탕으로 조선시대 목판으로 간행한 것임.

회탐수호은 : 배 안에 자식을 품고 지켜주며
임산수고은 : 죽음을 각오한 고통 속에서 아이를 낳는다
생자망우은 : 출산 후 평생 자식 걱정에 노심초사하며
인고토감은 : 쓴 것은 삼키고 단것만 골라 먹인다.
회건취습은 : 마른자리만 골라 자식을 눕히며
유포양육은 : 여덟 섬 서 말의 젖을 먹여 기르고
세탁부정은 : 손발이 다 닳도록 보살핀다.
원행억념은 : 자식이 집을 나가며 걱정 속에 기다린다.
위조악업은 : 자식을 위해서라면 나쁜 짓도 마다않고
구경연민은 : 숨이 다하도록 자식 연민을 버리지 못한다.

人權

人權은 正常的 現代民主國家의 이프라를 構成하리는 基本中의 基本이라 思想이라 政見을 떠나 大多數가 合意하는 것이다. 즉, 多元的 公共의 政治의 槪念이니라 自身의 理念을 넘어 모두가 同意하며 民主國家의 土臺的 정체를 뜻한다. "個人의 尊重, 期會的 等 생각과 마음이 自由法의 支配, 民主的 權利가 人權土臺!"

폴슈메이커 南仁

인권(人權) - 폴 슈메이커
Paul Schumaker, '진보와 보수의 12가지 이념' 책 저자

三同倫理 　　朴鍾鴻教授

"모든 宗敎의 眞理는 하나이므로 서로 和合하고" 同源道理. 모든 生靈이 모두 한 氣운으로 連契된 同胞로 서로 和合하고" 同氣連契. 모든 事業과 理念은 더 좋은 世上을 圖謀하는 것임을 알아서 서로 和合하라. 同拓事業 偈頌을 남기고 "한울안 한 이치에 한집안 한권속이 한일터 한일꾼으로 一圓世界를 建設 하세요. 그가 平生 온몸으로 살았던 平和의 哲學이요 信仰이다" 小太山의 信仰中에서..

南仁

삼동윤리(三同倫理) - 박종홍

박종홍(朴鍾鴻, 1903-1976) 평안남도 출신, 철학자, 서울대 교수, 3·1문학상

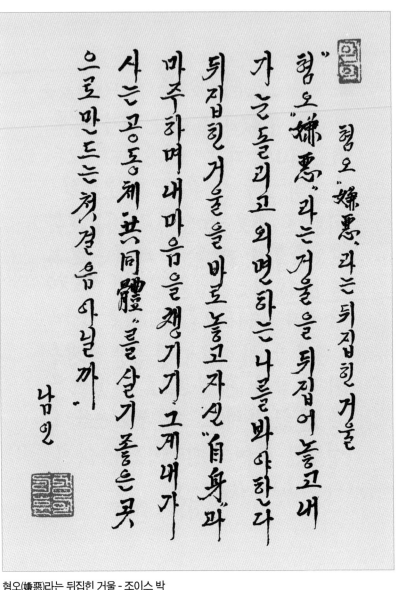

"혐오 '嫌惡'라는 뒤집힌 거울 가는 돌리고 외면하는 나를 봐야한다 뒤집힌 거울을 바로 놓고 자신 "自身"과 마주하며 내 마음을 챙기기 그게 내가 사는 공동체 "共同體"를 살기 좋은 곳으로 만드는 첫걸음 아닐까.

남인

혐오(嫌惡)라는 뒤집힌 거울 - 조이스 박

영어교육가, 2020년 9월 11일자 한겨레세상 읽기에서 옮김

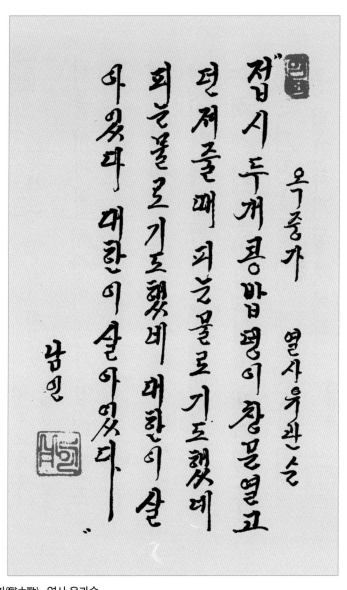

옥중가(獄中歌) - 열사 유관순

유관순(柳寬順, 1902~1920) 충남 아산 출신, 독립운동가, 건국훈장 독립장

나를 지게 한 세상이 내가 열매 맺도록 도와주는 존재임을 깨달으면 우리는 경쟁의 고통에서 벗어나게 될 것이다. 시들어가는 꽃 안에서 익어가는 새 생명을 발견하듯이 내가 질 수 있는 기회를 준 세상에서 새로운 희망을 발견하게 될 것이다. 남인

'진다'는 말의 참뜻, 광주교육대 박남기교수

'진다'는 말의 참뜻 - 박남기

광주교육대학 교수

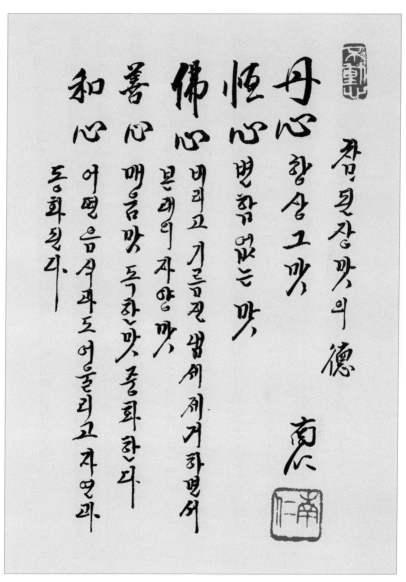

참 된장 맛의 덕 - 옮겨온 글

단심 항심 불심 선심 화심

"다수의 우주는 어디에서 어떻게 탄생하는가.

한 우주에서 시작한다. 빛의 속도를 넘어서 더 빠르

게 가속 팽창하고 있는 시공간이 있다. 여기에서 완벽

히 비어있는 시공간의 우주작은 영역에서 "양자

요동, 이 발생하고 있다. 이때 우주의 기본 값인

영원한 팽창 "inflation" 은 물질과 반)물질의 쌍

입자소멸의 균형을 어긋나게 하고 물질을 탄

생시킨다." 인플레이션. 팽창, 은 멈추지 않고 이

물질과 공간을 계속 팽창시킨다. 여기에서 제

2. 제3. 제4. 우주가 탄생한다. 우리 우주는 이

다수의 우주는 어디에서 어떻게 탄생했는가 - 채사장
'지적 대화를 위한 넓고 얕은 지식 저서' 중에서

려한 과정을 통해 탄생한 무한이 맞음은 우주중

하나다." 예를 들면 비누방울을 만들기 현상·물

이끔을 수없이 일어나는 기록·형상·순간적으로

생성되었다가 사라지는 반복현상을 추의

하면 느낄 수있을 것 같은데— "양자오동·은 불

끌과 Energy·에너지의 최소단위로서 양자가 오

동치고있는 상태입니다."

남인

사형집행을 앞둔 옥중 아들 안중근에게 쓴 편지 - 조마리아 여사

안중근(安重根, 1879~1910) 의사(義士)의 어머니(1862-1927)

말고 죽으라 옳은 일을 하고 받는 형이니 비겁하게 사람을 구하지 말고 대의에 죽는 것이 어미에 대한 효도이다 아마도 이 편지가 이 어미가 너에게 쓰는 마즈막 편지가 될 것이다 여기에 너의 수의를 지어 보내니 이 옷을 입고 가거라 어미는 현세에서 너와 재회하기를 기대치 않으니 다음 세상에는 반드시 선량한 천부의 아들이 되어 이 세상에 나오너라

남인

小太山 朴重彬

無我奉公의 삶을 通해 實生活 속에
서 大衆과 함께 모든 生靈이 調和롭고
아름다운 生命을 이르는 一圓相의 眞理
를 이 땅에 其現하려 했다. 사람은 없어
서는 살 수 없는 서로의 關係 속에서 存在
하나 天地父母同胞法律等 恩惠를
自覺하고 感謝하며 報恩하면 世上이
不和할 수 있을까.

소태산(小太山) 박중빈

박중빈(朴重彬, 1891~1943) 호 소태산, 원불교 창시자, 원불교 대종사

"에로스란,   니콜라 에이벌,

에로스는 유기체에 존재하는 긴장이라.
에로스는 생명체가 오래지속되고한
층더높은 발달 단계로나아갈수있
겠끔 살아있는 물질을 통합하시며
큰통일체로 만든다. 에로스의 목적은
생명체를 복잡하게 만드는 동시에
보존하는 것이라고한다."

                              남인

에로스(Eros)란 - 니콜라 에이벌

Nicola Abel-Hirsch, 영국의 정신분석학자

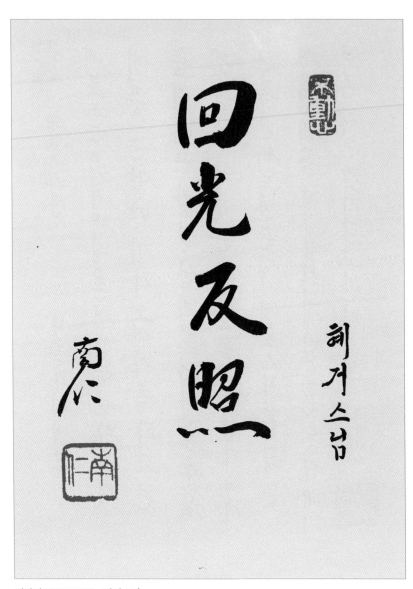

회광반조(回光返照) - 혜거스님

금강선원 주지스님

'빛을 돌이켜 거꾸로 비춘다.' 즉 해가 지기 직전 일시적으로 햇살이 강하게 비추어 하늘이 잠시동안 밝아지는 현상을 의미한다.

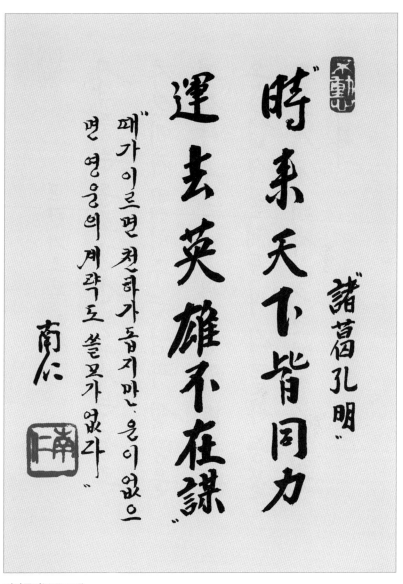

時来天下皆同力

運去英雄不在謀

諸葛孔明

"때가 이르면 천하가 돕지만, 운이 없으면 영웅의 계략도 쓸곳가 없다."

제갈공명(諸葛孔明)

제갈량(諸葛亮, 181-234) 자 공명, 중국 삼국시대 촉한의 정치가이자 전략가
시래천하 개동력 운거영웅 부재모

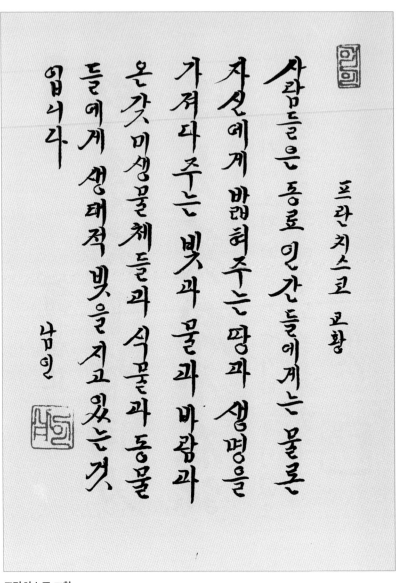

프라치스코 교황

사람들은 동료 인간들에게는 물론
자선에게 바쳐주는 땅과 생명을
가져다 주는 빛과 물과 바람과
온갖 미생물체들과 식물과 동물
들에게 생태적 빚을 지고 있는 것
입니다.

남인

프란치스코 교황

글씨의 인품 역사학자 전우용

"글씨"라는 말은 "글의 씨앗"이기에
글씨이며 농부가 밭에 씨를 심듯
한획한획 정성껏 써야하기에
글씨이다 그래서 글씨를 통해 인품
볼수있는 이유가 있다. 글씨에는 대
담성과 조심성 호방함과 치밀함, 불
방함, 단정함같은 성격이있다..."

남인

글씨의 인품(人品) - 전우용

역사학자, 한국학 중앙연구원 객원교수

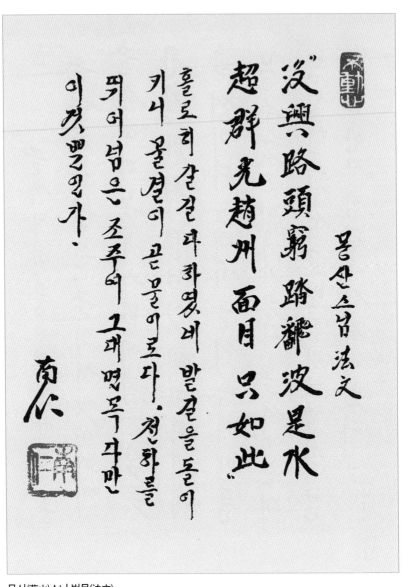

몽산(蒙山)스님 법문(法文)

중국 원나라 고승
몽산법어(蒙山法語), 몰흥로두궁 답변피시수 초군광조주 면목지여차

十重罪　佛一教

몸과 입과 마음으로 짓는 열 가지 惡業、

殺生 偸盗 邪淫 妄語

綺語 兩舌 惡口 貪慾

瞋恚 邪見、　綺語이름답고 교묘하게
꾸며대는 말、

兩舌、이간을 붙여 싸우게 하는 일、

罪當萬死、지은 罪가 너무 커서 죽어 마땅함

南仁

십중죄(十重罪) - 불교의 계명

살생 투도 사음 망어 기어 양설 악구 탐욕 진애 사견

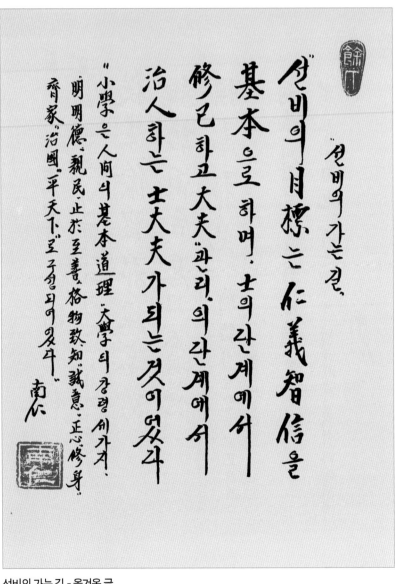

"선비의 가는 길,

선비의 目標는 仁義智信을 基本으로 하며, 士의 간계에서 修己하고 大夫"과"리의 간계에서 治人하는 士大夫가 되는 것이었다.

"小學은 人伩의 基本 道理, 大學의 강령 세가지, 明明德, 親民, 止於 至善, 格物致知, 誠意, 正心修身, 齊家, 治國, 平天下로 구헐되며 있다."

南仁

선비의 가는 길 - 옮겨온 글

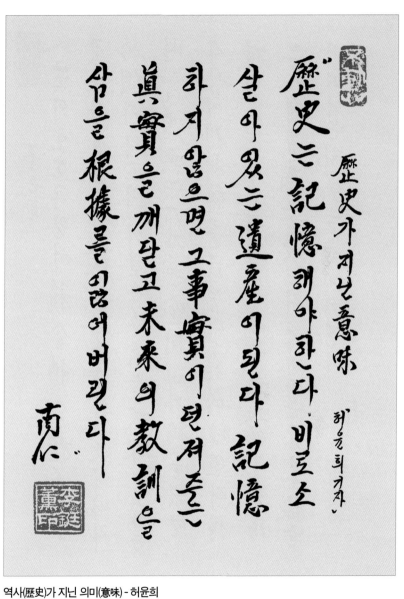

歴史가 지니는 意味

歴史는 記憶해야 한다. 비로소
살아있는 遺産이 된다. 記憶
하지 않으면 그 事實이 된져주는
眞實을 깨닫고 未來의 教訓을
삶을 根據를 잃어버린다.

역사(歷史)가 지닌 의미(意味) - 허윤희

신문기자

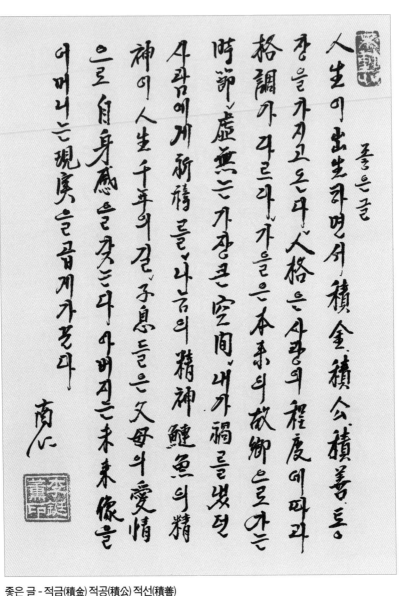

좋은 글

人生이 出生하면서 積金 積公 積善 等

정을 가지고 온다 人格은 사랑의 程度에 따라

格調가 다르다 사랑은 本來의 故鄕으로 가는

時節 虛無니 가장 큰 空間 내外禍를 벗겨

사람에게 新鮮를 나눔의 精神 鰱魚의 精

神이 人生 千年의 길 子息들은 父母의 愛情

으로 自身感을 갖는다 아버지는 未來像을

어머니는 現實을 굽게 가르다

좋은 글 - 적금(積金) 적공(積公) 적선(積善)

옮겨온 글

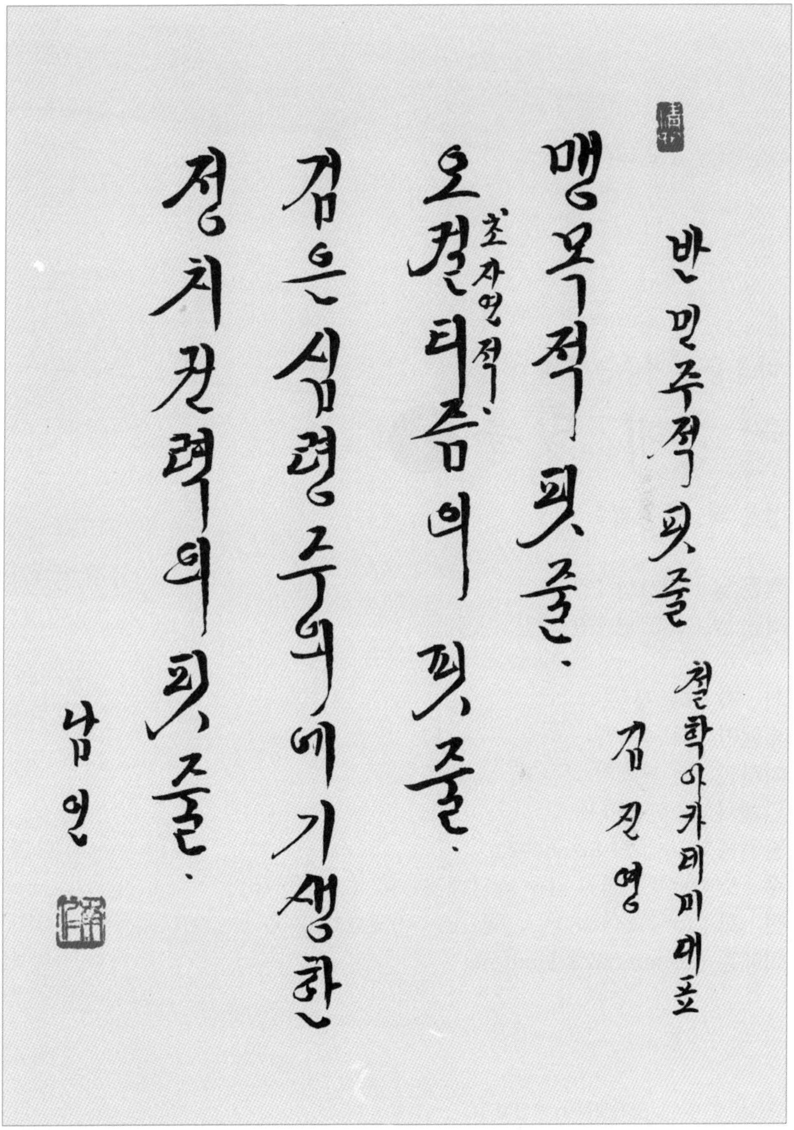

반민주적 핏줄 - 김진영

철학 아카데미 대표

마음을 열어주는지혜

영혼에 빛을 ❶

남인 과 정훈 엮음

찍은 날 | 2021년 1월 25일
펴낸 날 | 2021년 1월 29일

저 자 | 리 정 훈
발행인 | 최 봉 석
디자인 | 정 일 기
인쇄처 | 동산문학사
출판등록 | 제611-82-66472호
주 소 | 광주광역시 남구 대남대로 340, 4층(월산동)
전 화 | (062)233-0803 **팩 스** | (062)233-0806
이메일 | dsmunhak@daum.net

값 23,000원

ISBN 979-11-88958-36-8 04810
ISBN 979-11-88958-35-1 04810 (세트)